KASHIMA SHIGERU

Les MAXIMES du MAL

悪の箴言《マクシム》

耳をふさぎたくなる
270の言葉

鹿島茂

祥伝社

悪の箴言《マクシム》

はじめに

マクシムmaximeというフランス語があります。ルイ十四世の時代に生きた文人ラ・ロシュフーコーの著作《Réflexions ou sentences et maximes morales》が短く《Maximes》と省略されたことから一般に流布《るふ》するに至った言葉です。ラテン語のmaximaに由来し、「行動方針、道徳基準」というような意味で使われていましたが、ラ・ロシュフーコーのこの著作により、「辛辣《しんらつ》な人間観察を含んだ格言、箴言《しんげん》」という意味でも使われるようになりました。

以来、フランスでは、この文学形式が好まれ、それぞれの時代のそれぞれの文人がマクシムを残すようになりました。有名なところでは、十八世紀のヴォーヴナルグ『省察《しょうさつ》と箴言』、シャンフォール『箴言と考察』、十九世紀のボードレール『赤裸《せきら》の心』、サント=ブーヴ『我が毒』、アナトール・フランス『エピクロスの園』、二十世紀のE・M・シオランの『生誕《せいたん》の災《さい》厄《やく》』などがあります。

このうち、アナトール・フランスの『エピクロスの園』は芥川龍之介《あくたがわりゅうのすけ》の『侏儒《しゅじゅ》の言葉』に、ボードレールの『赤裸の心』は萩原朔太郎《はぎわらさくたろう》の『虚妄の正義』にそれぞれ影響を与えたと言われています。

また、バルザック、フロベール、モーパッサン、ゾラといった十九世紀の小説家たちも小説の中にマクシムをちりばめるのを好みました。このように、マクシムはフランス文学を貫《つらぬ》いている一つの大きな水脈と見なすことができます。

ではいったい、マクシムとはどのようなものと定義できるのでしょうか?

まず、それは、具体的事例ではなく、人間一般を目指したものでなければなりません。主語は「私」でも「あなた」でも、また「彼」でも「彼女」でもなく、「人」でなければならないという条件があります。文学は万人に当てはまるような普遍性を持つべしという古典主義理論に則《のっと》ったものです。

次の条件は、マクシムは、エレガントなものでなければならないということです。ただし、この場合のエレガントというのは、数学で「この解法はエレガントだ」というように、「最小努力の最大利益」を目指すが、決して乱暴であってはいけないという意味です。つまり、マクシムは、いかに辛辣で、「日本人なら耳をふさぎたくなる」ような猛烈な毒を含んでいても、それが、切り詰められた端正な言葉で語られているというのが必要条件なのです。

ではどうして、このような文学形式がフランスに生まれたのでしょうか?

それは十七世紀という時代が関係しています。

十七世紀の中頃、フランスはフロンドの乱と呼ばれる内戦に明け暮れていました。ルイ十三世が薨去《こうきょ》し、幼いルイ十四世の摂政《せっしょう》となったアンヌ・ドートリッシュは宰相にマザランを抜擢《ばってき》しましたが、この人事に反対する大貴族たちが叛旗を翻《ひるがえ》し、あと少しのところで、ブルボン王朝を崩壊させるところまで行ったのです。

しかし、マザランの巧《たく》みな手腕により、フロンドの乱が収束すると、成人したルイ十四世は一六六一年から親政を開始し、後に絶対主義と呼ばれる強固な中央集権の政治体制を築きました。

とはいえ、このルイ十四世時代の平和は、奥深いところで大きな緊張を抱《かか》えていました。つまり、帰順したかに見えた王侯貴族は面従腹背《めんじゅうふくはい》で、王の権威を失墜させてやろうと虎視眈々《こしたんたん》と狙《ねら》っていたのです。

その結果、ルイ十四世は戦いなくして敵を倒す方法について考えを巡《めぐ》らさざるをえませんでした。「武器による戦い」に代えて「エスプリの戦い」をもってするにはどうすればいいか考察したあげく、思いついたのが、ノルベルト・エリアスのいう「宮廷作法」で、王侯貴族はこの宮廷作法に従ううちにいつのまにか王の権力に屈従していったのです。

「エスプリの戦い」は、この宮廷作法の位階争いの戦場から生まれてきましたが、マクシムは、こうした宮廷でのエスプリのバトルに最大の効果を発揮しました。寸鉄《すんてつ》人を刺すの類《たぐ》いで、敵に面と向かってではなく、あくまで一般論として発せられたマクシムが「言葉の短刀」のように相手の心臓を一撃で貫くと同時に相手の宮廷での位階を下げるのに貢献したからです。

その結果、『三銃士』に描かれたように、なにかあればすぐに剣を抜いて決闘に及んでいた粗野なフランス貴族たちが、ヴェルサイユ宮殿では、もっぱら言葉のフェンシングに明け暮れるようになったのです。

そして、この伝統が今日まで絶《た》えることなく脈々と続いています。フランス人は、いまだに、議会で、ジャーナリズムで、さらには会社で、あるいは家庭でも、このエスプリのバトルを日夜繰り返しています。マクシムはこの仮借《かしゃく》なき戦いを勝ち抜くための武器として重宝がられ、ラ・ロシュフーコーやラ・ブリュイエール、パスカルなどのマクシムを満載した本やネット・サイトが日々、閲覧されているのです。

私は、中学生のころに芥川龍之介の『侏儒の言葉』を読んで以来、このマクシムに深く魅せられ、マクシムのコレクターとなりました。以下に、お見せするのは、こうした生涯をかけて集めた二七〇のマクシムに私なりの注を施《ほどこ》したものにほかなりません。

それでは、「マクシムの王」ラ・ロシュフーコーの残した究極のマクシムから始めることにしましょう。

二〇一八年二月

鹿島《かしま》 茂《しげる》

悪の箴言　目次

第二章 人間のありとあらゆる営みは、すべて気晴らしにすぎない

第三章 ロバが馬鹿にされるのは当たり前

第五章

妬み、嫉み、恨み。これこそが生命力の根源

第六章 幸も不幸も自己愛に見合う分しか感じない

装幀　水戸部功
イラスト　岸リューリ

第一章

自己愛、嫉妬、老い。この始末に悪いもの

ラ・ロシュフーコー

自己愛「自己愛の国でどれほどの新発見がなされようとも、なおそこには、茫漠《ぼうばく》たる未知の土地が残っている」

（ラ・ロシュフーコー『マクシム』）

人を突き動かす最強の欲望

この世で最も強い生命力を持ち、どんな思いがけないところにもかならず存在するもの、それは自己愛（アムール・プロプル）である、というのがラ・ロシュフーコーの最も基本的な考えです。大学に入ってラ・ロシュフーコーのこのマクシムに出会ったときには人生経験がまだ少なかったので、自己愛というものがそれほど強烈なものだとは思いませんでしたが、しかし、いまは痛いほどよくわかります。自己愛は、人間を突き動かす欲動の中で、「最強」の要素なのだと。

たとえば、私がいま書いているこの文章。これこそまさに自己愛の産物です。

私は、ラ・ロシュフーコーの『マクシム』の中に、自己愛に関する先の名言を発見しぜひともそれを引用したくなりました。というのも、ラ・ロシュフーコーの言葉の真実性を理解し、そのように理解した自分を自分で褒《ほ》めてやりたいと思ったからです。「ラ・ロシュフーコーは偉い！　しかし、彼を偉いと思った自分はもっと偉い！」という理屈です。そう、この偉大なる発見をした自分はいかに偉いかということを人に知ってもらって、褒められたくて、ここにこうして文章を書きつづっているのです。

このように、どんな文章であれ、文章というのはすべてこれ自己愛の発露と見なしてもかまわないのです。いや、文章に限りません。絵画だろうと、彫刻だろうと、写真だろうと、落書きだろうと、あるいはブログやツイッターやフェイスブックの書き込みだろうと、さらには日常的な会話だろうと、すべては「ドーダ、凄《すご》いだろう。こんなに凄いおれ（わたし）を褒めてくれ！」という叫びの現われなのです。私は、かつて、これを東海林《しょうじ》さだお氏にならって「ドーダ」と命名し、すべてをドーダの観点から分析しようとして、『ドーダの近代史』（朝日新聞社）という本を書いたことがあります。ドーダに興味を感じられた方はこのドーダ学の研究書をぜひひもといていただきたいと思います。

ところで、こうした自己愛から発するドーダ的表現行為について、ラ・ロシュフーコーの同時代人であるパスカルは『パンセ』の中でこんなふうに述《の》べています。

「虚栄というものは人間の心の中に非常に深く錨《いかり》を降ろしている。だから、兵士も、従卒《じゅうそつ》も、料理人も、港湾労働者も、それぞれに自慢ばかりして、賛嘆《さんたん》者を欲しがるのだ。さらに哲学者たちも、称賛してくれる人が欲しい。また、そうした批判を書いている当人も、批判が的確だ

と褒められたいがために書くのだ。また、その批判を読んだ者も、それを読んだという誉《ほま》れが欲しいのである。そして、これを書いているわたしですら、おそらくは、そうした願望を持っているだろう。また、これを読む人だって……」（断章一五〇『パンセ抄』拙訳　飛鳥新社　以下同書）

と、このように、自己愛から発するドーダの連鎖には際限がないのです。極端に言えば、人間の会話というものはすべてこれ自己愛から発するドーダであり、ドーダしたいからこそ会話が生まれ、文字が発明されたといってもいいのです。

しかも、ラ・ロシュフーコーに言わせると、この自己愛というものは変幻自在で、どんな心理や行動にも容易に姿を変えるから、よもやこんなところにと思うようなところにも、自己愛は潜んでいることになります。

たとえば、「悪さ」ドーダです。「悪さ」や「冷酷非情さ」も、犯罪者の間では、立派にドーダの対象となりますから、窃盗犯と強盗犯がいれば、強盗犯のほうが「偉い」し、強盗犯と殺人犯がいれば殺人犯のほうが「偉い」に決まっているのです。そして、悪さや冷酷さがあまりに自己愛をくすぐるので、ついつい自分の悪さを同房の囚人に自慢してしまい、犯人逮捕のきっかけを自分でつくることになる、なんてことも起きるのです。

同じように病気ドーダ、不幸ドーダというものもあります。「同病あい憐《あわ》れむ」ではなく、同病の患者同士も、自分の病気のほうが相手よりも重いとドーダしたくなり、自己愛の満足を感じるのです。日本の私小説など、病気ドーダ、不幸ドーダを取り除いてしまったら、文学として成り立たなくなってしまうほどです。

このように、自己愛というのは、一見するとそれがあるとは絶対思えないようなところにも存在し、人を強く「支えて」いるのです。

謙譲《けんじょう》も自己嫌悪も自己愛

しかし、こういうと「いや、私には絶対に自己愛はない」と主張する人も出てくるでしょう。一例をあげると、「あいつはなんて自己愛が強い奴だ」と非難する人です。しかし、こうした人は自己愛がないどころか、人一倍、自己愛が強い人であることが多いのです。自己愛の強い人間ほど他人の自己愛を敏感に感じ取るからです。他人の自己愛が嫌いなのは、それが自分の自己愛の投影として映るからだと考えられます。

この「自己愛人間は他の自己愛人間を嫌う」という法則を示すエピソードが、太宰治《だざいおさむ》に会いに行って「僕は太宰さんの文学はきらひなんです」と面と向かって言い放った三島由紀夫《みしまゆきお》です。三島由紀夫は、太宰治が嫌いなのは、自分が隠そうとしているところをわざと露悪的にさらけだすからだと言っていますが、まさにその通りでしょう。自己愛型の人間は自分以外の自己愛型の人間を絶対に許したりしないのです。

また、どれほど謙譲の美徳にあふれた人でも、やはり自己愛はあります。自分卑下に徹することで人から称賛《しょうさん》されれば、それを嬉しく感じないはずはないからです。「あの人はじつに立派だ。謙譲の美徳の鑑《かがみ》のような人だ」と言われてカンカンに怒るような人はまずいません。謙譲や自己卑下もまた自己愛の国の領土なのです。私はこうした一見、そうは見えないタイプの自己愛を「陰ドーダ」と呼ぶことにしています。それとすぐわかるタイプの「陽ドーダ」と違って、陰にこもったドーダだからです。

また、一方で、「私は絶対に自己愛型の人間ではない。なぜなら、私は私が大嫌いだからだ」と言う人がいますが、本当を言うと、自己嫌悪もまた立派な自己愛なのです。自己嫌悪が生じるのは、想定した理想に自分が達していないと判断したときですが、そんな人でも「想定した理想の自分」というものは深く愛しています。つまり、現実の自分が嫌いなだけであって、理想の自分が嫌いなのではないのです。

ですから、自分嫌悪型の人間というのは、現実の自分と理想の自分がズレていると激しい自己嫌悪に陥《おちい》るかわりに、その両者のズレが少ないと自己判断したとたん、「なんておれは凄い奴だ。天才ではないか！」と一気に自己愛型人間に変身してしまうのです。

というわけで、あれも自己愛、これも自己愛。自己愛の国の版図《はんと》はじつに広大無辺《むへん》で、日々、新発見が行なわれても、まだ未知の土地が残されているのです。

称賛「人はふつう、褒められるためにしか人を褒めない」

（『マクシム』）

人はいつでも褒められたい

ラ・ロシュフーコーの『マクシム』の最大のテーマは自己愛ですが、この自己愛と切っても切り離せない関係にあるのが他人からの称賛です。というのも、自分で自分を愛する自己愛といっても、愛するほうの自分というのは、他者の目や言葉を自分のうちに取り込むことで形成された第二の自分であり、もとはといえば、自分を褒めてくれた他者だったものだからです。ではいったい、その自分を褒めてくれた他者というのは誰なのでしょうか？

それは、子供が「ねえ、ママ、見て、見て」と言いながら何かすると、「すごい！　○○ちゃん、すごいわ！」と優しく褒めてくれたママの化身《けしん》なのです。

というわけで、人間というのは、基本的に、何よりも、どんなものよりも、人から褒めてもらうのが大好きなのですが、しかし、人から褒められるというのは案外難しいことなのです。学校で良い成績をとったり、良い学校に入ったり、良い会社に入って良い仕事をしたり、あるいは善行を積んだり、ボランティアに精を出したりしたら、褒めてくれる人もいるでしょうが、しかし、そうするためには多少とも努力しなければなりません。ところが、人間というのは、この努力をするということが大嫌いなのです。つまり、楽して人から褒められたい、というのが偽《いつわ》らざる本音なのです。

そこで、努力しないで人から褒められるにはどうしたらいいか考えを巡《めぐ》らしたあげく、褒められたければ人を褒めればいいという戦略を思いつきました。

ラ・ロシュフーコーはより分析的な表現で次のように述べています。

「人は、他人を褒めることはいささかも好きではない。そして、欲得抜きでは決して誰も褒めることはないのだ。称賛というのは、巧《たく》みな、隠された、微妙な追従《ついしょう》であり、与える者と受けとる者をそれぞれ別様に満足させるものなのである。受けとる者は自分の価値に対する当然の報酬としてこれを受けとり、また与える者は、自分の公平無私、および鑑識眼に目を向けさせるためにこれを与えるのである」(『マクシム』すべて拙訳　以下同書)

たしかに、人を褒めることで、次には、バーターで、その人から褒めてもらうことは十分期待できますが、やはり本当にうれしいのは第三者から褒め方がうまいと褒められることでしょう。しかし、実際には人から褒めてもらえるような褒め方ができる人というのはそれほど多くはありません。褒めたつもりで相手を怒らせてしまうことだってあるのです。一つだけ例をあげましょう。最近、私がメールで原稿を送信したところ、若い女性編集者から「よく書けていました」というお褒めの言葉をいただきました。小学生の作文じゃあるまいし、まったく。

ことほどさように、人間というのはまことに贅沢《ぜいたく》なもので、自分が一番苦心したところ、あるいは一番見事につくりあげたと自負しているところでこそ褒めてもらいたいと思っているのです。そのため、自分の真の賛美者、つまり褒められたいと思っているところで褒めてくれる人間を見いだしたときには手放しでうれしくなり、自己愛の完全なる満足感を得るのです。反対に、月並みな褒め方で褒められたり、あるいはトンチンカンな褒め言葉をもらったりしても、決してうれしくはないのです。

その昔、三島由紀夫は、安部公房《あべこうぼう》と対談したとき、オフレコ発言で「おれを褒める批評家はバカばかりで困る」と語ったそうですが、これなど、正しい褒め方をされたいという人間の願望がいかに根深いものであるかをよく表わしたエピソードではないでしょうか？

ラ・ロシュフーコーはこうも言っています。

「追従を憎むという人がいる。しかし、それは追従の仕方を憎んでいるにすぎない」

同じ追従でも、正しい追従の仕方をしないと地雷を踏んでしまうことがあるのです。

しかし、それでは、褒めないほうがいいのかというと決してそうではありません。凡庸な褒められ方でも貶《けな》されるよりは褒められたほうがいいに決まっています。ラ・ロシュフーコーは、この点について次のように述べています。

「自分を欺《あざむ》く賛辞よりも自分にとって有益な非難を選ぶような賢明な人はほとんどいない」

ですから、正しい褒め方を知らない凡庸な人が心掛けるべきは月並みな褒め方でもいいからとりあえずは褒めておけということになります。というのも、どんなに褒められ慣れした人でも、何度もしつこく褒められるとやはりうれしく感じるものだからです。ラ・ロシュフーコーはこんなことも言っています。

「褒められるのを固辞することは、もう一度、褒められたいという願望にほかならない」

本当に、人間というものは、褒められたい、褒められたいで一生を過ごす、どうしようもない自己愛的存在であり、生きている間だけでは足りず、死後にも褒められたいという贅沢な願望を抱《いだ》いているのですが、パスカルはこの点について、こう断言しています。

「わたしたちはひどく思いあがった存在だから、全世界の人から知られるようになりたい、いや、自分たちがこの世から消えたあとでさえ、未来の人に知られたいと思っている。それでいながら、自分の周囲の五、六人の人から尊敬を集めれば、それで喜び、満足してしまうほどに空《むな》しい存在なのだ」（『パンセ抄』）

この最後の言葉はとても含蓄《がんちく》があると思います。というのも、褒められたい願望が人一倍強い自己愛型人間である私から見ると、サラリーマン生活を一生送れる人というのが不思議に思えたのですが、このパスカルの言葉で謎が解けました。そうなのです、人は周囲の五、六人の人から、いや上役というたった一人からでも褒められれば、「それで喜び、満足してしまう」存在なのです。

というわけで、結論。人はパンのみに生きるにあらず。褒め言葉にこそ生きるのである。

「ほんとうの恋というのは幽霊のようなものである。だれもがその話をするが、実際に見た人はほとんどいない」

（『マクシム』）

熱烈な恋に生きたラ・ロシュフーコー

ラ・ロシュフーコーの『マクシム』には、思いのほか恋についての格言が多いようです。それもそのはず、ラ・ロシュフーコーは熱烈な恋に生きた人であり、また、彼がマクシムを考えた貴族のサロンの主たる話題は恋だったからです。

まず、ラ・ロシュフーコーの恋の相手ですが、これが、ある意味、史上最強といえるような強烈な女性でした。

その名をロングヴィル公爵夫人。旧姓はアンヌ＝ジュヌヴィエーヴ・ド・ブルボン＝コンデ。王家に並ぶ有力な王族ブルボン＝コンデ家の直系で、絶世の美女。強烈な自我の持ち主で、男たちをはるかに凌《しの》ぐ陰謀家で政治好きでした。ルイ十四世の治世の前半を揺るがせたフロンドの乱では、弟の「グラン・コンデ」すなわちルイ・ド・コンデ親王と、もう一人の弟であるコンチ親王を鼓舞して、マザラン率いる国王軍に対して反乱を挑み、占拠したパリ市庁舎のバルコニーに乳飲《ちの》み子を抱いた姿で現われて群衆の喝采《かっさい》を呼ぶかと思えば、大胆にも恋人ラ・ロシュフーコーの子供をパリ市庁舎で産み落とすといった「快挙」を成《な》し遂《と》げたことで知られています。

ラ・ロシュフーコーは、この猛烈な恋人とともに反乱軍に加わり、負け戦《いくさ》になってからもフランス中を駆け巡《めぐ》りましたが、この「あまりにも激しすぎる恋」の経験が『マクシム』を生み出す一つのきっかけとなったのです。

たとえば、次のようなマクシムは、ロングヴィル公爵夫人との恋愛がそうとうに苦しいものであったことを証拠づけています。

「恋は、その及ぼす効果から判断する限り、友情よりも憎悪に似ている」(『マクシム』 以下同書)

「恋人をより深く愛すれば愛するほど、より憎しみに近づいていく」

これらの言葉から判断する限り、二人の恋人は愛をあまりに突き詰めたあげく、憎んでいるのだか愛しているのだかわからなくなってしまう状況まで追い込まれたようです。まさに愛憎関係そのものといえます。

ではいったい、こうした愛憎関係というのはどういう経路を経て生まれてくるのでしょうか？

恋というのは燃えさかる火と同じ。かき立てられていないと消えてしまう

恋の発端は、フランス女性特有のコケットリー、つまり恋の駆け引きに伴う、意識的・無意識的な媚態《びたい》の戦術にあります。というのも、フランス女性のコケットリーに搦《から》め捕られたら最後、どんな男でも恋に落ちざるをえないからですが、始末の悪いことにフランス女性のコケットリーは多分に無意識的なものなのです。

「女は、自分のコケットリーのすべてを知り尽くしているわけではない」

男が、いわゆる「天然」に弱いのは、「天然」こそが最も強烈なコケットリーとして機能するからです。意識的なコケットリーには警戒心を抱く男でも、天然のコケットリーには為《な》す術《すべ》がありません。騙《だま》しのテクニックとして完璧だからです。

「恋においては、たいていの場合、騙しのテクニックが警戒心を上回る」

しかも、騙しのテクニックとしてのコケットリーというものはフランス女性にとっては、無意識の中から生まれてくるもので、相手を愛しているとかいないとかは関係ありません。相手

が多少ともまともな男なら自動的に発動されてしまう類《たぐ》いのオートマティスムなのです。

「女は相手の男をうとましいと感じるのでない限り、決してすげなくしない」

つまり、フランス女のコケットリーというのはフェロモンのようなもので、意思によって抑制したり制御できる類いのものではまったくないのです。

「女にとって、コケットリーに勝つことは、恋の情熱を抑える以上に難しいことである」

というわけで、ラ・ロシュフーコーはコケットリーの自動発動から始まるフランス女の恋について、こう辛口の発言をするほかありませんでした。

「恋の駆け引きの中に存するもので、一番見つけにくいのは愛である」

しかしながら、愛があろうがなかろうが、女のコケットリーによって男の心にいったん火がついてしまったら最後、恋は激しく燃え上がります。そして、恋に落ちたら、自分を冷静に保って分析を加えることは不可能になります。このように、対象をはっきりと見るという第一原則が放棄されてしまいますから、恋は、幽霊のように、あるのだかないのだかわからないものになるのです。ただ、それでもラ・ロシュフーコーはぎりぎりのところで踏みとどまって、懸命に恋の定義を試みます。

「恋を定義するのは難しい。なんとか言い得ることといったら、それは次のようなことだけだ。すなわち、恋とは、心においては支配しようという情熱であり、知においてはある種の共感であり、肉体においては、多くの秘密をときほぐしたあとに愛する者を所有しようとする、隠された微妙な欲望である、と」

とはいえ、恋というのは、一つの「状態」である以上、「維持」しようという気持ちがなければ、たちまち変質してしまいます。

「恋というのは燃えさかる火と同じで、絶えずかき立てられていないと消えてしまうものである。そして、希望をもったり、あるいは逆に不安になったりしなくなったとたん、それは生きることをやめるのである」

そう、恋というのは、マンションと同じで、手に入れるよりも、メンテナンスにコストがかかるものなのです。

次は、この恋のメンテナンスに不可欠の要素について考察を加えてみようと思います。

「嫉妬《しっと》はかならずや愛と同時に生まれるが、かならずしも愛と同時に死ぬとはかぎらない」
(『マクシム』)

嫉妬は愛よりも長生きする

ラ・ロシュフーコーの愛と恋に関するマクシムで、私が一番凄いと思うのがこれです。私は私なりに言い換えて、「嫉妬は愛よりも長生きする」としています。そう、嫉妬は愛が生んだ子供であるからして、愛が死んだ後も、なおしばらくは生き続けるのです。

これがいかに真実であるかを知りたい人は、フランス恋愛小説の名作、たとえばプルーストの『失われた時を求めて』第一編の「スワンの恋」を一読されることをお勧《すす》めします。

株式仲買人スワンはヴェルデュラン夫人のサロンで知り合った高級娼婦オデットの巧《たく》みな誘惑戦術に搦め捕られ、嫉妬できりきり舞いさせられたあげく、ある時、オデットは自分の好みのタイプではなかったことに気づいて愕然《がくぜん》とします。しかし、愛の消滅を確認しながらもスワンはオデットとの結婚を決意するのです。愛は死んでも嫉妬は消えず、その嫉妬を消すにはオデットと結婚して、真実の告白を引き出すしかないと結論したからです。
離婚した元夫や別れた元恋人による殺人というのも、じつは、こうした愛よりも長生きする嫉妬に起因しています。愛が死んだあとも、嫉妬はピンピンしているから、どうしても、そこから強烈な憎しみが生まれてくるのです。

嫉妬はなぜ生まれるか?

ところで、かつて愛した者へのこの強烈な憎しみというのはなぜ生まれるのかということに関して、精神分析の開祖フロイトはこう言っています。

「憎しみは、対象との関係においては愛より古い。(中略)特定の対象に対する愛の関係が破綻《はたん》すると、愛に代わって憎しみが登場するのも稀《まれ》ではない」(『自我論集』竹田青嗣編・中山元訳 ちくま学芸文庫)

フロイトの理論によると、自我は自己愛段階にあるときには外界には無関心ですが、外界に働きかける必要が生まれると、外界からの刺激を不快に感じ、憎しみを抱くということになります。つまり、自己愛から最初に生まれたのは不快な外界への憎しみなのです。ところが、性欲動が強くなると、対象への愛がこの憎しみを覆《おお》い隠《かく》します。しかし、愛が消えてしまうと、憎しみは本来の居場所を取り戻して完全復活、かつての愛の対象を憎しみの対象として追いかけるようになる、というわけです。

つまり、人間が、愛の消えたあとも嫉妬を消すことができず、憎しみを感じるようになるのは、もとはといえば、最初に自己愛があるからであり、自己愛こそが嫉妬や憎しみの根源なのです。ラ・ロシュフーコーはこのことをフロイトよりも二百五十年前に次のように言っています。


「嫉妬のなかには、愛よりずっと多くの自己愛がある」（『マクシム』）

そう、またも自己愛なのです。そして、現代においてストーカー殺人やＤＶが絶えないのは、自己愛人間が異常増殖しているからなのです。自己愛人間というものは、対象への愛よりも自己愛のほうがはるかに強いから、嫉妬心もまた強烈で、愛が消えた後は、自己愛が暴走して、ついにはストーカー殺人に至るのです。

愛のカンフル剤

では、いったい、嫉妬というものにはなんの使い道もないのでしょうか？

私は立派な使い道があると信じます。愛の延命装置としての役割です。

嫉妬は愛と同時に生まれます。そして、愛が衰《おとろ》えてもなお元気で生きつづけます。ならば、この嫉妬を使って愛を蘇《よみがえ》らせることはできないのでしょうか？

もちろんできます。しかも、うまく使えば、愛の強力なカンフル剤となりえます。こうしたカンフル剤としての嫉妬をうまく使いこなす名人が、オデットのようなファム・ファタル（男の運命を変える女）なのです。ファム・ファタルにかかれば、嫉妬の力で消えかけた愛を蘇らせることができるばかりか、愛のないところにさえ愛を誕生させることも不可能ではないのです。

しかし、だれもがオデットのようなファム・ファタルになれるわけではありません。嫉妬を活用するには「才能」が必要であり、その才能は万人に等しく与えられているわけではないのです。

では、嫉妬を巧みに利用できない凡人が愛の火を消さないようにするにはどうしたらいいのでしょうか？

正解は、そのようなメカニズムがあらかじめビルト・インされているシステムに頼るほかはないということになります。だが、そんなお誂《あつら》え向きなシステムが存在しているのでしょうか？

ある、というのが詩人・萩原朔太郎《はぎわらさくたろう》の答えです。以下、少し長くなりますが、愛と嫉妬を巡《めぐ》る重要な発言であるので全文引用してみましょう。

「愛は、その愛するものを独占しようと願っている。これが嫉妬の起源であり、自然のことである。しかしながら愛は、それに成功してしまった後では、競争もなく、嫉妬もなく、退屈で褪《さ》め易《やす》いものに易《かわ》ってくる。これがまた自然であり、概《おおむ》ねの家庭悲劇が、そこに基いているのである。

西洋人の古い智慧《えいち》が、この不幸から脱れるために、あの華やかな夜会や舞踏会を考え出した。そこでは自分の妻たちが、他の異性の手に抱かれ、他人の若い妻たちが、また自分の手に抱かれて居る。電灯の下には花が飾られ、香料の匂いは艶めかしく漂《ただよ》って居る。音楽と、そして衣ずれの中の甘い密語《ささやき》！　嫉妬は必ず起るであろう。しかも紳士の教養によって調整された、つつましやかの軽い嫉妬が！

これからして西洋人は、常にその家庭を若返らせ、いつも台所の中に燻《くす》ぼってる妻たちをして、明るい新婚の夜に恢復《かいふく》させる。（どんな妻たちも、決してその良人《おっと》のためには化粧しない。）舞踏会の風習は、家庭をその糠味噌《ぬかみそ》の黴《かび》から救い、永遠の退屈する憂鬱《ゆううつ》からして、人生を刺激あるものにしようとする、悲しい西洋人の発明である」（『虚妄の正義』講談社文芸文庫）

これぞまさに嫉妬という処置なしの悪の賢い使用法ではないでしょうか？

「男女がもう愛し合わなくなってしまったら、手を切るのはじつに難しい」

（『マクシム』）

腐《くさ》れ縁《えん》、別れられない男と女

いわゆる腐れ縁というものがあります。この段階に到達すると、もはや最高の愛の妙薬《みょうやく》であるはずの嫉妬も、服用しすぎた回春剤《かいしゅんざい》のように、何の効果ももたらしません。愛もなく、かといって嫉妬もない。にもかかわらず、まだ関係は続いているのです。

では、セックスの相性だけが抜群にいいのでしょうか?

まあ、そういうこともないではないでしょう。しかし、たいていの場合、セックスもない、というのが本当のところでしょう。

ではいったい、二人はなんのために「手を切らずに」いるのでしょうか?

この問題に関しては、ラ・ロシュフーコーでもなく、パスカルでもなく、この私のつくったマクシムが一番有効ではないかと思います。

「《面倒《めんどう》くさい》が人を律《りっ》する最高のルールである」

そう、「別れるのが面倒くさい」からこそ、人は愛も嫉妬もなくなった後も一緒にいるのです。言い換えると、愛よりもなによりも「習慣」が、より正確には「習慣」を打破することの「面倒くささ」が鋼鉄の鎹《かすがい》となって夫婦や恋人を結びつけているのです。

よって、ラ・ロシュフーコーのマクシムに次のような解釈を加えると、より完璧なものになるでしょう。

「男女がもう愛し合わなくなってしまったら、（面倒くさいので）手を切るのはじつに難しい」

ことほどさように、「面倒くさい」というのは、一緒にいるべき理由のなくなった男女さえ長くつなぎとめておく最強の接着剤なのですが、それはまた最強の「分離剤（こういうものがあるのでしょうか？　磁石のプラスとプラス、マイナスとマイナスのようなものを想像してください）」として機能することもあります。すなわち、恋もしなければ、愛し合うこともなく、当然、セックスもしないシングルの男女が増え続けているのは、恋も愛もセックスも、なにもかも面倒くさいからなのです。

いや、面倒くさいのは男女の仲に限ったことではありません。およそ、人と人との付き合いすべてが面倒くさいのです。

と、ここまで書いてきて、訂正の必要を感じました。私のマクシムは正しくは「人を律する」ではなく、「日本人を」としなければなりません。

「《面倒くさい》は日本人を律する最高のルールである」

というのも、欧米人は、自己愛が強いので面倒くさいから離れないということはなく、面倒くささは最高の接着剤とはならないと思われるからです。ゆえに、ラ・ロシュフーコーのマクシムはむしろ次のように解釈されるべきなのかもしれません。

「男女がもう愛し合わなくなってしまっていたら、(自己愛がすべてを支配するようになるので)手を切るのはじつに難しい」

そうなのです。欧米人は自己愛ゆえに別れないでいますが、日本人はただ面倒くさいから別れないのです。「面倒くさい」は「日本人憲法」の第一条なのです。

ではいったい、「面倒くさい」はいつ、いかにして、またなにゆえに、かくほどに日本人を強く支配するに至ったのでしょうか?

それは、この二十年来の大デフレで、日本の資本主義が「贅沢励行《れいこう》」ではなく「面倒くささ回避」の方向に舵《かじ》切《き》りしたからです。デフレというのは「経費削減」「人員整理」といったムダ回避を加速させますが、そのムダ回避資本主義は、方法ばかりか、それが作り出す商品の性質まで規定するに至ったのです。

よって売れ筋商品は面倒くささ回避グッズだけとなり、元から日本人に内在していた「面倒くさいことは嫌いだ」という性向がより強化された結果、次には「面倒くさい」が今度は商品論理に再循環して……。

現に、日本人がなにかの動機を説明するときには、かならず、この「面倒くさいから」がトップに来ているのではないでしょうか。

たとえば、私は、パソコンを使わずに、この原稿をワープロで書いていますが、それはワープロをパソコンに替えるのが「面倒くさい」からです。

ところが、ワープロからパソコンへ、そしてパソコンからスマートフォンに乗り換えた人の挙げる理由もまた「面倒くさい」なのです。

違いは、どこに面倒くささを感じるかだけであって、「面倒くさい」が第一原理になっている点ではいささかも変わりはないのです。日本人は全員、「面倒くさい」で動いているのです。そして、なにが面倒くさいといって恋愛やセックスほど面倒くさいものはないから、日本人は結婚も子づくりもしなくなり、必然的に少子高齢化現象が生まれましたが、しかしその抜本対策を考えるのも「面倒くさい」から、日本消滅はどう見ても不可避《ふかひ》なのです。

嗚呼《ああ》！

希望「われわれは希望によって約束し、恐怖によって約束を果たす」

（『マクシム』）

バラ色の未来――今日は無理だが、明日になったら

人は、約束するとき、常に未来をバラ色に見るようです。シャンソンの名曲「ラ・ヴィ・アン・ローズ（バラ色の人生）」というのは、こうした傾向を歌ったものです。今日は無理だが、明日になったらどうにかなるのではないかといつも思うのです。どうにかなるという保証などどこにもないにもかかわらず。

その典型的なものは、原稿の締切です。スケデュールの詰まり方から見て、単発原稿の食い込めそうな余地はどこにもありません。二、三カ月先も同じです。複数のレギュラーが当分続くのだから、単発ものが入り込めそうな隙間《すきま》は来月も再来月も同じようにないのです。ところが、どういうわけか、二、三カ月先という未来は、想像を超えた遠い未来のように思えてしまいます。そして、それくらい先なら、まあいいでしょうと簡単に承諾のメールを出すことになるのです。

だが、当たり前ですが、その限りなく遠い未来に思えた「二、三カ月先」はすぐに来ます。

そして、これまた当然ですが、どこにもスケデュールに空《あ》きはありません。かくて、レギュラーの隙間を見いだすために、「徹夜」という突貫工事を行なわざるをえない羽目《はめ》になります。そして、そのときに、徹夜してでも締切を守る物書きを支えるのは、誠意とか誠実さといったきれいごとではなく、ただ、「原稿を落としたら最後」という「恐怖」なのです。恐怖によってのみ締切は守られているのです。

同じことが借金についても言えます。借金をするとき、人は「すぐに返します」とか「倍にして返します」と約束しますが、これは、別に嘘《うそ》を言っているわけではなくて、本当にそう感じているのです。なぜなら未来はつねにバラ色に見え、借金した金額くらいなら少し倹約すればすぐに貯《た》まるだろうと思うからです。あるいは、今年はボーナスが増えるはずだから、それを回せばいいと考えます。

しかし、現実には、ただでさえキツキツの生活をしているのにさらに倹約することなどできるわけがありません。また、ボーナスの増額なんて一部の上場企業だけの夢のような話で、中小にまでその恩恵《おんけい》は回ってきません。

かくて、借金の返済期日が到来しても、元金でさえ返却できないということになります。しかたなく、別の借金の口を当たりますが、それは常に低い金利の金を返すために高利の金を借りるというかたちを取ります。そして、その理不尽《りふじん》な借り換えが何度か繰り返されるうちに借金は複利法《ふくりほう》の原則により雪だるま式に増えてゆくのです。

それでも、最後には、どうしても借金をまるごと返済しなければならない日がやって来ます。雪だるま式に増えつづけた借金の手形が、怖いお方たちの手に落ちて、追い込みをかけられるからです。

そう、まさに「恐怖によって約束を果たす」ほかなくなったのです。

だが、「恐怖によって約束が果たされた」からといって、借金が消えるわけではありません。怖いお方たちに返済した借金は、財産の売却か、あるいは破産か、さもなければなんらかの違法行為によって工面《くめん》されなければならないからです。

こうして、借金の無限連鎖は、これまた「究極の恐怖」によって「最終決着」を迎えることになるのです。

よって、物書きや、借金癖のある人が守るべきマクシムは次のようになるべきでしょう。

「希望によって約束せず。恐怖によって約束を果たすな」

馬鹿《ばか》「頭のいい馬鹿ほど始末の悪いものはない」

（『マクシム』）

分別《ふんべつ》がある馬鹿というのは絶対にいない

『バカの壁』が空前の大ベストセラーになってよかったことの一つに、バカとか馬鹿という言葉を使っても差別用語として校閲《こうえつ》から指摘を受けなくなったことです。バカや馬鹿はあらためて市民権を獲得したのです。

というわけで、ラ・ロシュフーコーの決定的マクシムの一つであるこれを堂々と掲《かか》げることができるわけですが、じっさい、読んだ人はただちに「そう、その通り！」と快哉《かいさい》を叫ぶにちがいありません。それくらいに、どこの職場でも、まともな人たちはこの「頭のいい馬鹿」に悩まされているのです。

しかし、「頭のいい馬鹿」というのは感覚的にはすぐにわかるのですが、いざこれを辞書的に定義しようとすると意外に難しいものです。

まず「高学歴の馬鹿」とするのは簡単だし、実際、「高学歴だけで、使い物にならない馬鹿」というのはどの職場にもかならずいます。これは考えてみれば当たり前のことで、高学歴であることと、それぞれの職場で要求される臨機応変な才能とはまったく別のものです。だから、高学歴の馬鹿というのは、あまり実害のないポストを与えておいてやればそれですむのですが、しかし、ラ・ロシュフーコーが言っている「頭のいい馬鹿」というのは「高学歴の馬鹿」とは少し違うような気がします。

それは次のようなマクシムから明らかです。

「頭のいい馬鹿、というのはときどきある。しかし、分別がある馬鹿というのは絶対にない」

（『マクシム』 以下同書）

よって、ラ・ロシュフーコーが言う「頭のいい馬鹿」というのは、「頭がよくても分別のない馬鹿」ということになります。

ではいったい、「頭がいい」ことと「分別がある」こととは、どう違うのでしょうか？

まず、「頭がいい」というのは記憶力や推理力や理解力にすぐれていることを意味するのでしょう。しかし、こうした能力は過去の事例の分析には向いていますが、現在起こりつつある状況を短時間で的確に判断し、とりあえず最適の解決を見いだして危機を切り抜けることには向いてはいません。言い換えると、演習や練習では抜群の成績を収めるけれど、いざ実戦となるとまったく実力が発揮できなくなるタイプです。これから判断すれば、「分別がある」ということは、実際の状況に応じた判断力のある人ということになります。

では、こうした「実際の状況に応じた判断力」というのは経験によって養《やしな》われるものなのかというと、そうでもないところに困った点があります。すなわち、いくら経験を積んでも「頭のいい馬鹿」が「頭がよくて分別もある利口《りこう》」になることはないのです。

というわけで、「頭のいい馬鹿」というのは、「経験によっても分別がつくようにならない」という特徴を持つということになります。

よって、こうした「頭のいい馬鹿」を上司に持った場合も、また部下に持った場合も、人はおのれの不運を嘆《なげ》くしかないのです。

しかし、一つだけ希望があります。それは馬鹿には馬鹿なりの運命というものがあるということです。

「この世には、馬鹿たるべく運命づけられた人がいる。自ら選択して馬鹿なことをしでかすだけではなく、運命そのものが彼らに馬鹿なことをするように強《し》いるのである」

よって、たとえ「頭のいい馬鹿」に悩まされている場合でも、そのままにしておけばいいのです。そのうちに、運命によって馬鹿なことをしでかして失脚するにちがいないからです。

「こころの欠点は、顔の欠点と同じである。歳を重ねるほどにひどくなってゆく」

（『マクシム』）

なぜ、人は老いに抵抗するのか

老い「われわれは人生のそれぞれの年齢にまったくの新人としてたどりつく。よって、ほとんどの場合、いくら歳をとったとしても、その年齢においては経験不足のルーキーなのである」（『マクシム』以下同書）

トロツキーは「人に襲《おそ》いかかるもののなかで最も思いがけないのは老いだ」と言ったそうですが、たしかに、老いというのは最も予測不可能な事態であり、それがやって来たときに、「そうか、ついに来たか。なんだ、思ってた通りじゃないか」といえる人はほとんどいません。たいていの場合、予想していたものとあまりに違っているので、その落差に愕然《がくぜん》として、言葉もなく立ちすくむだけなのです。

なぜなのでしょうか？

それは、平凡な答えですが、老いるということが、持っているものを失うことだからです。

体力、気力、知力、性欲、等々、すべてついさっきまで持っていたと思っていたものがいつのまにか失われているのです。しかも、そのことにいささかも自覚的でないのです。自覚的なつもりでも、実際は全然自覚していないのです。

老いがやって来るその瞬間までは、この逆です。人は、歳を重ねるにつれて、常になにかを得て、持っているものが増えていくような感覚を抱《いだ》きます。体力、気力、知力、性欲、等々、すべて以前よりも増えたように感じる。だから、永遠にそれが続くのだと錯覚《さっかく》します。ところが、人間に永遠はありません。そして、人はある時点を最後に、足し算の世界から引き算の世界に入っていくのです。

引き算の世界に馴染《なじ》めないことで悲劇は起こる

問題はこの転換点に立った瞬間です。足し算の世界に慣れてしまった人はどうしても引き算の世界に馴染むことができません。当然、老いに激しく抵抗しようとします。しかし、たいていは、その抵抗そのものが、よけいに悲劇を大きくするのです。

それは認知症を自覚した患者がやたらとメモを取りだすのと同じで、衰《おとろ》えを自覚していることを人には悟《さと》らせないように努めるというかたちを取りますが、所詮、空《むな》しい努力なのです。

「下り坂にさしかかった時点で、その肉体と精神の衰えがいかなるところから始まるのかを人

に悟らせないでいられる人はめったにいない」

そして、その努力が激しくなると、それははた目から見ても物狂《ものぐる》おしい努力と映るようになります。

「老いてなお盛んというような血気は、狂気からそれほど隔《へだ》たってはいない」

ラ・ロシュフーコーはこうした「老いに逆らおうとする」年寄りに対して苛酷《かこく》な言葉を連発します。

「老人は、悪い見本を示すことができなくなったのがくやしいので、良き教訓を垂《た》れ流すのである」

「こころの欠点は、顔の欠点と同じである。歳を重ねるほどにひどくなってゆく」

極め付きはこれでしょう。

「歳をとった気狂いは、若い気狂いよりもはるかに気狂いである」

しかし、その一方で、ラ・ロシュフーコーはこうも言っています。まだこちらのほうが救いがありそうです。

「人は歳をとるにしたがって、より物狂おしくなるが、同時に、より賢明にもなる」

「偉大な資質を持って生まれたことの紛《まぎ》れもないしるし、それは妬《ねた》み心なしで生まれたということだ」

（『マクシム』）

最も克服し難《がた》い悪徳とは、妬みである

インターネットが誕生して、露骨に暴露された真実の一つは、人間を突き動かす最も強力な動機の一つが妬みであるということです。妬みこそは、人間関係を司《つかさど》る最重要のファクターなのです。

実際、他人の言動を観察し、深く掘り下げていくと、また自分の心に測鉛《そくえん》を降ろしてみても、妬みという強力な岩盤に突き当たらないではいられません。妬みこそは、最も克服し難い悪徳の一つなのです。だから、ラ・ロシュフーコーはこう断言することになります。

「妬み心は憎悪よりもいやし難い」（『マクシム』　以下同書）

いやまったく、これは絶対的な真実ですね。たとえば、本で読んだり、テレビで見ているぶんには立派に見える人が、いざ親しくつきあってみると、他人の悪口ばかり、それも妬み、嫉《そね》みから出た汚《きたな》らしい言葉を口にする現場に立ち会わざるをえないことがありますが、そんなときにはなんとも悲しい気持ちにならざるをえません。我らが英雄はこんなに卑《いや》しい人だったのかという失望。まさに幻滅そのものです。

しかし、それでも、妬み、嫉みをなんのてらいもなく率直に口にする人であるときには、そこにある種の天真爛漫《てんしんらんまん》さを感じて、その面で「許せる」と感じることもないではありません。許せないのは、自分には嫉妬心などいささかもないと公言しながら、傍《はた》から見ると、妬み以外のなにものでもないような言辞《げんじ》を弄《ろう》する人です。

こうした人を目《ま》の当たりにすると、「だめだ、こりゃ」と見限りたくなります。その反対に、妬み心を生まれつき持っていない人間に出会うと、心から感動し、これこそは本当に偉大な人間だと思い込むのです。しかし、そうした人にはごく稀《まれ》にしか出会いません。もし、いたら、絶対に友達になっておくべきです。人生の宝となるにちがいありません。ということは妬み心のない人に出会う確率はおそろしく低いということなのです。

「妬み心のない人に比べれば、まだしも、欲のない人のほうが多い」

ひと一倍妬み心が強かったラ・ロシュフーコー

ところで、ラ・ロシュフーコーはこれらのマクシムからして、他人のうちに妬みを察知する名人だったことがわかりますが、では、彼自身に妬み心がなかったのかといえば、むしろ、その反対であるといえます。ひと一倍妬み心が強かったからこそ、他人の妬みに敏感に反応したのです。

しかし、まさにこれがパラドックスですが、ラ・ロシュフーコーは、おのれのうちに強力な妬み心を抱えていたがために、その最高の分析家となりえたのです。そのことを教えてくれるのが次のマクシム。

「猜疑《さいぎ》心というのは、自分が手にいれているか、あるいはそう信じている幸せをだれにも渡すまいとすることだから、ある意味で、正当なものであり、理《り》にかなっている。それに対して、妬み心というのは、他人の幸福が我慢ならないというのだから、一種の狂気と見なすほかはない」

このように、妬みというのは、他人の幸せが我慢できないのだから、その他人が幸せを失えば、癒《いや》されるのかというと、決してそんなことはないのです。

「われわれがいだく妬み心というのは、われわれが妬む当の相手の幸せよりも、ぜったいに長生きするのである」

嫉妬《しっと》は愛よりも長生きするのと同じように、妬みは相手の幸せよりも長生きするのです。嗚呼《ああ》！

では、妬みを治す薬というのはこの世に存在しないものなのでしょうか？

一つだけある、というのがラ・ロシュフーコーの答えです。それは妬みを引き起こす原因となるところの自尊心にほかならないというものです。

「われわれにかくほどまでの妬みを引き起こすところの自尊心は、またしばしば妬みを和《やわ》らげる働きもする」

自尊心は諸悪の根源ですが、しかし自尊心以上に諸悪の根源である妬みを和らげるのですから、これぞ毒を以て毒を制す、です。なにごとも使い道ひとつなのですね。

「大いなる欠点は大いなる人物にのみ属する」

（『マクシム』）

長所がたくさんありながら嫌われる人、欠点だらけなのに好かれる人

ラ・ロシュフーコーは欠点と長所、悪徳と美徳をしばしば独自の観点から考察するのですが、これがまたじつによく当たっているのです。

たとえば、スターリン、毛沢東《もうたくとう》。いずれも巨大な欠点の持ち主でしたが、いずれもスケールの大きな人物であったことは確かです。

「善とおなじように悪にも英雄がある」（『マクシム』以下同書）

創業社長などにも、スターリンや毛沢東ほどではなくとも、そのスケールの大きさが欠点の大きさによるものである人が少なくありません。人格円満では、会社を大企業に育てる程度のことでも決して容易ではないのです。

「欠点で際立《きわだ》つ人もいれば、長所で見劣《みおと》りする人もいる」

「長所がたくさんありながら嫌われる人がおり、欠点だらけなのに好かれる人もいる」

このように、ラ・ロシュフーコーは長所よりも欠点のほうに寛大《かんだい》です。

おそらく、長所はみな似たりよったりだが、欠点のほうがヴァラエティに富《と》んでいるから観察するのが楽しかったにちがいありません。

「欠点には、これをうまく生かせば美徳そのものよりも輝くようなものがある」

たしかに、欠点と長所は、コインの裏表のような関係があります。たとえば、気前がいいということは長所ですが、それがそのまま何の制限も加えられることがないままだと、極端な場合、破産に通じることがあります。反対にケチなら破産して債権者を苦しめることもありません。それにケチでモノを溜《た》め込む人がいないと、後の人間にとってコレクションというのも成立しません。

「善にしろ悪にしろ、われわれの素質というのはすべて不明確で、かつ曖昧《あいまい》なものだ。そして、ほとんどすべてが時と場合によりどうにでもなる」

たとえば、長所ですが、ラ・ロシュフーコーによるとこれには大きく分けて先天的なものと後天的なものの二種類があり、後天的に「理性」という制御《せいぎょ》を加えないと、長所ではなくなってしまうものもあるというのです。

「長所の中には、生まれつきの場合、欠点に退化してしまう長所がある一方、また後天的に身につけた場合では決して完璧になりえない長所もある。たとえば、われわれは富や信頼の賢い使い方について理性によらねばならないが、反対に、われわれの善良や勇気は生まれつきのものでなければならない」

ところで、ラ・ロシュフーコーが点を甘くしているのは、おおむね、当人にとって自覚されていない欠点ですが、欠点を自覚すると、それよりも大きな欠点が表に現われてきてしまうことがあるというのです。

「欠点を隠そうとして用いる手段よりも許すべからざる欠点はめったにない」

たとえば、臆病な人間がそれを隠そうとして傲岸不遜《ごうがんふそん》に振る舞ったりするのはその典型ですが、ラ・ロシュフーコーによると、なんと率直さという長所までもそうした偽金だったということになります。

「われわれが自分の欠点を告白するのは、その欠点が他人に与えた精神的損害を、われわれの率直さによって埋め合わせするためである」

もっとも、自分の欠点を自分から語って「率直さ」という代価を得ようとするにしても、多くの場合、それはどんな欠点でもいいというわけではないようです。

「自分について語りたいという欲望、ただし、自分の欠点を人に見せてもいいと思う面から見せたいという欲望が、われわれの率直さの大部分を占めている」

自分がどこまで臆病なのか、知っている者はきわめて少ない

では、ラ・ロシュフーコーが考える欠点の中の欠点とはなんでしょう。

「弱さこそ、ただ一つ、矯正《きょうせい》のしようのない欠点である」

ラ・ロシュフーコーは勇猛果敢《ゆうもうかかん》な武人でした。それも中世に遡《さかのぼ》る帯剣貴族《たいけん》の末裔《まつえい》で、三十年戦争ではドイツ各地を転戦し、またフロンドの乱ではフロンド軍の先頭に立って戦った武人でしたから、戦場において、克服しがたい最大の欠点は弱さであることを骨身《ほねみ》にしみて感じたにちがいありません。というのも、弱さは自分からは告白できない類《たぐ》いの欠点であるため、弱い人間ほど強がって見せることが多く、また、平時にはそうした空威張《からいば》りの軍人が出世することが増え、その結果、味方の大敗北を招いたからです。

しかも、空威張りを自覚していればまだましなのですが、ほとんどの場合、人は自分の弱さにどこまでも無自覚なのです。

「自分がどこまで臆病なのかを知っている臆病者はきわめて少ない」

まったく、弱さや臆病さというのは、問題に直面してみるまでは自分にもわからないものなのです。それを一言でいったのが『マクシム』の中でも最も有名なマクシムの一つです。

「太陽も死も、これを直視することはできない」

死という究極の恐怖に臨《のぞ》んだとき、人は初めて自分が弱い人間であったか否《いな》かがわかるのではないでしょうか？

第二章

人間のありとあらゆる営みは、すべて気晴らしにすぎない

パスカル

「人間はすべて幸福になろうとしている。（中略）首を吊《つ》ろうとする人もまた例外ではない」

（ブレーズ・パスカル『パンセ抄』）

苦しいから自殺をするのではない

ここから、ラ・ロシュフーコーを離れて、パスカルを扱っていきたいと思います。ラ・ロシュフーコーも徹底した人ではありましたが、パスカルの徹底ぶりはラ・ロシュフーコーどころの騒ぎではなく、まったく容赦《ようしゃ》がありません。

「人間はすべて幸福になろうとしている。これには例外がない。幸福になろうとする方法に違いはあっても、全員がこれを目指している。（中略）意思というものは、この目標に向かう以外にはいかなる小さな行動も起こしえない。これこそ、ありとあらゆる人間のありとあらゆる行動の動機であり、首を吊《つ》ろうとする人もまた例外ではない」（『パンセ抄』以下同書）

その容赦のなさをよく示しているのが、右のマクシム（パンセ）です。というのも、パスカルは理系の人ですから、たんに、一つの事象に関する真理を求めるばかりではなく、あらゆることに当てはまる定理を追及しようとするからです。ひとことでいえば、パスカルは普遍性原理の人なのです。

このため、人間を突き動かす動機はなにかと徹底的に問うたあげく、一つの例外もなく当てはまる定理を探しだしてきます。

その定理の一つが、人間のすべての行動（頭の中の行動も含む）は幸福追求だということです。

そうかしら？　と凡人は思うのですが、よく考えてみると本当なのです。

「ああ、苦しい、ああ、不幸だ。こんな苦しいなら、こんな不幸なら、いっそ死んでしまおう」と思って自殺する人がいるとすると、その人は、厳密にいうと、苦しいから、不幸であるから自殺するのではなく、苦しさや不幸から逃れられたら、言い換えると、死んだほうが幸福になれるだろうと思うから自殺を選ぶのです。

Aさんと Bさんがいた場合、Aさんは志願して戦争に行くとします。また、Bさんは徴兵拒否してでも戦争に行かないとします。Aさんが志願して戦争に行くのは、たとえば、戦争に行って敵兵を殺すことが自分あるいは家族あるいは国家に幸福をもたらすと考えるからであり、反対にBさんが戦争に行かないのは、戦争に行かずに人を殺さないことが自分あるいは家族あるいは国家に幸福をもたらすと考えるからなのです。「願いは両者とも同一であり、違った見方が付随《ふずい》しているだけ」なのです。

これほど大きなケースでなくとも、同様です。

たとえば、目の前においしそうなカツ丼があるとします。Aさんはカツ丼を食べたときの幸福感を思ってカツ丼を食べます。反対に、Bさんはカツ丼を食べたらコレステロールや尿酸値《にょうさんち》が上がるだろうと思い、健康のためにカツ丼を食べません。どちらも幸福になろうと考えて選択を行なっているのです。

これらの例からもわかるように、パスカルの思想の特徴は、選択の理由や意思は別々でも、その選択へと人を駆り立てる根本原因は同一だと見なす点にあります。

その究極の姿は、神は存在するのか存在しないのかという問いとなって現われますが、これについては本稿とは目的が異なりますから、あまり深追いせずに、とりあえずは、パスカルの思想は徹底していて、どこまでいっても容赦してくれないというこの一点を確認しておくにとどめましょう。

なぜ、人は幸福について考えるのか

「わたしたちがどんな状態にいても、自然はわたしたちを不幸にするものである。わたしたちの願望が、もっと幸福な状態というものをわたしたちの心に描《えが》きだしてみせるからだ」

これもまたパスカルの徹底性を示すマクシムです。パスカルは、人間はなにゆえに、行動の選択というかたちで幸福を追求するのだろうかと、さらに疑問を一段レベル・アップしたあげくに、次のように結論せざるをえなくなります。

「もし、わたしたち人間の条件というものが本当に幸福だとするならば、わたしたちは幸福とは何か考えようとする必要もなく、幸福になることができるはずなのだ」

つまり、人間が行動しようとして選択を行なうのは、「いま・ここで」幸福でないと感じているからなのです。もし、人間が生まれついて幸福ならば、幸福になろうとして何ごとかのアクションを起こす必要はないのです。逆にいうと、本来的に幸福なら、何もしないのが普通なのであり、何かアクションを起こすというのは、不幸であると感じていなくとも、幸福度が少し足りないと感じているからなのです。

極言すれば、わたしたちのすべてのアクションは、自分は不幸である、あるいは幸福度が足りないという認識に原因をもっているのです。

さあ、たいへんなことになりました。われわれ人間が、原始の時代からさまざまなアクションを起こして今日あるような文明を築いてきたのは、人間が本質的に不幸だからという結論になってしまったのです。実は、これがまさにパスカルが自分の思想の根源に据《す》えた考え方なのです。そう、人間は不幸から出発している、と。

人間は本質的に不幸である

ではいったい、不幸から出発して、幸福になりたいと願いながらアクションを起こした人間が幸福になることはあるのでしょうか？

ありえない、というのがパスカルの答えです。先の引用の続きを読んでみましょう。

「その願望は、わたしたちがいまいる状態に、わたしたちがいない状態を結びつける。そして、わたしたちは、その快楽に到達したとしても、そのために幸福になるということはけっしてない。わたしたちはその新しい状態にふさわしい別の願望を持つに至るからだ」

少し難しい言い方かもしれないので、わたしたちなりに言い換えてみましょう。

まず、わたしたちは、いまいるステージで「少し幸福度が足りない」あるいは「不幸である」と感じています。

そこでアクションを起こし、わたしたちが「これなら幸福になれるかも」と予想したステージへの移行を図《はか》ります。そして、運よく、そのネクスト・ステージに到達したとしましょう。わたしたちは、最初のうちこそ「幸福になれた！」あるいは「足りなかった幸福度が満たされた」と感じるでしょうが、本質的に不幸な存在であるために、そのステージにおいても同じように「少し幸福度が足りない」あるいは「不幸である」と感じ始め、「これではダメだ、ネクスト・ネクスト・ステージだ！」というように、幸福満足度のレベルを上げていくのです。そして、このレベル・アップには限度というものがありませんから、どんなステージに上がっても、常に不幸なのです。

パスカルのこうした「人間は本質的に不幸である」という認識は、じつは彼のキリスト教理解の核である原罪説《げんざい》とつよく結びついているのですが、ここでは深入りは避けて、それが現代の脳科学や統計学の教えるところと一致していることだけを指摘しておきましょう。たとえば、オックスフォード大学教授のエレーヌ・フォックスの『脳科学は人格を変えられるか？』（文藝春秋）には、こんなことが書かれています。

「イースターブルックが行った調査によれば、アメリカとヨーロッパでは一九五〇年代からこれまでの半世紀を超える歳月で、富はめざましく向上したが、人々が感じる幸福度は横ばいで、しかも不安や抑うつの発症率は大きく上昇している。その他複数の調査でも、人々の幸福度がすこしも増加しておらず、多くの人が未来について深い悲観を抱いているという結果が出ている。社会の物質的な豊かさと、そこに住む人々が感じている幸福や安心の度合いには何の関連も認められなかった」（森内薫訳）

人間の本質は不幸であり、願望のステージが上がれば上がるほど不幸の度合いは増す。残念ながら、パスカルが三百五十年前に喝破《かっぱ》したこの事実はますます真理の度合いを深めているようです。

完全な無為《むい》ほど耐《た》え難《がた》いものはない

「人間にとって、完全な休息の中にいながら、情念もなく、仕事もなく、気晴らしもなく、神経を集中させることもない状態ほど耐え難いことはない」

パスカルが、人間の本質は不幸だとするもう一つの、そして最大の理由がこれです。もし人間が本質的に幸福であるならば、なにもすることがない完全な無為の状態においても幸福でなければなりません。ところが、人間にとって完全な無為ほど耐え難い不幸はないのです。パスカルは続けてこう言っています。

「そのような状態にあると、人は虚無《きょむ》を感じ、自分が見捨てられ、不十分で、他に従属しており、無力で、空っぽであることを自覚してしまう。そして、たちまちにして、魂の奥底から、倦怠《けんたい》が、暗黒が、悲しみが、傷心が、怨恨《えんこん》が、絶望が湧きでてくるのである」

本当かしら、と思う人は、完全な無為というものを経験したことのない人です。パソコンやスマートフォンはおろか、テレビも本も新聞もなにもない部屋に閉じ込められたとしたら、人間はまちがいなくこうした状態に陥《おちい》るにちがいありません。

そのサンプルがほしければ、堀江貴文《ほりえたかふみ》『ゼロ　なにもない自分に小さなイチを足していく』（ダイヤモンド社）をひもとくのが一番でしょう。ホリエモンは、東京拘置所の独房に身柄《みがら》を拘《こう》束《そく》されていたときのことをこう回想しています。

「取り調べそのものがつらいのもあったが、それ以上に苦しかったのが、終わりの見えない独房暮らしだ。（中略）

逃げ場のない独房の中、誰とも会話することもなく、なにもしないで暮らす日々、言葉にするとなんでもないことのようだが、これがどんなに耐えがたいことか」

まるで、パスカルその人が書いている文章のようではないでしょうか？　おそらく、独房の中で完全に無為の状態に置かれたホリエモンの魂の奥底からは、「暗黒が、悲しみが、傷心が、怨恨が、絶望が湧きでて」きたにちがいありません。実際、ホリエモンはこの無為の状態に耐え切れず、いっそ、検察の調書にサインしてしまおうかと考えたようです。また、深夜、独房でどうしても眠れなくなって悶々《もんもん》としていたときに、刑務官が扉の外から声をかけてきて、「どうしても寂しくて我慢できないときには、話し相手になるよ」と言ってくれたときには、「ぶわっ、と涙があふれ出た」と書いています。

やはり、人間は、絶対的な無為の中では、生きてゆくことができないのです。

では、そのような人間の条件を背負わされたわたしたちは、いったいどうやって、その無為を乗り越えようとしたのでしょうか？

「個々の仕事をいちいち吟味《ぎんみ》しなくとも、気晴《デイヴエルテイスマン》らしという観点から眺《なが》めればそれだけで十分である」

（『パンセ抄』）

楽しい労働もつらい仕事も、遊びも戦争も、すべて気晴らしにすぎない

パスカルが『パンセ』で述べていることを一言で要約すると、右の言葉になります。前項に指摘したようにパスカルというのは普遍性原理の人で、個々の現象ではなくすべての現象を一括して説明できるような包括《ほうかつ》的な観点しか採用しません。その包括的な観点というのが、「気晴らし」であるというのです。

いったい、これはどういう意味なのでしょうか？

しかし、それを考える前に、少し訳語を検討しておきましょう。右の訳文で、私がとりあえず「仕事」と訳しておいた言葉の原語はフランス語でtravail、英語ならworkです。このtravailあるいはworkは、日本語でいう仕事のほかに勉強、研究、宿題など、人間の営《いとな》みのほとんどを含んだ広い概念の言葉です。

したがって、この仕事という言葉を人間の営み全体として解釈してみると、それを包括的に説明するものとしての「気晴らし」というキー概念の広さがわかってくるはずです。

つまり、パスカルは人間のありとあらゆる営みというのはこれすべて気晴らしにすぎないと断定しているのです。

楽しい労働もつらい労働も、楽しい遊びもつまらない遊びも、楽しいゲームもつまらないゲームも、いや、戦争だって侵略だってなんだって、人間がすることなら、すべてこれ気晴らしだというのです。

いや、ものすごい普遍的観点ではないでしょうか?

ひきこもりがひきこもれる理由

「わたしは、人間のさまざまな行動や、人が宮廷や戦場で身をさらす危険や苦しみのことを考え、かくも多くの争いや情念、大胆で、時に邪悪なものにさえなる企《くわだ》てはいったいどこから生まれるのかと考察を巡《めぐ》らしたとき、人間のあらゆる不幸はたった一つのことから来ているという事実を発見してしまった。人は部屋の中にじっとしたままではいられないということだ」

(『パンセ抄』 以下同書)


つまり、人がさまざまな行動を起こしたり、あらゆる仕事をしたり、戦争に出掛けたり、あるいは悪事にふけったり、宮廷でろくでもないおしゃべりに熱中したり、女色《にょしょく》や男色《だんしょく》に入れ込んだり、あるいは研究や真理の探求に身を委《ゆだ》ねたりすることはすべてこれ、部屋の中にじっとしていられないために、外に気晴らしを求めることから来ているのです。もし、部屋の中にじっとしていても、なんの退屈も感じず、苦痛も覚えなかったら、人は部屋の中に閉じこもったままでいるにちがいありません。

この意味で、「ひきこもり」という現象はまさに象徴的です。というのも、「ひきこもり」の人々が部屋の中にひきこもっていられるのは、インターネットやパソコン、スマホ、ゲーム、ビデオ、DVDといった「気晴らし」の手段が与えられているからであり、もし、彼らがこうした気晴らしの手段をすべて取り上げられて、刑務所の懲罰房《ちょうばつぼう》のような、本当になにもすることのない部屋の中に閉じ込められていたとするなら、すぐひきこもりを止《や》めるにちがいありません。「気晴らしがないひきこもり」というものはありえないのです。

それは「ひきこもり」をしている人に限りません。およそこの世で最高の地位と身分を与えられた王様のような人でもまったく同じことなのです。

「この世で王位ほど素晴らしい地位はない。（中略）とはいえ、こうした、あらゆる満足に取り囲まれた王になんの気晴らしも与えられていないとしたらどうなるのか？（中略）いわゆる気晴らしというものを持たない王は、なんとも不幸な人間、彼の臣下《しんか》のいちばん身分が下の者よりも不幸な人間となるにちがいない。そうした身分の臣下は少なくとも賭事《かけごと》や気晴らしが

できるからだ」

そう、気晴らしがなければ、王様のような人間でも生きてはいけないのです。

人間は生まれつき、あらゆる職業に向いている

しかし、こういうと、おそらく次のような反論が出てくるにちがいありません。

すなわち、人間が働くのは気晴らしのためではなく、糊口《ここう》の資を得るためである。労働が気晴らしとなるのは、食べるために働かなくていい人間に限られるのではないか？

これはまあ、たしかにその通りではあります。生きるために、自分の労働以外の手段を持たない人間、すなわちプロレタリアートは、食べるために働くのです。

とはいえ、今日の先進国においては、いくらワーキング・プアーの割合が増えたからといって、人が学校教育を終えて労働を始めようとする場合、働いて賃金がもらえさえするならどんな労働でもいいという人は少ないのではないでしょうか？

言い換えると、少なくとも現在の日本においては、「職業選択の自由」はあるのです。この自由を享受《きょうじゅ》したうえで、食べていくために働いているのですが、問題は、実は、この職業選択の自由にあるとパスカルは述べています。

「一生のうちでいちばん大事なのは、どんな職業を選ぶかということ、これに尽きる。ところが、それは偶然によって左右される。習慣が、石工《いしく》を、兵士を、屋根葺《ふ》き職人をつくるのだ」

この場合、習慣というのは社会の風習、つまり、子供は親の職業を継《つ》ぐと決まっているとか、あるいは次男は兵士になるとかという風習のことで、職業選択の自由があっても、人は社会の風習に従って他律的に職業を選んでしまっているのだということです。しかし、肝心なのは、パスカルはそれが悪いとは決して言っていないことです。

「人間は、屋根葺き職人だろうとなんだろうと、生まれつき、あらゆる職業に向いている。向いていないのは部屋の中にじっとしていることだけだ」

つまり、人は自律的に職業を選んでいるわけではなく、他律的に職業を選ぶ場合がほとんどですが、実際に職業に就《つ》いてみると、どんな職業でもその人に絶対的に向いていないことはありません。やってみると、けっこう楽しんで仕事をするものなのです。たしかに食べるために働いてはいるのですが、働くことが気晴らしになっていることが少なくないということなのです。他律的に選択された労働でも、なにもしないで部屋に閉じこもっているよりははるかに苦痛が少ないし、食べるために強《し》いられたつらい労働でも気晴らしにはなっているのだというのです。なぜなら、働いていさえすれば、人は部屋の中にじっと閉じこもっている苦痛から逃れることができるからです。

囚人が禁錮《きんこ》刑より懲役《ちょうえき》刑を選ぶ理由

これをよく示すのが、どんな囚人でも禁錮刑よりは懲役刑を選ぶということです。懲役刑なら、刑務所内で労働ができますが、禁錮刑ではそれもできないからです。

また、死刑廃止論者が、その根拠として、死刑よりも終身の重禁錮に処するほうが懲罰効果は大きいとするのも、まさにパスカル的観点に立っているからです。

というわけで、食べるための労働もまた気晴らしにはなりうるのですから、気晴らしこそがありとあらゆる人間の行ないを一元的に説明できる普遍的観点というパスカル理論はいよいよ強固なものになってきたのです。

したがって、道学者が労働価値説的な倫理観から、ゲームや賭事、狩猟や魚釣りなどを気晴らしだといって非難するのはナンセンスなのだとパスカルは断言します。

あらゆる労働はウサギ狩りである

「変に哲学者ぶって、買ってまでは欲しくないウサギを追いかけ回して一日を過ごす人たちは不合理だと非難する人は、わたしたちの本性というものをほとんど理解していない。ウサギそのものはたしかに、わたしたちの視線を死や悲惨からそらせてはくれないが、ウサギを狩ることは、わたしたちが死や悲惨を直視するのをちゃんと妨《さまた》げてくれるからである」

なかなか凄いことが言われていると思いませんか？　つまり、私たちは自己実現のための労働だとか、労働こそが世界を切り開くなどといっていますが、基本的には、どんな意義のありそうな労働も、気晴らしであるという点において、ウサギ狩りと少しも変わってはいないというのです。

だからこそ、わたしたちは、暇《ひま》であることよりも忙しいことを選ぶのです。この気晴らしという観点から見ると、人間が高位高官を望むのもかならずしも虚栄心のためからだけではないことがわかってくるのです。

「高官、大臣、高等法院長になるということは、ほかでもない。朝っぱらから、いたるところからやってきたたくさんの人の陳情《ちんじょう》を受け付け、一日のうち一時間たりとも、自分というものについて考える余裕を残してはくれないような地位にあるということを意味している。したがって、もし、そうした高官が失脚して、田舎《いなか》の家に蟄居《ちつきょ》するように命じられるようなことがあると、たとえ財産や召使などにこと欠かなくとも、惨《みじ》めで、見捨てられた者とならざるをえない。なぜなら、彼らが自らについて考えるのをだれも妨げてはくれないからである」

政治家というのは実にタフで、鬱《うつ》になることが最も少ない職業といわれますが、それはこのように一日中「忙しい、忙しい」と駆けずり回って、自分のことなど考える暇もないからです。その代わり、落選したり、引退したりすると政治家は自分のことを考え出してしまい、ガックリと来てしまうのです。

ところで、こうした「忙しい、忙しい」と言って鬱にもならずに済むというのは、なにも政府高官や政治家に限ったことではありません。たとえば、研究者というような職業においても、まったく同じことが観察されるのです。

「わたしたちは、闘いには興奮するが、勝利には興奮しない。（中略）賭事についてもしかり、真理の追究においてもしかり。（中略）わたしたちはけっしてモノを探すのではない。モノの探求を求めるのである」

まさにその通り。これは研究者ばかりかコレクターの心理を一番見事に衝《つ》いた言葉ではないでしょうか？

そう、コレクターは幻のレアー・アイテムを探しているのではなく、幻のレアー・アイテムを探すという「幻の探求」を探しているのです。ですから、そのレアー・アイテムが見つかると、もうどうでもよくなり、書庫なり倉庫の隅《すみ》に放りっぱなしにしてしまうのです。

このように見てくると、なるほど、人間の営みのすべては気晴らしにすぎないというパスカルの言葉は誇張でもなんでもないことが理解できるでしょうが、しかし、パスカルが『パンセ』を書いた動機は、じつはこの「先」にあるのです。

すなわち、わたしたちは、部屋の中でなにもせずにじっとしていることができないので、なんでもいいから仕事をしたり、ゲームをしたりして気晴らしをして、倦怠《けんたい》を追い払おうとしているのですが、しかし、まさにその気晴らしによって、最も貴重なものを失っているのです。

では、その最も貴重なものとはいったいなんなのでしょうか？

「人間は小さなことに対しては敏感であるが、大きなことに対してはひどく鈍感なものである」

（『パンセ抄』）

「気晴らし」で失うもの

パスカルの思想の凄《すご》いところは、人間の営為《いとなみ》のすべては気晴らしにすぎないと見なしたところでした。その「すべて」という言葉に例外はありません。すなわち、パスカルは、自己実現的な「楽しい労働」はもちろんのこと、奴隷労働や懲役《ちょうえき》のような「苦痛しか与えないような労働」でさえ気晴らしであると断定するのに躊躇《ちゅうちょ》しません。なぜなら、そうした苦役労働でも、なにもしないで部屋の中にじっとしているよりははるかにましだと人間は感じてしまうからなのです。

そのため、人間はあらゆる口実を設《もう》けて気晴らしを求めることになります。気晴らしだけが人間を無為と倦怠《けんたい》という最悪の事態から救いだしてくれる唯一のものなのです。

ところが、パスカルは、その一方で、人間は無為と倦怠から逃れるために気晴らしにふけることで一層ダメになるとも言っているのです。なぜでしょうか？

「慰《なぐさ》めようもない惨《みじ》めさ」を直視できているか

「わたしたちの惨めさを慰撫《いぶ》してくれるただ一つのものは気晴らしである。ところが、まさにこれこそがわたしたちの惨めさの最たるものなのである。なぜなら、気晴らしをしていると、わたしたちは自分のことを考えないですみ、気がつかないうちに自分をだめにしてしまうからだ。気晴らしというものがなければ、わたしたちは倦怠に陥《おちい》るだろうが、その倦怠はわたしたちをして、そこから抜けだす最も確かな方法を模索させるはずだからである。それなのに、気晴らしをしていると、わたしたちは楽しいために、気がついたときにはもう死がそこまで来ているのである」（『パンセ抄』　以下同書）

つまり、パスカルに従うなら、人間は、いくら無為で倦怠の極みにあってもそれを気晴らしで紛《まぎ》らしたりせず、おのれの惨めさを直視すべきであるということになります。

「わたしたちの不幸の原因を発見したあとで、さらに一歩踏み込んで考察を巡らし、なぜそれが不幸の原因となるのか、その理由を発見しようと努めたところ、非常に説得力のある理由を見いだした。それは、わたしたちの宿命、すなわち、弱く、死を運命づけられた人間の条件に

固有の不幸にあるのだ。それは、さらによく考えれば、慰めとなるようなものがまったくないほど惨めな状態なのである」

死すべき運命にあるから、不幸なのではない。
死を考えるから不幸なのだ

ところで、こうした「人間の本質＝惨めさ」というパスカルの理解はどのような思考の回路から導《みちび》き出されたのでしょうか？

それは、いかにも数学者パスカルらしい背理法《はいりほう》によります。つまり、二本の平行線は交わらないことを証明するのに、もし平行線がどこかで交わってしまったらという仮定をわざとつくり出して、その矛盾《むじゅん》を衝《つ》くというのが数学的背理法ですが、パスカルはこの数学的背理法を「人間の本質＝惨めさ」の証明にも用いているのです。

「もし、わたしたち人間の条件というものが本当に幸福だとするなら、わたしたちはそのことを考えようとする必要もなく、幸福になることができるはずなのだ」

つまり、人間の本質が幸福にあるなら、人間は部屋の中に気晴らしなしで閉じ込められても幸福でなければならないはずなのですが、実際には、そうでなくなるのは人間の本質が惨めさにあるからにほかならないというわけです。

凄い証明の方法だと思いませんか？

人間の本質が幸福にあると仮定する背理法で、人間の本質が惨めさにあると証明してみせたのです。

では、いったい、人間はなにゆえに本質的に惨めなのでしょうか？　これこそがパスカルが次に脳みそを絞り抜いて考えた問題なのです。


「いまここに、鎖《くさり》に繋《つな》がれ、全員、死刑を宣告されている人がかなりの数いると仮定しよう。その中の何人かは他の人の見ている前で、毎日、処刑されていくようになっている。残された者たちは、処刑される運命の中に自分たちのそれを見て、残った者同士で苦痛と絶望のうちにたがいに顔を見あわせながら、自分たちの順番が来るのを待っている。これこそが、人間の条件のイメージなのである」


さて、パスカルの考える人間の条件のイメージがこれだとすると、そこにはかなり複雑な証明の方法が使われていることに気づきます。

すなわち、まず確認すべきは、人間は死すべき運命にあるから不幸で惨めになるのではないということです。右の例でいえば、人間は死刑を宣告されたから恐怖におののき、悲惨に陥るというわけではないのです。つまり、人間が惨めになるのは、死刑を宣告された囚人たちが一斉に死刑になるのではなくて、時間差を置いて死刑になるため、他人が死刑になる姿を見て、そのイメージから自分の運命を想像し、より恐怖を感じ、不幸になるのです。言い換えると、人間は、死すべき運命にあるから不幸なのではなく、そのことを考えざるをえないから不幸になるのです。

「死というものは、そのことを考えずに、突然それを受けるほうが耐えやすいものである。これに比べて、死について考えることは、たとえ死の危険がなかったとしてもはるかに耐《た》え難《がた》いものである」

これで、パスカルが重労働よりも何もしないで部屋に閉じ込められているほうが惨めだといった理由がわかったのではないでしょうか？　つまり、部屋の中に気晴らしもなくじっとしていれば、人間は必然的に自分のこと、自分の死すべき運命のことを考えざるをえなくなり、その「死について考えること」の耐え難さによって、より惨めになるのです。

だからこそ、わたしたちにとって気晴らしがなによりも大切だということになるのです。気晴らしをしていれば、無為な時間を潰《つぶ》すことができ、その結果、死ぬことを考えずに済むからです。

目の前に絶壁があったとしても

パスカルは、こうして、「死について考えること」という究極の悲惨に至った後、そこで得た結論を人間のあらゆる行ないに敷延《ふえん》してみせるのです。

「目の前に絶壁があったとしても、わたしたちは、それが見えないようにするために、なにかしらの障壁を前方に設け、しかるのちに、安心してその絶壁のほうへ突っ走っていくのである」

これはなかなか重いマクシムです。しかし、よく考えてみると、わたしたちがやっていることは、すべて、これに近いといえます。

たとえば、環境汚染を続けていれば、いずれ地球はその負荷《ふか》に耐え切れなくなり、地上の生命体が全滅するということはわかっているはずなのに、「わたし一人が、あるいは自分の国だけがエコをしても仕方がない」という理屈をつくり、「安心して」その地球破滅のほうに近づいていくのです。

また、超インフレ政策（リフレ）であるアベノミクスも同じことです。リフレの財源となる国債発行残高はすでに危険水域に近づいていて、国家破産（デフォルト）は時間の問題といわれているのに、日本だけはデフォルトしないと、いろいろと理由をつけて絶壁を見ないようにしています。

しかし、日本にとっての「目の前の絶壁」に当たるのは、なんといっても人口減少社会でしょう。経済でも政治でも文化でも、すべての議論は、この人口減少社会を前提にしなければいけないのですが、現実には、みんなこの問題についてはきわめて鈍感で「目の前の絶壁」を見ようとせずに不毛《ふもう》な議論をまた始めるのです。

「人間は小さなことに対しては敏感であるが、大きなことに対してはひどく鈍感なものである。これこそは、人間の奇妙な倒錯のしるしである」

そう、人間というのは、大きなことに対しては鈍感になるようにできているのです。渡辺《わたなべ》淳一《じゅんいち》氏はこれを「鈍感力」と名付けましたが、たしかに人間の「生きようとする力」は鈍感力から生まれてきているのかもしれません。

ただ、そうは言っても大きなことに対していつまでも鈍感でいていいのでしょうか?

パスカルはやはり「鈍感であってはいけない」と言っています。むしろ、人間の本質は惨めさにあることを直視し、それをはっきりと認識しなければならないというのです。

人間は考える葦《あし》である

「人間の偉大さというのは、人間が自らを惨めだと知っている点において非常に大きい。一本の樹木は自分が惨めだということを知らない。

したがって、惨めだと知ることは惨めになることだが、自分が惨めだと知ることは偉大になるということなのである」

さて、これでパスカルが人間の本質が惨めさにあると言っていたことの意味が少しわかってきたのではないでしょうか？

一切の気晴らしなしで部屋の中に閉じ込められて、無為と倦怠に陥れば、人間は自らの本質が惨めさにあるということに気づきますが、しかし、だからといって、その「人間の本質＝惨めさ」という絶壁を見ないようにしてはいけないのです。なぜなら、惨めさを自覚するというのは、人間だけに許された「特権」だからです。「一本の樹木は自分が惨めだということを知らない」から、惨めではないけれど、反対に人間は自分が惨めだということを知っている。すべてはここから出発するとパスカルは考えるのです。

「感情がなければ惨めではない。朽《く》ち果てた家は惨めではない。惨めさというのは人間にのみ

言えることだ」

そして、ここに至り、パスカルは一気に議論を反転させていきます。つまり、自分が惨めだと知っていることが人間の偉大さの証拠なのだと言って価値観をひっくり返して見せるのですが、では、その反転はどのようにして根拠づけられるのでしょうか？

「これらの惨めさそのものが人間の偉大さの証明となる。それは領主の惨めさであり、王位を剝奪《はくだつ》された王の惨めさである」

この「王位を剝奪された王の惨めさ」というところがパスカルの思想の勘所《かんどころ》です。すなわち、王位を剝奪された王が惨めなのは、かつて自分は王であったことを知っているからであって、もし、そんなことを知らなければ、自分が王でないことを惨めだと感じるはずがない。ひとことでいえば自意識が惨めさを生む原因なのですが、しかし、自意識というものがなければ人間は人間たりえないわけで、この意味では自意識があるというだけで、人間はけだものとは決定的に異なって「偉いのだ」ということになります。かくて、われわれは、ようやく、あのあまりにも有名な一節に辿りつくことになるのです。

「人間は一本の葦にすぎない。自然の中で最も弱いものの一つである。しかし、それは考える

葦なのだ。人間を押し潰すためには、全宇宙が武装する必要はない。蒸気や水の一滴でさえ人間を殺すに足りる。しかし、たとえ宇宙が人間を押し潰したとしても、人間は自分を殺す宇宙よりも気高《けだか》いと言える。なぜならば、人間は自分が死ぬことを、また宇宙のほうが自分よりも優位だということを知っているからだ。宇宙はこうしたことを何も知らない」

「人は人そのものを愛するのではなく、ただ性質だけを愛するのである」

（『パンセ抄』）

人が人を本当に愛することなど、できるのだろうか

『パンセ』を巡って、幸福を追求しない人はいないとか、すべては気晴らしだとか、一切の例外を認めないパスカルの峻厳《しゅんげん》さに、読者がいささか息苦しさを感じてきているかもしれないので、ここらで、「やわらかい」パスカルもあることを示してみることにしましょう。

「彼は、十年前に愛していた女性をもう愛してはいない。当然だろうとわたしは思う。その女性も同じではないし、彼だって同じではない。彼は若かったし、女性も若かったのだ。女性はいますっかり別の女になっている。彼も、もし女性がかつてのままだったら愛したかもしれない」（『パンセ抄』　以下同書）

さて、右の言葉を読まれた読者はどのような反応を示されたでしょうか？

おそらく、「何これ？　当たり前じゃない。こんなことぐらいなら、パスカルじゃなくて

も、わたしでも言える」と思ったにちがいありません。

たしかに、もしこの断章だけを見るなら、そうした感想も無理もないかもしれません。

しかし、じつをいうと、パスカルがここで強調している「女性も同じではないし、彼だって同じではない」という主張にはもう少し深い意味があるようなのです。それは次の断章からも明らかです。

「ある女性をその美貌《びぼう》のゆえに愛している者は、その女性を愛していると言えるだろうか？否《いな》である。なぜなら、もし天然痘《てんねんとう》が流行して、その女性を殺さずに美貌を殺したとすると、その男は女性をもう愛することはないからだ。また、人がわたしの判断力や記憶力ゆえにわたしを愛したとするなら、その人はわたしを愛したと言えるだろうか？　否《いな》である。なぜなら、わたしは、わたし自身を失うことなくそうした性質を失う可能性があるからだ。このように、その《わたし》というものが体の中にもなく、魂の中にもないとするとそれはいったいどこにあるのだろうか？（中略）というわけで、人は人そのものを愛するのではなく、ただ性質だけを愛するのである」

これでおわかりでしょうか？

ある男性がある女性を美貌のゆえに愛したり、ある女性がある男性を判断力や記憶力ゆえに愛したとするなら、どちらも美貌や判断力・記憶力といった外在的性質を愛していたことになります。

そして、この前提から出発すれば、美貌や判断力・記憶力といった外在的性質は時がたつにつれていかようにも変化する以上、そうした外在的性質によって誘発された「愛」が時間とともにさめないはずはないということになるのです。

このように、愛が時の移ろいの影響を受ける外在的性質に因《よ》るものであるならば、人が人を本当に愛するなどということはどだい不可能であるという結論に達せざるをえません。そこで、パスカルは、この断章の最後を次のような言葉で締《し》めくくることになるのです。

「したがって、役職や位階ゆえに尊敬されている人というものを馬鹿にするのはもうやめたほうがいい。なぜなら、人は、そうした借り物の性質のため以外にはだれも愛することはないからである」

人は成長するのか。人は変われるのか

「子供のときにあれほど弱かった人が、大人になってものすごく強くなるなどということがありうるのだろうか？　じっさいには、たんに外見が変わったにすぎないのだ。進歩によって完成したものは、すべて、進歩によって滅《ほろ》びるのだ。弱かったものが絶対的に強くなるなどということは断じてありえない。《彼は成長した。彼は変わったのだ》と言うが、それは嘘《うそ》だ。彼

は昔の彼なのである」

これもまた、パスカルでなくとも、わたしたち凡人が常日頃に感じていることです。

私も、小学生のときの友達で、嘘つきで、情緒不安定で、ずるくて裏切りものだった少年に二十年後に再会したことがありましたが、少年は、なんとも立派な青年に変身していました。押し出しもよく、態度も自信にあふれ、人あしらいもうまく、気配りもきいている。「へえー、あいつがこんなに変わったんだ、人間ってのはわからないものだな」と思っていると、そのうちに「あれ、もしかすると、それほどに変わっていないのかもしれない」と感じだし、最後は結局、「嘘つきで、情緒不安定で、ずるくて、裏切りもの」の「昔のままの彼」であったことがわかってしまいました。こんな経験はだれにでもあることでしょう。

しかし、ここでもまた、パスカルはもう少し深いことを言おうとしているようなのです。それは、人間の本性というものへ考察を行なった次の断章から明らかでしょう。

「人間の本性とは、まったくの自然である。つまり、《まったくの動物》であるということだ」

これはなかなか凄《すご》い認識です。「考えることが人間の尊厳のすべてだ」と断言しているパスカルがそのいっぽうで、人間の本性とはまったくの動物だと言い切っています。

この二つの断言は一見すると矛盾《むじゅん》しているように見えますが、じつは、矛盾していないのです。つまり、人間の本性はまったくの動物であるからこそ、神から与えられた動物とは異なる唯一の能力、すなわち考える能力を正しく行使しなければ、本当にまったくの動物になってしまうということなのです。

では、まったくの動物であるというのが人間の本性であり、これは「変わらない」のであるとすれば、「考える」ということは、変わるほうのもの、つまり外在的性質に属するのでしょうか？　言い換えると、「考える」ことは、「進歩によって完成したもの」であり、「進歩によって滅びる」のでしょうか？

そうではない、というのがパスカルの解答のようです。というのも、パスカルは、「進歩によって完成したもの」は「考えること」ではなくて、別のものから生まれたと見なしているからです。では、その別のものというのはなんでしょうか？

「進歩」は習慣から生まれる

「わたしたちの自然な原理というのはいったいなんなのだろう？　それは習慣づけられた原理にほかならない。そして、子供たちにおいても、自然な原理というものも、動物が狩りを親から受けつぐように、父親の習慣から受けついだものなのである。とするなら、異なった習慣はわたしたちに異なった原理を与えるにちがいない」

そう、わたしたちの「まったくの動物」であるところの本性と「考える」という最高の能力の間にあって、わたしたちが「進歩」と呼んでいるものは、じつは「習慣づけられた原理」から派生したものにほかならないというのです。

そして、これは後にフロイトによって「無意識」と命名されたものとほぼ同一です。

なぜなら、それは「父親の習慣から受けついだもの」だからです。「無意識」は「父親の習慣」、より正確にいえば父親と母親からなる「家族」によってかたちづくられるものなのです。

では、家族によって習慣づけられた無意識からは何が生まれてくるのでしょうか？

それは、わたしたちを「考えること」から遠ざける気晴らしとほとんど同じものなのです。

つまり、わたしたちは、考えているつもりであっても、実際にはほとんど考えておらず、習慣という無意識によって仕事を選ば「されたり」、あるいは職業を選択「させられたり」、結婚相手を選ば「されたり」、あるいは集団となって社会を構成「させられたり」、制度をつくら「されたり」、気晴らしに「ふけらされたり」しているのです。

「習慣の力というのはじつに偉大であり、自然が人間というかたちでしかつくらなかったものから、ありとあらゆる身分や職業の人間をつくりあげるのである」

すでに引用していますが、職業選択についての断章をもう一度引きましょう。そこにも「習慣」という言葉があることを確認してください。

「一生のうちでいちばん大事なのは、どんな職業を選ぶかということ、これに尽きる。ところが、それは偶然によって左右される。習慣が、石工《いしく》を、兵士を、屋根葺《ふ》き職人をつくるのだ」

だから「進歩によって完成したもの」と見えるのは、その実、習慣という無意識によってつくられたものにすぎず、自分では大いに変わったと思っていても、実際にはまったく考えることをしていないために、本性は少しも変わってはいないのです。それゆえ、「彼は昔の彼だった」ということになってしまうのです。

ではいったい、習慣という無意識から解き放たれて、「考える」ことへと入ってゆくにはどうしたらいいのでしょうか？

「習慣」という無意識から、おのれを解き放つことはできるのか

「人はおのれ自身を知らなくてはならない。たとえ、それが真実を見いだす助けにはならなくとも、少なくとも生活を律《りつ》するのには役立つ。そして、これ以上に正しいことはないのだ」

「おのれ自身を知る」、そうなのです。これこそがすべての問題の出発点なのです。しかし、またこれ以上に難しいことはありません。というのも、おのれ自身を知ろうと思っても、それは習慣という無意識によって幾重《いくえ》にも蓋《ふた》をされた状態になっているからです。

しかし、まったく不可能なわけではないとパスカルは言います。ただし、おのれ自身を知る

には、他者の手助けが必要になります。

「人を効果的にたしなめ、その人が誤っていることを教えるには、その人がどの方向からものごとを見ているかをしっかりと見極めなければならない。というのも、その人が見ている方向からは、ものごとはたしかに真に見えるからだ。そして、それが真に見えることを認めてやる必要がある。しかし、同時に、別の方角から見ると誤っている事実を発見させてやらなければならない。そうすれば、その人は満足するだろう。というのも、自分が誤っていたのではなく、全方位的に見る術《すべ》を欠いていたにすぎないと気づくはずだからだ」

ここでパスカルが「方向」という言葉で意味していることは、習慣という無意識とほぼ同じものであると考えてさしつかえありません。多くの場合、それは拡大した家族（すなわち国家）によって「習慣づけられた原理」であるところの集団の無意識になっていますから、余計に始《し》末《まつ》の悪いものです。

すなわち、日本人という集団の無意識であったり、韓国人という集団の無意識であったり、中国人という集団の無意識であったりします。

また、それはカルト集団による洗脳についても当てはまるといえます。洗脳されてしまった脳は、一つの方向からしか見ることができず、強制的に与えられた集団の無意識の中に自分が入ってしまっていることに気づかないようになっているからです。

その結果、個人がいくら自分の頭で考えようとしても、またおのれ自身を知ろうと努力しても、集団の無意識という「方向」からしかものごとを見ようとしませんから、ものごとは「たしかに真に見える」のです。よって、自分は間違っていないし、自分自身のことも十分わかっているという結論に達してしまうことになります。

「人間は、もし気が違っていないとすると、それは別の仕方で気が違っているとしか考えられないほどに気が違っているのである」

しからば、この堂々《どうどう》巡《めぐ》りから脱するにはどうしたらいいのでしょうか?「別の方角から見ると誤っている事実を発見させて」くれる他者がいればいいですが、それがいない場合には、自分で自分を救うことはできないのでしょうか?

これについては次項で。

「人間の最大の卑《いや》しさは、名声の追求にある。しかし、まさにそれこそが、人間の卓越《たくえつ》さの最も大きなしるしなのだ」

（『パンセ抄』）

「他者の存在」とは、自分の延長にすぎない

自分で自分を救うことが難しいのは、「救う自分」も「救われる自分」もどちらも集団の無意識に捉《とら》えられた限定的な存在であるため、自分で自分を把握《はあく》することが難しいからです。しかも、この把握をより困難にするものがあります。

それは、他者の存在です。なぜなら、この他者というものが自分と無関係な、完全に切り離された他者であってくれれば問題はないのですが、実のところ、この他者というものもまた自分の延長にすぎないからです。

「わたしたちは、自分の中に、すなわち自分自身の存在の中に持っている生活では満足できない。わたしたちは、他人の頭の中で、イマジネールな生活をしたいと思っているのだ。そのた

めに、見てくれに気をくばる。わたしたちのイマジネールな存在を他人の頭の中でより美しくし、そのままに保ちたいと考えて、いつも一生懸命に働き、本当の生活というものをなおざりにしてしまうのである」(『パンセ抄』　以下同書)

つまり、わたしたちは他人から自分がどう思われ、どう感じられているか、つまり他人の頭の中の自分のイメージを知りたいと考えて悪戦苦闘し、他人の頭の中の自分を自分の想像力でつくりだしているのですが、こうなると、無限に続く合わせ鏡のようなものとなり、自分で自分を把握することも救うこともますます困難になるのです。

しかし、では、他者というものも自分の延長にすぎないのなら、そんなものはいらないのではないかということになるかといえば、そうはなりません。なぜなら、パスカルが幸せや気晴らしとともに、人間の本性として措定した「自己愛」、わたしたちの言葉でいえば「ドーダ!」には、なんとしても他者というものが必要になるからです。

なぜでしょう?　人は、他人とのかかわりの中でしか自分の価値を確認できないよう運命づけられているからです。「ドーダ!　オレさまは凄いだろう。いっぱいオレさまを褒《ほ》めてくれよ」と他人に向かって叫ばなければ生きていけないのが人間だからです。

気晴らしにやる行為を褒めてもらわなければ、人間は生きていけない

「虚栄というものは人間の心の中に非常に深く錨《いかり》を降ろしている。だから、兵士も、従卒《じゅうそつ》も、料理人も、港湾労働者も、それぞれに自慢ばかりして、賛嘆《さんたん》者を欲しがるのだ。さらに哲学者たちも、称賛してくれる人が欲しい。また、そうした批判を書いている当人も、批判が的確だと褒められたいがために書くのだ。また、その批判を読んだ者も、それを読んだという誉れが欲しいのである。そして、これを書いているわたしですら、おそらくは、そうした願望を持っているだろう。また、これを読む人だって……」

人間は気晴らしがなければ生きていけないものですが、その気晴らしが労働であれ、創造行為であれ、遊びであれ、とにかくその気晴らしにやる行為を「褒めてくれる」他人がいなければ、これまた生きていけないという宿命を負っているのです。

しばしば、人間が社会的動物であるという事実を、物理的に協力しなければ生きていけないという経済合理性から説明しようという努力がなされますが、私は「褒められたい」という欲望を本質と見なすパスカルの説明のほうがはるかに理にかなっていると思います。いっそ「褒められたい」「ドーダしたい」という欲望があるがために、人は社会生活を開始するのだと

いってもいいくらいなのです。

「わたしたちは、旅行で通りすぎる町々では、人から尊敬されることなど気にとめていない。しかし、そこに少しでも滞在せざるをえなくなると、そのことが気になってくる。この二つのあいだにはどれくらいの時間が必要なのだろうか？　わたしたちの空《むな》しくちっぽけな人生に見合うだけの時間、というほかはない」

そう、「旅の恥《はじ》はかき捨て」の反対で、旅でも、その町の人となにがしかの話をしたら最後、人はドーダしたくなり、褒められたくなるのです。

このように、人間の本質はドーダと褒められたい願望にあるのですが、その程度がいかに凄いかは、人は褒められるためとあらば命さえ投げ出すこともあるという事実からも証明できます。

ドーダは死よりも強し

「誇《ほこ》りというものは、悲惨や誤謬《ごびゅう》のただ中でさえ、いとも自然にわたしたちをとらえている。そのため、あとで人の語り種《ぐさ》になるという条件さえ整えば、みな喜んで命を投げだすことになるのだ」

そう、ドーダは死よりも強し、なのです。そして、この死よりも強いドーダという人間の本性が権力者にうまく利用されているのが、アラブ社会の自爆テロなのであり、彼ら自爆テロリストたちは、死後もドーダできると思ったからこそ、喜んで死地に赴《おもむ》くのです。いや、自爆テロリストばかりではありません。芸術家や詩人や小説家も、死後の名声を頼りに、現世の貧困や無理解に耐えるのです。

「わたしたちはひどく思いあがった存在だから、全世界の人から知られるようになりたい、いや、自分たちがこの世から消えたあとでさえ、未来の人に知られたいと思っている」

ではいったい、この「死よりも強いドーダ」というのはどのようにして生まれてくるのでしょうか?

「栄光――子供時代から人に褒められてばかりいると、その人はだめな人間となる。まあ、なんて上手に言えたんでしょう! まあ、なんて見事にできたんでしょう! なんてお利口《りこう》なんでしょう! 等々」

パスカルによれば、人間の自尊心、栄光への憧《あこが》れ、つまり、われわれのドーダは、すべてこれ、子供時代に周囲の人間から褒められることに起因しているということになります。たしかに、子供が何かすると、母親なり世話係が「わー、すごい！　○○ちゃん、すごいわ」と褒めそやすので、次から、子供たちはどんなことをするときでも、かならず「ねえ、ママ、見て、見て！」といってから行動を開始するようになります。この意味で、周囲の称賛がドーダを生むというのは一理あるかもしれません。パスカルはこの推論の証拠として、自らが関係したポール・ロワイヤル修道院付属の学校の生徒についてこういっています。

「ところで、ポール・ロワイヤル修道院の『小さな学校』の子供たちというと、こうした羨望《せんぼう》と栄光の刺激をいささかも与えられていないので、たいへんな暢気《のんき》者になってしまうのである」

この文章は、子供を褒めるのはいけない、ポール・ロワイヤルの方針は正しいと言っているのか、それとも、褒めなければ褒めないでこれまた弊害《へいがい》が出るといっているのか判断に苦しむところですが、おそらく後者でしょう。というのも、褒められたい、あるいはドーダしたいと思うのは、人間の逃れられない本性であり、これがあるからドーダ人間が生まれるのは確かだとしても、しかし、もし褒められたい、ドーダしたいという欲求がなければ、人間は「たいへんな暢気者になって」しまって、進歩などというものはまったく起こらない可能性もあるのです。

たとえば、人類の進歩に最も貢献したはずの好奇心もまた「褒められたい」「ドーダしたい」という心理を出発点にしています。

好奇心も善行も、虚栄心にほかならない

「好奇心とは、じつは虚栄心にほかならない。たいていの場合、人が何かを知りたいと思うのは、あとでそのことをだれかに話したいと感じているからなのだ。さもなければ、人は航海などしないだろう。もし、それについて何も話さず、ただ見るという楽しみだけで満足し、そのことを人に伝えるという希望がまったくないのだったとしたら」

好奇心ばかりではありません。パスカルにかかっては、人知れず善行を施《ほどこ》したいと思う陰徳《いんとく》の精神でさえ「褒められたい」「ドーダしたい」から出発しているということになるのです。

「隠れた善行は最も称賛されるべきである。（中略）歴史の中にそれらを確認すると、わたしはおおいに嬉しくなる。しかし、結局のところ、それらは全く隠されたわけではなかったのだ。なぜなら、知られているからである。それを隠そうと、できるかぎり努力したにもかかわらず、わずかなことから知られるに至ったのだ。それが千慮《せんりよ》の一失《いっしつ》となる。なぜなら、善行を隠そうとしたというその一点こそが本来なら最も美しいことだからである」

さあ、大変なことになりました。「隠れた善行」でさえ、それが完全に隠されずに秘密が漏《も》れてしまったという一点において、「褒められたい」「ドーダしたい」のジャンルに繰り込まれてしまったのです。もうこうなったら、「褒められたい」「ドーダしたい」を免《まぬか》れる道は人間には残されていないことになります。

しかし、これがパスカルの面白いところですが、まさにここにおいて大逆転が起きるのです。「パスカル、ずるいぞ！　さんざん、ドーダを批判しておいて！」という大合唱が起こりそうですが、じつは、この大逆転にパスカルのレトリックの神髄《しんずい》があるのです。そして、そのレトリックがあまりに素晴らしいものなので、われわれは「そうか、そうだったのか」と妙に納得してしまうことになるのです。では、パスカルの大逆転のレトリックとはどのようなものなのでしょうか？

人間の最大の卑しさは、名声の追求にある

「人間の最大の卑しさは、名声の追求にある。しかし、まさにそれこそが、人間の卓越《たくえつ》さの最も大きなしるしなのだ。というのも、人が地上でどれほどのものを所有しようと、またどれほどの健康と快適さを得ようと、その人は、人々から尊敬されなければ満足できないからだ。その人は人間の理性というものにかくも大きな敬意を抱いているので、地上で自分がいかに優位

な立場を占めていようと、人間の理性の中で自分が優位を占めていなければ、満足できないのである。人間の理性の中に占める優位こそが最も素晴らしい優位さであり、いかなるものも彼をこの欲望から目をそらせることはできない。そして、これこそが、人間の心の最も消し難い性質なのである」

さあ、パスカルのレトリックの凄《すご》さがどこにあるかおわかりになったでしょうか?

まず、パスカルは名声の追求、つまり「褒められたい」「ドーダしたい」は卑しいものであることを認めます。そうしたうえで、金銭や財産の「所有」も「健康」や「快適さ」の獲得も、不思議なことに、それが他人から「偉い」と承認を受けないかぎり、「所有」「獲得」している当人にとって喜びをもたらさないという一点に注目し、その他人からの「承認」の過程というものを俎上《そじょう》に載せます。一般的にいって、当人とは関係ない第三者が「偉い」と認定を与えるには、「公正さ」というものが必要です。身びいきや買収その他の利益誘導があってはなりません。ところで、「公正」を期するには、「理性」がなくてはなりません。理性なくして公正さなしです。言い換えると、公正な第三者から「褒められる」ということは、客観的な理性による承認を受けることになるのです。

この理性による承認がなければ、人は褒められてもそれほど嬉しくはないのです。逆にいうと、「理性による承認」がなされたときに初めて人は自尊心の十全たる満足を得るのです。

文学賞や勲章《くんしょう》といったものが、それを受けとる者にあれほどに喜ばれるのは、まさにこの

「理性による承認」がそこにはあると認められているからなのです。文学賞や勲章という「理性による承認」を受けて初めてドーダは完結するということなのです。

そして、まさにこの「理性による承認」という点に注目して、パスカルは、「褒められたい」「ドーダしたい」という卑しい欲望を抱いている人もまた、「人間の理性の中に占める優位こそが最も素晴らしい優位さ」であると思っているがゆえに、つまり、理性を高く評価しているという一点において、「許される」存在であると解釈し、大逆転を完遂《かんすい》するのです。これぞ、パスカル的レトリックの神髄ではないでしょうか？

第三章

ロバが馬鹿にされるのは当たり前

ラ・フォンテーヌ

「死ぬくらいなら、むしろ苦しむほうがいい。これが人間の言い草だ」

（「死神《しにがみ》と木こり」）

死よりも、むしろ苦しみを

ラ・フォンテーヌのことはすでに『「悪知恵」のすすめ　ラ・フォンテーヌの寓話に学ぶ処世訓』（清流出版）というタイトルの本をつくりましたが、じつを言うと、寓話を選ぶさいにグランヴィルのイラストも一緒に使いましたので、どうしても動物が主人公の寓話ばかりを選択することになりました。人間が主人公の寓話はグランヴィルのイラストがグロテスクすぎて使えなかったからです。また、同じ動物でも絵柄の派手なものが中心になりましたので、使わなかった寓話もたくさんあります。しかし、辛辣《しんらつ》な考察という観点から眺《なが》めたら、寓話の中にもラ・ロシュフーコーやパスカルに負けないものも少なくありません。

というわけで、この章では、ラ・フォンテーヌの寓話の中から「耳をふさぎたくなる」ような冷厳たる真実を語った箴言《しんげん》（マクシム）を選び出してみることにしましょう。

「死ぬくらいなら、むしろ苦しむほうがいい。これが人間の言い草だ」（「死神と木こり」）

延命治療の是非《ぜひ》が問われて久しく、延命治療を拒絶して尊厳死を望む人のニュースがときどき話題になります。

また、先進国では、自殺者が常に一定のパーセンテージを保っています。パスカルの言うように、自殺者もまた「生きている」よりも「死ぬ」ほうが幸福になれると判断するから自殺するわけで、この意味では「苦しみよりも、むしろ死を」のほうが正しいのではないかと思ったりしますが、しかし、ラ・フォンテーヌに言わせると、決してそんなことはなく、「死よりも、むしろ苦しみを」ということになるのだそうです。ラ・フォンテーヌはそれを次のような寓話で語っています。

あるところに、貧困に打ちひしがれた哀《あわ》れな木こりがいた。木こりは、背中に背負った薪《まき》の束《たば》の重さと、それに加うるに年齢の重さによって腰を曲げられ、うめき声をあげながら、煤《すす》だらけの自分の小屋を目指して歩いていったが、途中で、疲れと苦しみに耐え切れなくなり、背負った薪の束を地面に降ろして、つくづくと我が身の不幸を呪《のろ》った。

いったい、この世に生まれてからこのかた、自分はどんな喜びを味わったことだろう。口にするパンもなく、安らかに眠れる柔らかいベッドもない。家では妻や子供が腹をすかせて待っている。兵隊どもがただで寝泊まりしていくこともある。税金は重く、夫役《ぶやく》にまでつかなければならない。おまけに借金取りがやってくる。こんなことならいっそ死んだほうがいい。そう考えた木こりは死神を呼ぶ。すると、死神はすぐにやってきて尋《たず》ねる。「さて、なにをいたしたらいいのかな?」木こりは意外にもこう答えた。「どうか、この薪の束を背負うのを手伝ってくれ!」死神は呆《あき》れ果てて戻っていった。

ラ・フォンテーヌの「死神と木こり」という寓話は、発展途上国ではなぜ自殺者が少なく、先進国では自殺者が多いのか、その謎を解くヒントを与えてくれます。

つまり、人は、生活が苦しく、貧困と病苦に押し潰《つぶ》されているから自殺するのでは決してないのです。そうしたギリギリの境遇においては、この寓話の木こりのように、すべての時間は生き残るための努力に費やされなければなりません。そのために、サバイバル本能が刺激されるから、人は死よりもむしろ苦しみを選ぶのです。

これに対して、先進国においては、人は飢《う》えや病苦から免《まぬか》れているがために、無為《むい》の時間というものを過ごさなければなりません。その無為からくる倦怠《けんたい》に耐えられなくなり、自殺を考えてしまうのです。

文明が進めば進むほど自殺者は増える。死神は文明国でこそ歓迎される。なんという矛盾《むじゅん》でしょうか!

「前の袋には他人の欠点を入れ、後ろの袋には自分の欠点を入れるようになっている」

（「振り分け頭陀袋《ずだぶくろ》」）

至高の創造者がつくった、振り分けの頭陀袋

「至高の創造者は、わたしたちのために、振り分けタイプの頭陀袋をつくってくれた。前の袋には他人の欠点を入れ、後ろの袋には自分の欠点を入れるようになっている」（「振り分け頭陀袋」）

あるとき、ユピテル（ジュピター）が言った。「生きとし生けるものは、すべて王たるわたしの前に出頭し、からだの造りに不満があったら恐れることなく申告せよ。すぐに直してやる。さあ、サルよ、まずおまえから言ってみろ」

指名されたサルは驚いて答えた。「わたしに不満が？　とんでもございません。わたしはこれまでついぞ不満なんて感じたことはありません。それよりも、あのクマの野郎を見てください。なんという中途半端な造りでしょう。まったく、あれで恥ずかしくないんでしょうかねえ。自分の姿を鏡に映してみたことがあるんでしょうか？」

するとそこにクマが来たので、居合わせた動物たちはクマに不満があるかきいてみた。ところが、てっきり、自分の造作《ぞうさく》が悪いと不満を訴えるかと思いきや、クマは自分の姿格好をたいそう自慢して、ゾウにケチをつけはじめた。耳が大きすぎる、尻尾《しっぽ》が短すぎる、まったくみっともない。醜《みにく》さの塊《かたまり》だ。

ゾウはというと、クジラは大きすぎるのではないかと非難した。

こんな調子で、アリはダニを小さすぎると批判し、みんながみんな、自分をさしおいて、他の動物の欠点を指摘したのである。

あきれかえったユピテルは、嘆《なげ》きながら言った。

まったく、どの動物も、自分にはすべてを許し、他人に対してはなにひとつ容赦《ようしゃ》しない。自分を見る目と他人を見る目は別仕様なのだ、と。

さて、なんだか、ずいぶん当たり前のことが言われているような気がしますが、いろいろと具体的な現実にひきつけてみると、かなり痛いところをついたマクシムであると思います。

たとえば、翻訳文の中の誤訳です。誤訳というのは他人の翻訳を見ているとよく目につくものです。「こりゃ、ひどい、こんなこともわからないのか。まるでわかってないんじゃないか、よくこんなレベルで翻訳なんかできるな」と、他人の誤訳に対してはまことに容赦がないものです。ところが、いざ自分が翻訳をしてみると、自分の誤訳にはなかなか気づきません。そのため、人から誤訳を指摘されると逆上するのです。そう、他人の誤訳は前の袋に、自分の誤訳は後ろの袋にそれぞれ入るようになっているのです。

たとえば、口臭です。他人の口臭というのは気になるもの。「あのね、ちゃんと歯を磨いてきてほしいの。虫歯があるなら治してくれないかな。それから、昼ご飯に餃子定食を食べるのはやめてほしい」などと、他人の口臭はすべて前の袋に入れますが、自分の口臭は後ろの袋に入っていて気づきませんから、もし、人に指摘でもされようものなら恥じ入るか、あるいはすっかり落ち込んで自臭症になりかねません。

このように、誤訳と口臭はよく似ています。ゆえに、私は、この二つをアナロジーで結んで、誤訳=口臭論を唱《とな》えているのです。

「この真珠、たしかにきれいだとは思うけれど、ぼくには粟《あわ》の一粒のほうが大切だ」

（「オンドリと真珠」）

モノの価値とは何か？

「《この真珠、たしかにきれいだとは思うけれど、ぼくには粟の一粒のほうが大切だ》とオンドリが掘り出した真珠を宝石商にくれてやった。同じように、無学な男が先祖伝来の写本を近くの本屋に持っていってこういった。《すごい本だとは思うけれど、ぼくには小粒の銀貨のほうが、はるかに大切だから》」（「オンドリと真珠」）

「開運！　なんでも鑑定団」（テレビ東京系）を見ていると、これと同じような話が毎回登場しますが、しかし、私がこれから考えてみたいのは、そういうことではありません。モノの価値というのは、時代や状況でいくらでも変わるということです。

たとえば土地です。日本では土地本位制というくらいに、土地というものがすべての価値の基準になっています。土地を担保にすれば、金を借りて、事業でもなんでもすることができる、はずでした、ついこのあいだまでは！

だが、少子高齢化が進む二十一世紀においては、この土地資本主義というのはいずれ機能しなくなるにちがいありません。なぜなら、土地が担保と成りえたのは、そこに住宅が建てられるという前提があったためですが、空き家が加速度的に増えてくる状況を考慮に入れれば、多くの土地は担保価値を失うはずなのです。土地を買って家を建てたいと思う人間がいなくなるのだから当然でしょう。

しかし、こういうと農地としての担保価値は残るのではないかと主張する人がいるかもしれません。たしかに、どんな土地でも（たとえ都心のコンクリートの下の地面でも）、そこに農作物を植えれば、自分と家族が食べるくらいの食料は確保できるでしょう。しかし、それだけです。栽培した農産物を売って現金に換えようとしても、人口が減少していく社会では、農産物を買ってくれる人がいないのです。

ひとことでいえば、人口減少は土地本位制度を崩壊させるのです。

ならば、土地ではなく現金ならいいかと言えば、これまた保証の限りではありません。というのも、現金（紙幣）の価値を支えているのは紙幣を発行している日本銀行、言い換えれば日本という国の信用ですが、これがはなはだ心もとないからです。少子高齢化にもかかわらず景気を支えようとして政府が過剰に発行した国債がすでに限度を超えているため、国債の引き受け手がなくなった時点でデフォルトが起こり、猛烈なインフレが起こるはずです。ゆえに、いくら紙幣を溜《た》め込んでいても無駄なのです。銀行預金も変わりありません。

ならば、ゴールドなら大丈夫か？　これも確実とはいえません。なぜなら、ゴールドが担保価値をもつのは、あくまで平和な時代に限られるからです。戦争や革命や内戦が起こったら、ゴールドよりも食料が大事となることは明らかです。オンドリと同じように、人は一粒のゴールドよりも一粒の米を選ぶはずなのです。

では、最後の担保価値をもつものは食料なのでしょうか？　この食料最終担保説には、日本の戦時中や戦後の混乱期の「買いだし」を見ればわかるように、一定の真理はあります。混乱期には食料が一番の担保価値をもつことは確かです。

しかしながら、さらなる混乱というものを想定すると、この食料最終担保説も怪《あや》しくなってきます。なぜなら、二十一世紀には、戦争や革命や内戦といった混乱よりももっと恐ろしい混乱が待ち構えていると予想されるからです。

それは、水の枯渇《こかつ》です。

当たり前ですが、食料は水がなければつくることはできません。穀物や野菜はもちろん、肉も、家畜を育てる飼料には水が不可欠です。衣服も、綿にしろ毛織物にしろ水は綿花の栽培や羊の飼育に必要ですし、鉱工業で水を必要としないものはありません。つまり、人間が生きていくには水だけは絶対になくてはならないものなのです。

よって、最終的担保価値は水にあるといえるでしょう。

そして、まことに幸運なことに、日本には水だけはどんな国よりも豊富にあるのです。

かくして、日本の担保価値は極めて高いということになり、メデタシ、メデタシ、で終わるのです。

「おーい、助けてくれ（私を危険から救い出してくれ）！　説教はそのあとだ！」

（「子供と学校の先生」）

「助けてやるが、私の話をまず聞きなさい」

ラ・フォンテーヌの『寓話』を読んでいると、日本人にはいまひとつしっくりこなくても、フランス人についてはいまでも有効どころか、永遠に有効ではないかと思うような寓話がいくつか存在していることに気がつきます。つまり、フランス人の国民性というものを見事に言い当てた寓話群というものを見つけだすことができるのです。

セーヌのほとりで遊んでいた少年が水に落ちた。幸い、柳の枝が流れに垂れていたので、少年はそれにつかまり、なんとか流されずにすんだ。すると、そこに学校の先生が通りかかった。少年は「助けて！　ぼく、死んじゃうよ」と叫んだ。
ときならぬ叫びで先生は振り向いたが、助けるかわりに、重々しい口調で子供にこうお説教を始めた。
「まぬけめ。さあ、よくわかったか。馬鹿《ばか》が馬鹿なことをやるとどんなことになるかを。

こういういたずら小僧にはしっかりと注意しておかなければならないのだ。しかし、それにしても、こんな奴をいつも見張っていなければならないとは、親というのはなんと因果《いんが》な商売だろう。苦労は尽きないね。心底、同情するよ」

こんなふうに、長々と演説したあと、先生は子供を岸辺に引き上げてやった。

ここで、ラ・フォンテーヌは突如、話に介入して、「私」はこの寓話で読者が想定しているよりもはるかに多くの人たちをターゲットにしていると宣言します。すなわち、おしゃべり、あら捜し屋、学者ぶる人たちなどである。これら三種に分類される人はたくさんいるから、みないまの寓話の中に自らの姿を認めるだろう。彼らは、あらゆる機会を狙って、舌を操《あやつ》る術を錬磨《れんま》しようとしているのだ、と。そして、そのあとに「おーい、助けてくれ（直訳なら、私を危険から救い出してくれ）！　説教はそのあとだ！」という警句が続くのです。

さて、この寓話がフランスの国民性に根差していると思ったのは、「シャルリー・エブド」襲撃事件が起こった当日のことでした。たまたまパリに居合わせて、夜、ホテルでテレビを見ていたのですが、映されるのは日本でも盛んに流されたあの映像。つまり、カラシニコフを抱えた二人組の覆面《ふくめん》男が車に乗って逃走しようとするのを屋上から隠し撮りした例の投稿映像のみ。あとは、スタジオに招かれたゲストたちの討論がどのチャンネルでも延々と続いていたのです。

この討論を聞いていて、私は、フランス人というのは、こんなときでも、議論の仕方をまったく変えないんだな、と変なところで感心してしまいました。一人のゲストが延々と自説を述べようとすると、ジレた他のゲストが強引に割り込んで話の主導権を取ってしまう。すると、また別のゲストが同じことをする。司会者はちゃんといるのですが、そうした主導権の「奪い合い」を調整するのでもなく、自分もまた遠慮なく話に割り込んでゆきます。重要なのは、「私はこう考える。あなたとはここが違う。その論拠は……」ということであり、「シャルリー・エブド」襲撃事件という衝撃を前にしても、デカルトの「われ考える。ゆえにわれありJe pense, donc je suis」の伝《でん》で、「私はこう考える」ということが最優先されるのです。おそらく、それがなければ「私は存在する」もなくなってしまうということなのでしょう。

日本人だったら、こういう状況では、溺《おぼ》れる子供の前で説教する先生を非難したラ・フォンテーヌと同じように、「まず、行動だろう、議論はそのあとだ」となるのでしょうが、フランスでは絶対にそうはならないのです。どんな状況でも、「私は考える」が先に来て、それが「私が存在する」を証明し、しかるのちに行動が来るのです。

それでは、あの「私はシャルリーJe suis Charlie」を掲げた三〇万人デモは何だったのでしょうか？　フランス人も「私は考える」を放棄《ほうき》したり棚上げにして、取りあえずデモに参加したのではないかという反論が出そうですが、ほとんどのフランス人はこう答えるでしょう。「私は考える。ゆえに、私はシャルリーだ。Je pense, donc je suis Charlie」

つまり、「私は考えた結果、《シャルリー・エブド》と連帯する道を選んだのだから、決して付和雷同《ふわらいどう》ではない」と説明されるのです。

というわけで、ラ・フォンテーヌの「おーい、助けてくれ！　説教はそのあとだ！」という警句はフランスではあまり多くの賛成票を集められないということになります。

むしろ、「助けてやるが、しかし、私の話をまず聞きなさい」という先生のほうが支持されるはずなのです。

「通《つう》というのは困りもの。どんなものでも満足できない」

（「好みのうるさい人たちに反駁《はんばく》する」）

「通というのは困りもの」だが……

ところで、慧眼《けいがん》なる読者の中には気づかれた方もいらっしゃると思いますが、先の寓話の解釈においては、ラ・フォンテーヌの（そして、私の）意図的な論点のすり替えがありました。どこかというと、それは「おーい、助けてくれ！ 説教はそのあとだ！」。この警句を、「行動が先か、考えることが先か」と解釈したのは正しいにしても、ラ・フォンテーヌがこの寓話を使って本当に言いたかったのはこれとは別のことであり、むしろ、次のように要約したほうがいいものだからです。

「人がなにかやったり、書いたりしていると、傍《はた》から、ああでもないこうでもないと、いちいち批評したり、ひやかしたり、あら捜ししたりする人がいるが、迷惑この上ない。やめてほしいものである」

つまり、ラ・フォンテーヌは、『寓話』を書いたことで批評家たちや同輩たちからイチャモンを付けられたことにいちいち腹を立て、おまえらは、子供が溺《おぼ》れているのを尻目に説教している先生と同じだぞ、と言いたかったのです。ただ、溺れる子供と先生の寓話は、イチャモン付けの批評家というのとは少し位相《いそう》が違っていたので、私は右のような解釈をあえてして、「私は考える」をすべてに優先するフランス人の国民性を論じてみることにしたのでした。

しかし、それでも、ラ・フォンテーヌの狙いがイチャモン付けの人たちに対する弾劾《だんがい》であることに変わりはありません。そして、これがより露骨に表現されたのが、『寓話』第二巻の最初に掲《かか》げられた「好みのうるさい人たちに反駁する」です。

ラ・フォンテーヌはまず、「私は、これまで、新しい言葉で、オオカミに語らせ、子ヒツジに答えさせ、樹木や植物にさえ口をきかせた。これを魔法と思わぬものはないだろう」と自作への並々ならぬ自信を披露してから、イチャモン付けの人々に対する反論に入ります。すなわち、ある人は「君は素晴らしく雄弁に語った。ただし、子供向きのお話を」と言って、次は子供向きではない、もっと格調の高いものをと望んだ。

そこで、それでは格調高いものをと、ギリシャ神話にかこつけて詩句を繰り出すと、今度は別の人が、「長すぎる！　どこかで息継《つ》ぎを入れなきゃ」と文句を言い、「そんな格調の高い口調で語るのは君には向かない。もっと風変わりな物語のほうがいい」と言い出す。なるほどと思い、忠告通り、風変わりな物語を語ると、あら捜しの得意な人が「ちょっと待った。そこんとこはどうかな。すこしたるんでいるんじゃないか。その二行は書き直しだ」となる。

かくて、ラ・フォンテーヌは次のように嘆くことになります。

「もう、黙っていてくれないか。話を最後まで続けられないじゃないか。君たちの気に入るように仕事をするのはまったく難しい」（「好みのうるさい人たちに反駁する」）

そして、「通《つう》というのは困りもの。どんなものでも満足できない」となるのです。

この気持ちは、物書きならだれでもよくわかるでしょう。とくに、最近はネット・メディアの発達で、読者の反応がよりダイレクトに入ってくるから、なおさらです。

しかし、当たり前ですが、すべての批評家を、すべての愛読者を、すべてのファンを同時に喜ばせることはできません。どんなに完璧な、瑕瑾《かきん》なき作品を仕上げたとしても文句をいうものはかならずいるのです。

アマゾンの星取り表でも、五つ星の読者がいれば、かならず、一つ星をつける読者もいます。しかし、ラ・フォンテーヌがしたように、この一つ星をつけた読者の要望通りに書き直してしまったとしたら、今度は五つ星の読者がみんな一つ星をつけることになるでしょう。

ではいったい、どうすればいいのでしょう？

この疑問に対して、じつに素晴らしい回答をした人がいます。

元横綱のプロレスラー曙《あけぼの》太郎《たろう》です。曙太郎は、大相撲引退後、K-1に転向し、総合格闘技にも参加しましたが、わずか一勝しただけでまた全敗街道を驀進《ばくしん》していたとき、敗戦後のインタビューで記者から無様《ぶざま》な負け方を批判されると、なんと、こう言ったのです。

「そんなに言うなら、お前ら、自分でやってみろよ。痛いんだから」

私はこれを聞いて、「曙太郎、よくぞ言った。まさにその通りだ」と思ったのですが、同時にフーテンの寅《とら》さんのセリフをつぶやかざるをえなかったのでした。

「あんたねえ、それを言っちゃあ、おしまいだよ」

そうなのです。いったんリングに上がり、入場料を取って試合をした以上、どんなボロクソの批評を受けようとも、ファイターは粛然《しゆくぜん》として批評を甘受《かんじゆ》しなければなりません。問題なのは、口うるさいファンや批評家をいちいち満足させることではありません。そんなことはできるわけがないのです。要は、金を払ってでも試合を見に来てくれるファンを持ちつづけることができるかどうかなのです。そのファンが曙太郎の無様な負け方を期待して足を運んでいたとしてもファンはファン。金を払ってくれる人がいるということはじつに偉大なことなのです。

まったく同じことが、さまざまな表現メディアについてもいえます。それも、金を払うメディアなのか否かということが重要なのです。

金を払ってアクセスしなくてはならない有料のメディアであれば、ファンがいかにトンチンカンな批評をしたとしても、表現者は黙ってこれを受け止めなければなりません。ファンは金を払っているのですから、批評はファンの権利なのです。表現者はその権利を侵害してはならないのです。この意味において、私は、出版や新聞という有料のメディアにどれほどの欠陥があろうとも、その存在意義というものを信じます。金を払って批評の権利を得た「有権者」の世界だからです。

対するに、無料のメディアにおいては、この金を払って批評の権利を得た「有権者」というものが存在していません。そのために、そこでは、そもそも批評というものが存在しません。あるのは、「いいね！」という評判だけ。評判には、批評がありません。評判は集まるのも早いが消えるのもまた早いのです。

というわけで、ラ・フォンテーヌのいうように、「通《つう》というのは困りもの。どんなものでも満足できない」のは確かではありますが、しかし、「通がいないというのもまた困りもの」なのです。というのも、パスカルが喝破《かっぱ》したように、表現者はすべて、この通とか批評家というものの存在を無意識のうちに想定して、その人たちの「理性」に向かって表現しているという本質があるからです。もし、表現したものを評価してくれる通や批評家がいないという前提なら、人は真剣に表現などしなくなるでしょう。

そして、それは同時に、芸術や文学など、表現行為の終わりを意味することになるのです。

「ペテン師をペテンにかけるのは二倍うれしい」

（「オンドリとキツネ」）

「ずるさには、ずるさを」

日本の昔話あるいは落語などを徹底調査したことがないので、はっきりとしたことは言えないのですが、日本ではペテン師の話というのはあまり多くはないのではないでしょうか？　ところが、ヨーロッパ、とくにフランスにおいては、このペテン師の話というのがじつに多いのです。一つのカテゴリーを成《な》すほどで、次のような下分類さえ可能です。

①貪欲《どんよく》な人間（動物）があまりに欲をかきすぎたために、ペテン師に手もなく騙《だま》されるという、ストレートなタイプ

②ペテン師が正直者を騙そうとしたが、正直者があまりに率直《そっちょく》な思考法をするので、ペテン師のほうが深く考え過ぎたあげくに墓穴《ぼけつ》を掘るという、すこし捻《ひね》った「イワンの馬鹿《ばか》」タイプ

③ペテン師とペテン師が獲物《えもの》を巡《めぐ》って騙し合いをしていると、そこに両者よりもずるいペテン師（動物）が現われて獲物をさらっていくという、「漁夫《ぎょふ》の利《り》」タイプ

④ペテン師が騙そうとした人間（あるいは動物）がはるかにずる賢《がしこ》くて、ペテン師が逆に騙されるというタイプ

いずれにしろ共通しているのは、騙そうとするのは人間の性《さが》であり、あまりに当たり前なので、これを非難しても始まらない。むしろ、騙されるほうが悪い。だから、教訓は「騙すな」ではなく「騙されるな」というほうに置かれることになるのです。

しかし、騙されるなと言っても、初めから騙そうとして近づいてくるペテン師に対しては、正直で対抗しようとしてもあまりうまくいきません。そこで、ラ・フォンテーヌが勧《すす》めるのが、騙そうとするペテン師が現われたら、逆に騙してしまえというもので、「オンドリとキツネ」はまさにこの④のタイプの寓話です。

抜け目ない年寄りのオンドリが木の上で見張りをしていました。

すると、そこに、キツネが「我が同胞《どうほう》よ」と、にこやかに近づいてきて言いました。キツネというのは、ラ・フォンテーヌの『寓話』ではずる賢い動物の象徴ですから、当然初めから相手を騙すつもりでいます。

「ご存じでしょうが、私たちキツネ属とあなたたちニワトリ属は長年の争いに終止符を打ちました。今度こそ、全面的な平和が訪れたのです。私はそれを知らせにまいりました。どうか木の上から降りてきてください。私は心からあなたを抱擁《ほうよう》したいと思っています。

急いでください、これから、二〇の宿場を回ってニュースを伝えなければなりません」

「友よ」とオンドリは言った。「こんなにうれしい知らせはありませんね。しかも、その全面的和平の知らせをあなたの口から聞けたのは余計にうれしい。そういえば、あそこに、二匹の猟犬が見えますね。あれはきっと、その和平を知らせるためにだれかがよこした伝令でしょう。おや、どんどん近づいてくる。それでは、私も降りましょうか。みんなで一緒に抱き合えますからね」

キツネはこれを聞くと、とたんに逃げ腰になり、「さようなら、先が長いので、今日はこれぐらいにしてお暇《いとま》いたします。また日を改めてうかがうことにいたしましょう」と言い置くと、さっさと逃げ出した。

すると、オンドリは心の中でニヤリと笑い、「ペテン師をペテンにかけるのは二倍うれしい」とつぶやいたのです。

この寓話からもわかるように、フランスでは、ペテンにはペテンを、ずるさにはずるさをというのが定理であり、「どんな人にも誠意をもって臨《のぞ》めば道は開ける」という日本的な価値観は通用しません。そして、その通用しないことにかけては、フランスだけではなく、日本を除くほとんどの国が同じなのです。「やつらはずるい。だが、おれも負けずにずるい」というのが国際ルール「その一」なのです。

「胃袋は国王の象徴だ」（「手足と胃袋」）

なくなって初めてわかるもの

アラブの春が訪れて、リビアやシリアで民衆が大規模なデモを繰り広げたとき、欧米諸国はこれをもろ手を挙《あ》げて歓迎しました。民衆に圧政を加えて苦しめている独裁者がいなくなれば、平和と繁栄が訪れるだろうと期待したのです。また、アメリカがサダム・フセインのイラクに対し、大量破壊兵器の所有という口実を設けて、これに戦争を仕掛けたとき、日本を含めて欧米諸国の多くの国が賛意を表しました。

ところが、どうでしょう。リビアやイラクのように独裁者が打倒されたり、あるいはシリアのように独裁者の支配地域が少なくなったりしたら、平和と民主主義の世の中になるかと思いきや、そこから生まれてきたのは、イスラム国やリビアのアルカイダのような悪夢の如《ごと》き凶暴なテロ集団だったのです。

この一例をもってもわかるように、国家というのは、たとえそれがどんな抑圧国家であっても、ないよりはましということなのです。そして、国家がなくなって初めて、人間は、最悪なのは、無秩序と無国家状態だということに気づくのです。

このことをラ・フォンテーヌが巧《たく》みな例で語っているのが、「手足と胃袋」という寓話です。

あるとき、人の手足は、胃袋のために働いてやるのが馬鹿らしくなって、職場放棄《ほうき》することに決めました。

「おれたちがいなければ、胃袋は空気を食べていくしかない。おれたちは牛馬のように汗水流して働いてつらい仕事をしている。いったい、だれのため、なんのためだ？ ただただ、あいつに食事を与えてやるためではないか。アホくさい、こんな仕事やってられるかい」

こういうと、手足はすぐに決断を実行に移し、手はものを取ることをやめ、腕はものを持ち上げることをやめ、足は歩くことをやめました。みんな、胃袋に「食べ物がほしければ、自分で取りにいけばいいじゃないか」と言いました。

ところが、やがて、彼らはとんでもない間違いをしでかしたことに気づいたのです。胃袋に食べ物が与えられなくなった結果、栄養の摂取《せっしゅ》がストップして、心臓には新しい血液が回らなくなり、そのために手足はみんな苦しみ出して、衰弱《すいじゃく》してしまったのです。そして、そのときになってようやく、叛乱《はんらん》を起こした手足たちは悟《さと》ったのです。怠《なま》け者で、なんにもせずに、手足が働いた成果を掠《かす》めとって生きているように見えた胃袋が、彼ら以上に共同の利益に貢献していたことを。

国王の役割

ラ・フォンテーヌは、この寓話から、国王の役割を類推せよといいます。すなわち、王は受け取っているだけではなく、同等のものを与えてもいるのだ。すべての人が王のために働いているのは確かだが、そのかわり、すべての人が王から食いぶちを得てもいるのだ。王は職人を労働によって生活させ、商人を商売によって富ませ、役人に俸給を与え、農夫を保護し、兵士に給料を支払い、いたるところで王者の恵みを施し、ひとりで国家全体を維持しているのだ。

この王という言葉を政府と置き換えれば、そのまま現代に通じるでしょう。確かに、我々はみんな政府から税金を徴収され、重税だ、悪政だとあえいでいます。しかし、その税金は、道路や橋や空港や電線や上下水道などに使われています。もし、こうしたインフラがなければ、わたしたちは生活できないでしょう。また税金は、使われることで私たちの生活を間接的に支えています。わたしたちは税金が歳出として使われ、雨のように大地に降りそそぐことで初めて食べていけるのです。

しかしながら、一方では、税金で私腹を肥《こ》やす「タックス・イーター」たちがいて、わたしたちが収めた税金を湯水《ゆみず》のように無駄遣《むだづか》いしたり、横領した公金で高級車を買ったり豪邸を建てていることも知っています。そして、王と呼ばれた人たちもその「タックス・イーター」の最大たるものという見方もできるわけです。

ただ、これが歴史の大きなパラドックスなのですが、そうした「タックス・イーター」としての王がまったく存在しない国というものを仮定して、どのような現象が生じるのかを予想してみると、「タックス・イーター」としての王というものはかならずしも全面否定さるべき存在ではないという面妖《めんよう》な事態が浮上してくるのです。

つまり、その国の王が、税金を自分のためには一切消費せず、全部、民衆の福利厚生に還元する自己節制型の聖人であったとすると、どうでしょう?

王様は普通の民家で暮らし、食べ物も粗食、服は民衆と同じレベルの粗末なものを着ている。ようするに、ある種の日本人が理想とする西郷隆盛《さいごうたかもり》のような人だったと仮定しましょう。すると、たしかに民衆の生活は向上し、その国は税金の好循環が起こって国全体が平和で豊かな国になるかもしれません。

しかしです。そのような、王様と民衆の生活レベルが同じで、格差の少ない国からは、不思議なことに「文化」というものは生まれてこなかったのです。

ボルジア家三十年の支配がもたらしたもの

もちろん、この「文化」というものをさまざまなレベルで考えなければいけませんが、しかし、それでも、「文化」を「文化遺産」というような意味で考えると、それらは概してある種の格差から生じるというのは紛《まぎ》れもない事実なのです。これを最も露骨《ろこつ》に言い表わしたのが、キャロル・リード監督「第三の男」の悪役ヒーロー、オースン・ウェルズ演ずるハリー・ライムです。ハリー・ライムはヒーローのジョゼフ・コットンに追い詰められて、ペニシリン密売を非難されたときにこう言って居直ります。

「ボルジア家三十年の支配は、たしかに戦争、テロ、殺人、流血を生んだが、ミケランジェロ、ダ・ヴィンチ、ルネッサンスももたらした。対するに、スイス五百年の平和と民主主義はいったい何を生んだんだ？　鳩時計だけじゃないか！」

まことに毒のある言葉ですが、一定の真実は衝《つ》いています。というのも、私たちが今日「観光」という言葉で総称している習慣行動は、つきつめれば、このボルジア家三十年の支配が生んだ類《たぐ》いの「格差の残映としての文化遺産」を見に出掛ける行為にほかならないからです。

たとえば、フランスからヴェルサイユ宮殿が、ルーヴル美術館が、コンコルド広場が消えてしまったら、私たちがフランスを訪れたいと思うでしょうか？　ノートル・ダム大聖堂でさえ、フィリップ・オーギュスト王や聖王ルイの「税金の無駄遣い」から生まれたといえなくもないのです。今日、パリの象徴となっているエッフェル塔でさえ、第三共和政の時代には「税金の無駄遣い」による「無用の長物」と言って非難されたことを思い出してください。ついでに極論すれば、世界で最も美しい都とされるパリそのものも、独裁者ナポレオン三世の激しい「税金の無駄遣い」の結果であると見なすこともできるのです。

この意味では、手足が一生懸命になって働いて得た食べ物を消化している「胃袋としての王様」は、栄養を全身に効率的に行き渡らせるだけでは十分その機能を果たしたことにはならないと考えられます。それでは、同時代の手足（すなわち民衆）の幸福を確保できても、未来の手足（民衆）の幸福まで保証することはできないからです。言い換えると、胃袋としての王様は、食べ物をむしろ「過剰摂取」して、それを内臓脂肪として備蓄しなければならないことになります。そうしなければ、後世の人間が観光に出掛けたくなるような「文化遺産」は残らないからです。

しかし、人間の体と同じように、内臓脂肪が溜《た》まり過ぎると成人病の原因となり、栄養が「手足」に回らなくなりますから、そのあたりのさじ加減《かげん》は難しいところです。また、いくら、内臓脂肪として備蓄されたものであっても、それが未来において「文化遺産」とならなければ、ただの無駄遣いとして終わってしまいます。

というわけで、差し当たっての結論を出すとすると、胃袋が内臓脂肪を溜め込むこと自体はかならずしも悪いことではない。問題は、未来を考慮しつつ溜め込むこと、言い換えれば、「センスのよい無駄遣い」ということになります。

胃袋としての王様の責務は思いのほかヘビーなものです。同時代だけでなく、未来まで見据えなければならないのですから。

次の東京オリンピックの施設が文化遺産となって残ることを期待しましょう。

「ささいな屈辱などやりすごせ。（中略）たとえ復讐の喜びがどれほど大きくても、（中略）自由でその喜びを買おうとすることは、あまりにも高い買い物になる」

（『シカに復讐《ふくしゅう》しようとしたウマ』）

「復讐」の喜び、その代償は高くつく

ひどい屈辱を受けたとき、その屈辱を雪《そそ》ぐのは当然である、と思われています。

個人の場合でもそうですし、国家でもまた然《しか》りです。

実際、屈辱を雪ぐことは、それが成就《じょうじゅ》した場合には、当人にとっても、また応援団（読者や視聴者を含む）にとっても、大変な快楽となります。映画や小説の多くが、この「復讐の快楽」に基礎を置いているのも、むべなるかな、です。

しかし、屈辱を雪げば、「あーっ、胸がスッキリした」となるのは確かですが、その「スッキリ」の代償を後から払わなければならないというのもまた事実なのです。

たとえば、日本による真珠湾《しんじゅわん》攻撃。アメリカの対日禁輸という屈辱を耐《た》え忍《しの》んでいた日本国

民のほとんどが「胸がスッキリした」と感じたそうですが、しかし、「スッキリ」の代償が巨大だったことは歴史が証明しています。失ったものはあまりにも大きく、今日でさえ、日本は敗戦のトラウマをずっと引きずっているのです。沖縄を始めとして全国に米軍基地があることは、日本が「スッキリ」の代償ローンをいまだに払い続けていることの紛《まぎ》れもない証拠です。

しかしながら、もしあのとき、日本がハル・ノートを受諾《じゅだく》して太平洋戦争を回避し、中国大陸から全面撤退していたら、受けた屈辱を雪ごうとしない屈辱外交として、右派や軍部のみならず、国民全体がいきり立って、暴動やクーデターが起こっていたかもしれません。同時代で、一番、未来を見通すことのできた昭和天皇でさえ、この危険性を考えて、ハル・ノートの受諾を内閣に強制しえなかったわけなのですから。

ことほどさように、屈辱を受けたときにどう対処するかはまことに難しい問題なのです。とはいえ、どんな場合でも絶対にやってはいけないことがあります。それは、他人の力を借りて屈辱を雪《そそ》ごうとすることです。

ラ・フォンテーヌの「シカに復讐しようとしたウマ」という寓話は、この禁じ手を使ってしまったウマの話です。

昔々、ウマがまだ森に住んでいた頃のこと。あるウマがすばしっこいシカと諍《いさか》いを起こし、ひどい屈辱を被《こうむ》ったと感じました。そこで、ウマは知恵者として知られるようになっていた人間のところにやってきてお知恵を拝借できないかと相談しました。

すると、人間は、ウマに轡《くつわ》をつけ、背中に飛び乗ると、あっというまにシカを捕《と》らえて殺してしまったのです。

そこでウマが深く感謝して、「それでは、ここらでお暇《いとま》を。そろそろ住処《すみか》に帰ります」と言うと、人間は「いっそ、ここに居残ったほうがいい。うまいものを食わしてやるから、ついでに寝ワラも与えよう」と言いました。

ウマは誘惑に負けて、人間の言いなりになりましたが、すぐに誤りに気づきました。しかし、もう間に合いません。すでに馬小屋が完成していて、そこに閉じ込められてしまったからです。結局、ウマはそこで一生を終えることとなったのです。

ラ・フォンテーヌ先生の教訓はこうです。

「ささいな屈辱などやりすごせ。そのほうが賢明だ。たとえ、復讐の喜びがどれほど大きくても、我慢することだ。掛《か》け替《が》えのないもの、すなわち自由でその喜びを買おうとすることは、あまりにも高い買い物になる」（「シカに復讐しようとしたウマ」）

日本の場合、太平洋戦争では、ウマのように復讐を遂《と》げるために他人の手を借りるということはしませんでしたが、幕末の戊辰《ぼしん》戦争では、危険性が充分にありました。鳥羽伏見《とばふしみ》の戦いで敗れて大坂から逃げ帰った徳川慶喜《とくがわよしのぶ》に対し、フランス公使のロッシュがフランスの力を借りて徹底抗戦しろと何度も勧《すす》めていたからです。フランス外務省の方針は内戦不介入だったかもしれませんが、もし、ロッシュの進言を慶喜が容《い》れて徹底抗戦路線を採用していたなら、あるいはフランスもイギリスとの対抗上、積極介入に踏み切ったかもしれません。そうなったら、幕府は確かに「復讐の喜び」を得たでしょうが、確実に「掛《か》け替《が》えのない自由」を失っていたはずなのです。

こうして日本は幕末の危機をなんとか乗り越えましたが、太平洋戦争のさいには、復讐の喜びに負けてしまい、結局、「掛け替えのない自由」を失って、今日に至っているのです。

つまり、どっちにしろ、復讐の喜びというのは、代償が高くつくということなのです。「倍返し」もいいけれど、その代償は自由の喪失となって跳《は》ね返ってくるのが常です。知恵ある者とは、屈辱に耐え、復讐の喜びに身を任《まか》せない人のことなのです。

「わしの診立《み》てを信じてくれたなら、あの病人はまだ生きていたはずだ」

（「医者」）

楽観を選ぶか、悲観を選ぶか

最近では、すっかりアメリカ流が定着したのか、医者が患者本人に向かって「余命数カ月です」とガンの告知をすることが当たり前になってきましたが、しかし、果たしてこれがいいものかどうかはだれにも判断できません。

というのも、精神的な動揺が肉体にも影響を与えることは医学的にも明らかである以上、余命告知が生きる力を減らしてしまう可能性も充分にあるわけです。反対に、精神的な楽観論が体内免疫システムに好影響を与える可能性も同じくらいあります。

ラ・フォンテーヌの「医者」という寓話は、この悲観論と楽観論の永遠の戦いをテーマにしたものです。

ドクトル悲観とドクトル楽観が同じ患者を診療しに出掛けました。

ドクトル楽観の診立てはたいへん希望の持てるものでしたが、ドクトル悲観は患者が先祖に会いにいく日は近いと診断しました。そして、それぞれ違う治療をしましたが、結局、病人は天命に応じることになりました。

ドクトル悲観の診立て通りだったわけです。

ドクトル悲観は言いました。「ほれみろ、死んだだろう。わしにはちゃんとわかっていたのだ」

いっぽう、ドクトル楽観は言いました。

「わしの診立てを信じてくれたなら、あの病人はまだ生きていたはずだ」

こうした悲観論者と楽観論者の争いは、「神は存在するのか否か」に関するパスカルの賭《か》けの理論を思い起こさせます。パスカルは言いました。

「(神が存在するというほうに賭けた場合) もしあなたが勝ったら、あなたはすべてを手にいれることができる。あなたが負けた場合も、何一つ失うことはない。だから、神が存在するほうに賭けなければならない」(『パンセ抄』)

というわけで、ドクトル楽観とドクトル悲観だったとしたら、患者は断固としてドクトル楽観を選ぶべきなのです。勝ったら、すべてを手にいれることができるし、負けても、何一つ失うことはないのですから。

「ロバが馬鹿にされるのは当たり前。威張《いば》るロバなんか、だれが我慢できるものか!」

(「ライオンと狩りをするロバ」)

ロバのくせに生意気だぞ

フランス語には「ロバのように馬鹿だ」という成句《せいく》があります。ラ・フォンテーヌの『寓話』でロバが愚《おろ》か者の象徴として描かれているためです。

まず、「聖遺物を運ぶロバ」という寓話は、偉大なる聖人の遺骨や遺物などを背中に載せて運んでいるロバを見ると、みんなが平身低頭するので、自分が拝《おが》まれていると錯覚しておおいに威張ったロバの話ですが、似たような話に「ライオンの皮を着たロバ」というのがあります。

ロバがライオンの皮を被《かぶ》ってあたり一帯で恐れられていましたが、皮の端から特徴のある耳がはみ出していたために、企《たくら》みが露見し、最後は、棒で殴《なぐ》られて粉挽き小屋に連れていかれるという話です。その結論は「騎士のいでたちが彼らの勇ましさの大半を成している」というもの。

この分析はかなり的《まと》を射《い》ています。というのも、大革命の祖国防衛戦争で、共和国陸軍が急に勇猛果敢《ゆうもうかかん》になったのは、制服の色として赤が採用されたことが多分に関係しているからです。とりわけ、フランス竜騎兵《りゅうきへい》の真っ赤な制服はおおいに効果を発揮したようです。敵はすさまじい勢いで迫ってくる赤い集団に恐れをなし、算《さん》を乱して潰走《かいそう》したからです。

ところが、それから一世紀後、第一次大戦でフランス陸軍は騎兵を先頭にドイツ軍陣地に突撃を繰り返しましたが、そのとき、赤い制服は機関銃の格好の目印になってしまいます。いでたちの勇ましさは近代兵器の前では無力だったのです。

ライオンとロバということであれば、もう一つ「ライオンと狩りをするロバ」という寓話があります。

百獣の王ライオンが、誕生祝いとして狩りをすることになり、森から動物たちを駆り出す勢子《せこ》役としてロバが雇《やと》われることになりました。ロバが「イーアン」と鳴く声は、それだけ聞けばかなり恐ろしいものですから、森の動物を脅《おび》えさせるに充分とライオンは考えたのです。

かくて、ライオンはロバを部署につかせると、枝葉でその姿を覆い隠して、「さあ、がなりたてろ」と命じました。

森の動物たちはロバの鳴き声を聞き馴れていませんでしたので、震え上がり、我先《われさき》に逃げ出しましたが、果たせるかな、森の出口でライオンの罠《わな》にはまり、みんなむさぼり食われてしまいました。

ロバは得意げに、「このたびはお役に立てたでしょうか」とライオンに伺《うかが》いを立てました。狩りが大成功した功績はすべて自分にあると鼻高々だったからです。

すると、ライオンはこう答えました。

「いかにも。よくぞ、あれだけ怒鳴《どな》ってくれた。わたしだって、お前の姿と血筋を知らなかったら、脅えたことだろうよ」

ロバは不満でしたが、ライオンの手前、怒りをぐっとこらえたようです。

寓話を締めくくるラ・フォンテーヌ先生のコメントはこんなものです。

「ロバが馬鹿にされるのは当たり前。威張るロバなんか、だれが我慢できるものか！」（「ライオンと狩りをするロバ」）

『ドラえもん』では、しばしばジャイアンが「のび太のくせに生意気《なまいき》だぞ」というセリフを吐《は》きますが、ラ・フォンテーヌの寓話では、「ロバのくせに生意気だぞ」というところなのかもしれません。

天は人の上に人をつくらずが「原則」ですが、「現実」には、生まれつきロバで、ライオンになろうとあがいても、結局、ロバにしかなれない人というのも確実に存在しているのです。

「天は自らを助くる者を助く」（「ぬかるみにはまった荷馬車」）

サミュエル・スマイルズの成句《せいく》は、ラ・フォンテーヌの寓話が出所だった

さて、いかにも『聖書』にありそうな右の成句は、いったいどんな書物からの引用でしょうか？

「天は自らを助くる者を助く」

こういう疑問を抱いたときに便利なのがインターネットです。さっそく検索してみますと、おおよそ次のような説明がなされています。すなわち、これは聖書からの引用ではなく、イギリスの作家サミュエル・スマイルズが『自助論《じじょろん》（Self-help）』の冒頭に掲げた《Heaven helps those who help themselves》をイギリス留学経験のある元幕臣《ばくしん》の中村正直《なかむらまさなお》が「天は自らを助くる者を助く」と訳したことから人口《じんこう》に膾炙《かいしゃ》した成句であるが、スマイルズ以前にも、たとえばアメリカ建国の父のひとりベンジャミン・フランクリンの作った『グッドマン・リチャードの暦』に《God helps them that help themselves》という似たような成句が引用されている。したがって、十八世紀以前からあった成句と思われる、云々《うんぬん》。

回答は部分的にしか正解ではありません。たしかに日本でこの成句が広まったのはスマイルズの『自助論』の翻訳がもとです。また、スマイルズはベンジャミン・フランクリンにインスピレーションを仰《あお》いでいるかもしれません。

しかし、微妙な違いもあります。それはスマイルズは、天（Heaven）という言葉を用いているのに対し、ベンジャミン・フランクリンは神（God）と言っていることです。日本人にとっては、どちらも同じようなものですが、西洋人にとって、この二つの違いは大きいように思えます。

もしかすると、スマイルズはベンジャミン・フランクリンではない、別のテクストからこれを引いてきたのではないでしょうか？　それも英語文献ではなくフランス語の文献から。

と、ここまで仄《ほの》めかせば、「天は自らを助くる者を助く」がどこから引かれてきたかがおわかりになるにちがいありません。いうまでもなく、ラ・フォンテーヌの『寓話』、その「巻の六」第一八話の「ぬかるみにはまった荷馬車」からです。内容は次のようなものです。

あるとき、秣《まぐさ》を満載した荷馬車の車輪がぬかるみにはまり込んでしまった。場所はバ・ブルターニュのカンペル・コランタンという僻地《へきち》で、人の助けなどまったく期待できないところだった。荷馬車の御者《ぎょしゃ》は怒《いか》り狂って、ありとあらゆるものを呪《のろ》った。荷馬車を、ぬかるみを、馬を、自分自身をののしった。それから、天にいるはずの怪力《かいりき》の神ヘラクレスに祈願を捧《ささ》げた。

「ヘラクレスさま、どうか助けてください。あなた様は肩で天を支《ささ》えたというじゃありませんか。そんなに力があるならば、ぬかるみから荷馬車を引っ張りあげるのなんて簡単なはず。どうかお手を貸してくださいまし」

するると、この祈願が届いたのか、雲の中から大きな声が聞こえた。

「いいか、よく聞けよ。ヘラクレスは人を助けるにしても、その人が自ら行動を起こしてからにしている。おまえを困らせている障害の原因がどこにあるかよく見てみることだ。車輪の軸《じく》に粘土《ねんど》質の泥がこびりついているんじゃないか？　まず、その泥を取り除くことだ。ツルハシを手に取って、おまえの邪魔をしているその石を割ってみろ。次に轍《わだち》の跡《あと》を埋《う》めるのだ。どうだ、全部やったか？」

「やりました」と御者は答えた。

「よし、それでは助けてやろう」と天の声は言った。「鞭《むち》を取れ」

「取りました。ややっ、どうしたことだ。荷馬車は思いどおりに動いたぞ。ヘラクレスに賛《たた》えあれ！」

すると、また天の声がした。

「さあ、わかったか。どれほど簡単に荷馬車と馬が窮地《きゅうち》を脱することができたのか。天は自らを助くる者を助く」

さて、この寓話に対して、読者はどのような感想を抱かれたでしょうか？　ここまで親切に脱出法を教えてしまったのでは、「天は自らを助くる者を助く」ではなく、ヘラクレス（天）が助けたことにならないか、とツッコミを入れたくなるかもしれません。しかし、それは本筋ではないのでこのさい措《お》いておいて、「天は自らを助くる者を助く」の原文がどうなっているのか見てみましょう。

《Aide-toi, le Ciel t'aidera》

直訳すれば「まず自分自身を助けよ、そうすれば天がおまえを助けるだろう」ということで、たしかに「天は自らを助くる者を助く」となります。

念のため、ラ・フォンテーヌがインスピレーションを仰いだといわれる『イソップ童話』の二九一話「牛追《うしおい》とヘラクレス」を調べてみると、荷馬車は牛車になってはいるものの状況はほぼ同じです。しかし、ヘラクレスが言った言葉というのは以下の通りなのです。

「車輪にとり付き、突き棒で牛を突け。自分でも何かしてから神頼みをするがいい。さもないと、祈っても無駄《むだ》だ」（『イソップ寓話集』中務哲郎訳　岩波文庫）

つまり、内容はよく似ていますが、「天は自らを助くる者を助く」とヘラクレスは言っていないのです。やはり、これはラ・フォンテーヌが考え出した成句と見なしたほうがいいようです。ラ・フォンテーヌの成句では「神」ではなく「天」が使われていることも吟味《ぎんみ》して、スマイルズは、ラ・フォンテーヌから引用したと見なすのが妥当《だとう》のようです。

「自らを助くる者は自らを助く」のだが……

さて、以上で引用ソースの問題は決着ということにしておいて、この「天は自らを助くる者を助く」という成句それ自体について考察を巡《めぐ》らしてみましょう。

というのも、よく考えると、この成句にはおかしなところがあるからです。

すなわち、「天は自らを助くる者を助く」というが、実際には、「自らを助くる者」は、「天」の力を借りずに自力で窮地を脱している。ならば、「天」が助ける必要なんてないじゃないか、というものです。

たしかにその通りで、「自らを助くる者」は最初から最後まで天の助けを必要としないのであり、「自らを助くる者は自らを助く」というのがより正しい成句です。

天になにかできることがあるとすれば、その「自らを助くる者」を祝福するくらいしかありません。

そう、じつをいえばこの点が重要なのです。

一般に、この世の成功者というのは、ほとんどが「自らを助くる者」です。「天の助け」を受けて成功した者などほとんどいません。

しかし、この「自らを助くる者」というのは、自尊心がとても強いため、自らを助けて成功をおさめたからといって自ら称賛しただけではもの足りないのです。

元・巨人・東映の張本勲《はりもといさお》氏は、三〇〇〇本安打を達成したとき「自分で自分を褒《ほ》めてやりたい」という名文句を吐いたことで有名ですが、このときの心理をより正確に解剖すれば、「天に自分を褒めてもらいたい」というところではなかったでしょうか？

そうなのです。「自らを助くる者」は自分で自分を褒めただけでは物足りず、「天」から「よくやった！　おまえは偉い」と褒めてもらいたいのです。

「天」とは何か

では、この「天」というのはいったいなんなのでしょうか？

「自分以外の他人」というのも一つの答えです。言い換えれば「世間」ということになります。「よくやった」と世間から褒めてもらえれば、だれだって嬉しいに決まっています。この「世間」というものの中に「マスコミ」も入るかもしれません。あるいはネット社会の「いいね！」も入るでしょう。とにかく、「自分以外の他人」から、それもできるかぎり多くの人から褒めてもらえれば、とても嬉しいものなのです。

ところがですね、人間というのは貪欲なものなので、これだけでは十分ではないのです。もっともっと、しかも違うやり方で、褒めてもらいたいのです。

では、だれから、どんな風に褒めてもらいたいのでしょうか？

この点に関して、パスカルの言葉が参考になります。既に引用したマクシムですが、もう一度引いてみましょう。

「その人は人間の理性というものにかくも大きな敬意を抱いているので、地上で自分がいかに優位な立場を占めていようと、人間の理性の中で自分が優位を占めていなければ、満足できないのである。人間の理性の中に占める優位さこそが最も素晴らしい優位さであり、いかなるものも彼をこの欲望から目をそらさせることができない。そして、これこそが、人間の心の最も消しがたい性質なのである」（『パンセ抄』）

そうなのです。人間は、「理性」によって褒めてもらいたいのです。

では、理性とはなんでしょう?

理性の特徴の一つは「公正さ」という点にあります。好き嫌いの感情を交えず、あらゆる点を客観的に評価して、公正に判定を下すのが理性の本質です。それは身近な人々や利害関係のある人々の判定とは自《おの》ずから異なる性質のもので、これのみが「信頼のおける」ものです。

文学賞や文化賞、あるいは各種の勲章《くんしょう》などの「賞」をもらうと、どんな人でも非常に喜ぶのは、そうした賞には利害関係のない審査員というものがいて、理性に基づいて公正な裁《さば》きを下していると信じられるからなのです。

しかし、実際には、審査員とて人間ですから、好き嫌いや利害関係を免《まぬか》れているわけではありません。絶対的な公正さというのを期待するのは無理というものです。

となると、いったいだれに絶対的な公正さを期待したらいいのでしょうか？

「神」ないしは「天」しかありません。

「神」ないしは「天」だけは絶対的に公正であると信じられるからこそ、人は「神」や「天」に信仰を捧げるのであり、最終的判断をこれに託《たく》すのです。もし、「神」や「天」が不公正であったら、「神」や「天」を信じる人は一人もいなくなります。

しかしながら、大変残念なことに、この「神」や「天」は、そう年がら年中、顕現《けんげん》して、公正な判定を示してくれるものではありません。たいていは知らん顔を決め込んでいます。さて、困った、どうしたらいいのでしょう。

そこで考え出されたのが、自分で自分を助けておいて、それを「神」や「天」のお陰だとしてしまうことです。本当は、自分で自分を助けたにすぎないのですが、しかし、それでは、自尊心が満足できないので、「神」や「天」が助けてくれたからと考えることにしたのです。

というわけで、「天は自らを助くる者を助く」を正しく言い換えると次のようになるのです。

「天は、自らを助くる者（が、天に助けられたと信じたがってしかたがないので、彼ないしは彼女）を助く（とすることに同意した）」

第四章

子供たちには過去も未来もない。が、我々にはほとんどないことだが、現在を享受する

ラ・ブリュイエール

「作者たる者は、自分の著作に加えられる讃辞をも非難をも、いつも同じ謙遜《けんそん》な気持ちでうけなければならぬ」

（ラ・ブリュイエール『カラクテール　当世風俗誌』）

人間性の観察の宝庫『カラクテール』

ルイ十四世の時代に、宮廷社会や世相《せそう》をつぶさに観察し、辛辣《しんらつ》なマクシム（箴言《しんげん》）や省察《せいさつ》を残したモラリストたちの中には、名字に封地《ほうち》をあらわす「ド」のついた貴族出身の著者が少なくありません。本書に登場したフランソワ・ド・ラ・ロシュフーコー、ジャン・ド・ラ・フォンテーヌなどが有名ですが、もう一人、今日まで読み継《つ》がれている『カラクテール』の著者ジャン・ド・ラ・ブリュイエールの名を挙げることができます。

この『カラクテール』は、ラ・ロシュフーコーの『マクシム』と比べると、それぞれのテクストが長めであることのほか、時代の具体的な風俗が人名その他の情報を含めて詳《くわ》しく語られているのを特徴とします。時代や地域を超えた普遍性を求める立場からすると、こうした同時代性は夾雑物《きょうざつぶつ》でしかありませんが、時代や地域の固有性を求める差異《さい》主義の立場に立つと、たいへんに貴重な情報源となります。かってはラ・ロシュフーコーに比較して、切れ味や鋭さに欠けるとされたラ・ブリュイエールが、ここに来てにわかに再評価されるようになったのは、アナール派以後の歴史学によって風俗重視の傾向が強くなったからです。

しかし、そうした差異主義的な観点を導入しなくても、ラ・ブリュイエールの『カラクテール』は十分に魅力的です。辛辣さの点ではラ・ロシュフーコーには一歩譲《ゆず》るかもしれませんが、人間性の観察という点では今日でも通用する普遍性をもっているからです。

というわけで、『カラクテール』からさっそく、いくつかのマクシムを引用してみることにしましょう。まずは、第一章「文学上の著作について」から。われわれ物書きにとって拳々服《けんけんふく》膺《よう》しなければならない重要なマクシムがたくさん含まれています。

物書きの第一原則

「どんな著作家でも、明瞭《めいりょう》に書くためには、自らその読者の立場にたって、自己の作品をば、何か自分には初めてのもの、初めて読むもの、自分が少しも参与《さんよ》しなかった、むしろその作者から批評してくれと差し出されたもののように、検査しなければならぬ。そうして、その次に、ただ自分にわかるだけではなかなか人に理解せられるものではなく、本当にわかりやすくなければならないということを、悟《さと》らねばならぬ」（『カラクテール　当世風俗誌』　関根秀雄訳　岩波文庫　ただし、訳文を現代仮名遣いにあらため、一部の訳文を変更した。以下同じ）

これは、物書きたるもの絶対に金科玉条《きんかぎょくじょう》として遵守《じゅんしゅ》しなければならない第一原則です。しかし、こう書くと、「そんなことはとうに承知しているし、げんに励行《れいこう》している」という反論が出るかもしれません。しかし、本当にそうでしょうか？　なぜなら、「自らその読者の立場にたって」自分の原稿を読み返すということは簡単そうに見えながら案外難しい作業だからです。「自らその読者の立場に」立ったつもりになっても、なかなかそうはいかないのです。

そこで、私は、書き上げた原稿を「一晩寝かせる」よう心掛けています。夜中に書き上げても、その夜のうちには送稿せず、一晩寝て、「違う人」になった頭で読み返すと、前の晩には気がつかなかったような欠点、つまり、舌《した》足らずだったり、装飾過剰だったり、繰り返しが多かったり、論理的に整合《せいごう》していなかったりする部分が目に入り、「あれ、こんなに下手だったのか！」と反省することが少なくないのです。

しかし、この「一晩寝かせる」という第一原則を守ってもなお、完全に「違う人」となって前の晩の原稿を読み返すということは容易ではありません。いくら一晩寝たとしても完全に脳《のう》髄《ずい》がリセットされるわけはないからです。

「介入型」編集者の功罪

そこで重要になるのが原稿の第一読者となる編集者の役割ですが、これもまた思いのほか難しいものなのです。

まず、編集者がベテランの場合に起こりがちなのは、編集者がいわゆる「批評家」となってしまい、必要以上に直しを入れてしまうことです。それも、明らかな語法の誤《あやま》りや勘違いの指摘ならいいのですが、文体や息継ぎ（ブレス）までチェックする編集者がいるから要注意です。こうした「過剰介入型」の編集者は、「角《つの》をためて牛を殺す」の伝《でん》で、独創的な著者の「良いところ」を全部刈《か》り取って、紋切《もんき》り型の表現に変えてしまうことが少なくないのです。

ラ・ブリュイエールは、こうした点について次のように述べています。

「これは経験ずみのことであるが、或る一冊の書物から或る表現なりを抹殺《まっさつ》する人たちがこゝに十人あるとしても、『いやそれらは是非《ぜひ》なくてはならぬ』と言う人たちだって、同じ位は容易に捜し出すことが出来る。後の人たちは叫ぶ。《何だってこの感想を削除するんだ？　その表現もまたすばらしい》と」

私も、若い頃にはこの手の「過剰介入型」の編集者に何人か出会ったことがあります。なかでもたちが悪かったのが、「スーパー・エディター」「天才……」と自称していたY氏でした。というのもY氏は、過剰介入どころか「無断介入」で、ゲラに勝手に朱を入れ、そのまま印刷に回してしまうという悪癖の持ち主だったからです。Y氏が多くの著者とトラブルを起こした原因のほとんどはこの「無断介入」で、Y氏の言い分は「手を入れてよくしてやったのになんで文句を言われるのかわからん」ということでしたが、私が被害を受けたときの「無断介入」をチェックしてみたところ、なんで直すのか根拠がまったくわからないものばかりでした。

そして、Y氏は著者から「文章が直されている」と抗議を受けると逆上していきなり連載を打ち切ったり、また後にY氏みずからが物書きに転じてからは、書評などで執拗《しつよう》に攻撃の対象としたりで、とにかく大変な人でしたが、編集者としての美意識には評価すべき点もあり、私は亡くなるまでなんとか付き合いを続けていました。

しかし、Y氏のような人は別として、いまになってみると、「むしろ、ありがたかったかも！」と懐《なつ》かしく思い出す「介入型」の編集者も幾人かいました。というのも、「介入型」の編集者にはある種の批評性が確実にあり、その批評性には謙虚《けんきょ》に耳を傾けるべきところが少なくなかったからです。

いまでも思い出すのは、若いときにアルバイト仕事で引き受けていたSF小説の翻訳を編集者のところに持っていったときのことです。その編集者は私よりも年下でしたが、翻訳小説のプロでしたので、訳文に目を通すなり、こう言いはなったのです。

「うちの文庫は、中学生でも読めるという基準にしてあります。たとえば、この『一縷《いちる》の望み』というのは『かすかな望み』としたのではいけませんか？」

私はグーの音《ね》も出ませんでした。もちろん、状況によっては「かすかな望み」ではなく「一縷の望み」としたほうが良い場合もあります。しかし、そのスペース・オペラ風のSF小説では、簡単に「かすかな望み」としたほうが良いということは明らかだったからです。「かすかな望み」で済ませられるところを「一縷の望み」とするのは衒学《げんがく》趣味的なドーダ以外の何物でもなかったのです。

批評家に対して、著述者が取るべき態度

このように、編集者は、「過剰介入」は戒《いまし》めるべきですが、「批評性」だけは堅持《けんじ》して著者に臨《のぞ》まなければなりません。たとえどんなに偉い著者が相手でも、です。というよりも、その人が本当に偉い著者であるか否かは、編集者が示すこの「批評性」にどう対応するかで「わかってしまう」ことが少なくないのです。ラ・ブリュイエールは、批評家に対して著者が取るべき態度として次のような謙虚さを挙げています。

「人はその著作を、それを訂正したり判断したりする程の力ある人々に、読みきかせたがるようでなければならない。
自分の著作について勧告されることも訂正されることも欲しないのは、一種の教師癖（ペダンチスム）である。
作者たる者は、自分の著作に加えられる讃辞をも非難をも、いつも同じ謙遜な気持ちでうけなければならぬ」

これは絶対的に正しい態度であって、著者が本当に「偉い」か否《いな》かを示すリトマス試験紙のようなものです。編集者に少しでも批評されると、目の色を変えて怒り出す著者がいますが、

私は長年の経験から、どんな批評でも、いったんは聞き置くべきだと考えるようになりました。相手のほうが正しいこともままあるからです。

また、編集者が十分なる正当性をもって著者の誤りや不十分な点を指摘した場合には、まともな著者であれば、その編集者の正しさを認め、以後、その編集者を信頼するようになります。

とはいえ、ここ十年ほどですが、こうした正しい批評性をもった編集者というのがとみに少なくなっているのもまた事実です。おそらくインターネットの普及が原因ではないかと思われます。ゲラの校正にウィキペディアしか使わない編集者や校正者が激増しているからです。少し前までなら、出典として『国史大辞典』とか『世界歴史大事典』が示されていて、「ホホー、たいした学識だ！」と感じ入ることもあったのですが、最近は出典はウィキペディアのみという校正者が少なくありません。ウィキペディアのいい加減さ、とくに翻訳部門のレベルの低さを知っている人間としては、ガックリくることしきりです。校正者には「ウィキペディアでの校正を禁ずる」と申し渡したくなるほどです。

しかしながら、編集者が自分の学識に自信が持てず、著者に対していささかも批評性を発揮しないというのも考え物です。というのも、著者によっては、編集者に批評眼がないとわかると、ときとして手抜き仕事をする不埒《ふらち》な輩《やから》もいないわけではないからです。

と、このように、原稿の第一読者である編集者は、原則として、おのれの批評眼を磨くべきですが、その批評眼が鋭くなりすぎるのも困りものです。どんな著者もみんな馬鹿《ばか》に見えて、「これくらいなら、おれ（わたし）だって」と、物書きへの転向を図《はか》りたくなるからです。

物書きに必要な才能、批評家に必要な才能

しかし、優《すぐ》れた編集者が優れた物書きになるかといえば、これはまったくの別問題であるというほかありません。この点に関して、ラ・ブリュイエールは、物書きというのは一つの職業（メチエ）であって、メチエが違えば、自《おの》ずから用いられる才能も違ってくるとして、こういっています。

「本を書くことは、一つの職業である。時計を作るのと変わりはない。著者たるにはただ智恵（エスプリ）だけでは足りないのである」

では、物書きというメチエには、どんな才能が必要なのでしょうか？

それは、ラ・ブリュイエールがこれもまた一つのメチエだといっている批評家のそれと比較するとわかりやすいのではないでしょうか？

「批評はしばしば一つの学問ではない。それは一つの職業（メチエ）であって、それは創意よりも健康を、能力よりも修練を、天賦《てんぷ》よりも習慣を必要とする」

つまり、批評家というメチエには、健康と修練と習慣が必要だが、物書きには、創意と能力と天賦が必要だということなのです。これは、物書きであるよりも批評家であることのほうが多い私からすると、極めて正しい定義だと断言することができます。というのも、批評家というのは「量」をこなしたあとでないと「質」の評価ができない「経験的なメチエ」だからです。この意味で、批評家というのは骨董《こっとう》の鑑定士に近いものがあります。つまり、健康を保って、長い間の修練に耐え、一つの習慣としての鑑識眼を確立したあとでようやく成り立つメチエなのです。

いっぽう、物書きというのは、修練を積んだからといってなれる類《たぐ》いのメチエではありません。畢竟《ひっきょう》するに、物書きを永続させるものは、やはり、その人の個性と分かち難く結びついた、代置《だいち》不可能なオリジナリティだと思います。オリジナリティのない物書きは、埋《う》め草《くさ》書きの雑文《ざつぶん》家にはなれても、一冊の著書をものにする「著者」にはなかなかなれないものなのです。

この点に関してラ・ブリュイエールは、皮肉を効《き》かせた言い方で次のように断定しています。

「生まれながらの模倣《もほう》家であって、常に誰かの後について仕事をしようという極めて謙《つつ》ましやかな一著作家に、私は勧告する。お手本には専《もっぱ》ら、機知《きち》とか空想とか博学とかの入っているような著作だけをお選びなさいと。彼は、原本まで達しないまでも、少なくともそれに接近するから、そしてまた読まれるから、である。だがこれに反して彼が模倣することを避けなければならないのは、気分によって書く人々、心の声に応じて書く人々、心（それ）によって措辞《そじ》と

形容とを想いつき、いわばその肚《はら》の底からその紙上に表現するすべてを引き出す人々である」

ここでラ・ブリュイエールが「その肚の底からその紙上に表現するすべて」と呼んでいるのは、吉本隆明《よしもとたかあき》の言葉でいえば「自己表出」的なものということになります。つまり、模倣可能な指示表出的な要素ばかりで自己表出的な要素がなければ、たとえそれが客観的な価値を狙った論文的な著作であっても、永続的な価値は持ちえないということなのです。

これは二十一世紀の電子書籍時代の書物について、もっと極端なかたちで当てはまるにちがいありません。

今後、指示表出系の書物はすべて電子書籍となり、活字本はマーケットからどんどん消えていくでしょう。いっぽう、自己表出系の本はやはり電子メディアとはなじまない性質があるため、活字本として生きるほかはないのです。

すでに、この二極分化は始まっているのではないでしょうか?

「人々がえらく感心する徳は二つしかない。勇気と気前のよさである」

（『カラクテール　当世風俗誌』）

正直な告白が美徳になるとき

正直はたしかに美徳ですが、正直な告白というものが果たして美徳であるかはまた別の問題です。ラ・ブリュイエールの右のマクシムはこの点についてこんな問題提起を行なっています。

「時に人は、自分の欠点を、自《みずか》らそれを率直《そつちよく》に白状することによって、匿《かく》そうとし、またその評判を緩和《かんわ》しようとする。某《なにがし》は言う。《私は無知です》。なるほど彼は何も知らない。ある人は言う。《わしは年をとったよ》。彼は六十を越している。またもう一人は言う。《私は金持ではない》。まったく彼は貧《まず》しい」（『カラクテール　当世風俗誌』以下同書）

ことほどさように、「正直な告白」がそのまま美徳になるのか否《いな》かは、思いのほか、決着のつきにくい難しい問題であるのです。

なぜでしょうか？

たとえば、「常におのれに正直であるように」という教育を受けた一人の男ないしは女がいたとします。そして、その人は美男子（美人）で、頭がよくて物知りで、大金持ちであったとしましょう。

さて、その人が「おのれに正直であれ」という教えに従って、「私は美男子（美人）で、頭がよくて物知りで、大金持ちです」と言ってしまったらどうなるでしょうか？　他の人から「正直で素晴らしい」と称賛《しょうさん》されないことは明らかです。なんてイヤミな奴だと顰蹙《ひんしゅく》されるのはまちがいありません。

というわけで、「正直である」ということ自体は必ずしも美徳、つまり「偉い」と褒《ほ》められるわけではないのです。

しからば、どのような要件を満たせば、「正直である」ことが「偉い」と見なされるに至るのでしょうか？

それは、告白内容が世間的に見て《マイナス》の価値を持つ場合に限ります。ラ・ブリュイエールがあげている無知、老齢《ろうれい》、貧乏という三例は、いずれもマイナス価値のものばかりです。つまり、マイナス価値のものを「敢《あ》えて正直に告白する」から価値の逆転が生まれるのであって、もし、プラス価値のことがらを「正直に」明言したりしたら、それは、ただのドーダでしかありません。

というわけで、「正直な告白」というテーマ系が成り立つのは、マイナス価値のことがらを告白した場合に限られることがわかりました。かくて、われわれは、次のステージに移ることができます。すなわち、マイナス価値のことを正直に告白すると、どうしてそこになにかしらの価値が生まれるのかという疑問です。ラ・ブリュイエールにならっていえば、何も知らない男が「そのまんまに」「私は無知です」と言ったにすぎないのに、なぜにその男は「偉い」と見なされるのでしょうか？

人々が感心する徳は二つしかない

思うにそれは「勇気」と関係しています。つまり、人が本来なら隠しておきたいマイナス的な価値のことを「正直」に告白するには「勇気」が必要だからです。「正直告白ドーダ」というのは畢竟《ひっきょう》すれば「勇気自慢ドーダ」の一変形であると言うことができるのです。

この点について、ラ・ブリュイエールはこんなことを言っています。

「本当に、人々がえらく感心する徳は二つしかない。勇気と気前のよさである」

なるほど、その通りというほかありません。人が尊敬する人物というのは、勇気があり、気前のいい人物である場合がほとんどです。どちらか、その一方しかなくってもかなりの尊敬を集めるはずです。反対に、勇気のない人、つまり腰抜け、弱虫、ビビリ屋、あるいはドケチ、シブチンはみんなから軽蔑《けいべつ》されるどころか毛嫌《けぎら》いされます。とくに女性は、この二つの特徴を持つ男が大嫌いで、ほとんど例外がありません。

しからば、なにゆえに、勇気と気前のよさはおおいに尊重され、その反対の腰抜け、ドケチは軽蔑され、毛嫌いされるのでしょうか？　ラ・ブリュイエールは続けてこう分析しています。

「というのは、人々からおおいに尊重されているこれら二つの徳というものは、生命と金銭という二つのものを軽視しているからである」

そうだったのです。勇気と気前のよさというものを掘り下げていけば、人間が一番執着する生命と金銭に突き当たります。勇気は、たとえ生命に危険があろうと、その危険性をあえて無視ないし軽視しますし、気前のよさは金銭に対する同じ態度を意味します。

ただ、いまは、「気前のよさと金銭」の問題はわれわれの主題とは直接関係がありませんから、焦点を「勇気と生命の関係」に絞《しぼ》って考察を続けましょう。

というのも、「勇気＝生命の軽視」というこの結論から遡《さかのぼ》ると、それが無知、老齢、貧乏などの「マイナス価値の告白」とどんなかたちで関係しているかが逆にわかりにくくなってくるからです。自分が無知だと告白するのはたしかに勇気のいることですが、しかし、なんでまた、それが生命の軽視とつながっているのでしょうか？

とはいえ、この疑問も、「生命」を「世間的生命」と解釈すると、とたんに氷解《ひょうかい》するはずです。自分は無知で老齢で貧乏であると正直に告白するのは、「世間的生命」なんか気にしないという一種の「生命の軽視」と見なすことができるからです。この「世間的生命を軽視する勇気」こそがマイナス価値の告白をとたんにプラス価値に変える一発逆転のオセロ・ゲームの鍵《かぎ》なのです。

と、このように考えると、世の中には「見えてくる」ものがたくさんあります。

私小説は「世間的生命」を懸けている

たとえば私小説という日本独特のジャンルです。

一般に、私小説と呼ばれているものは、田山花袋《たやまかたい》の『蒲団《ふとん》』に端的《たんてき》に表われているように、マイナスからプラスへのオセロ・ゲーム的一発逆転を狙《ねら》ったものばかりです。すなわち、『蒲団』は自分のところに弟子《でし》入りした若い女に年甲斐《としがい》もなく恋をした中年の貧乏小説家が翻弄《ほんろう》されたあげくに捨てられて、押し入れに残された女弟子の蒲団に鼻を押し付けて残り香をクンクンとかいで涙にくれるという、まことに卑怯《ひきょう》未練《みれん》な「みっともない」姿を赤裸々《せきらら》に告白したことで「偉い！」となった小説です。なぜなら、田山花袋は、「世間的生命」という掛《か》け替《が》えのないものを賭け金として差し出す「勇気」を示したと思われたからです。

ところが、『蒲団』の成功を見たエピゴーネンたちが、こんなことなら自分もできると、次々とオセロ・ゲームに参加し始めたから、大変です。最初こそ、遁走《とんそう》した女の残した蒲団に鼻クンクン程度の「みっともなさ」で済んだものの、やがてそのレベルではだれも「偉い！」

と言ってくれなくなりました。

そこで、正直に告白すべきマイナス価値がどんどんエスカレートしてゆきます。無知、老齢、貧困、病気といったレベルでは、だれも正直ドーダに感心してくれません。かくて、配偶者虐待《ぎゃくたい》、児童虐待、アル中、薬物中毒などが登場しますが、それでもまだ生ぬるいというわけでマイナス価値の強度は増してゆき、最後には……。もし文芸雑誌に登場する私小説家が自作に描いたようなことを実生活で本当に行なっていたとしたら、それは明らかに刑事事件であり、実刑判決を受けても少しもおかしくはないほどなのです。

ところが、日本という国は私小説の伝統というものをあくまで重視しますから、そうした鬼畜《きちく》系私小説家の、「世間的生命」を犠牲《ぎせい》にしてまで行なった正直な告白の「勇気」を褒めたたえるために文学賞を与えたりするのです。日本は正直ドーダに対しては、まことに寛容《かんよう》な国の一つなのです。

プラス価値を巧《たく》みに隠しながら「顕示《けんじ》」する最適な方法

では、翻《ひるがえ》って、「マイナス価値の正直な告白」の反対、つまり、世間では謙譲《けんじょう》とか謙遜《けんそん》と呼ばれている「プラス価値の巧《たく》みな隠蔽《いんぺい》」について、ラ・ブリュイエールはどう言っているのでしょうか？

「人間は心の中で尊重《そんちょう》されたがっている。しかしその尊重されたいという気持ちを注意ぶかく匿している、なぜかというと、有徳の人と言われたいからである。しかし、徳からその徳そのものとはまったく別の利得《りとく》、つまり、尊重と称賛《しょうさん》とを得ようというのは、もはや有徳のことではなくて尊重と称賛を愛すること、換言《かんげん》すれば虚栄家たることとなるはずなのだ。人間は甚《はなは》だ虚栄が強いくせに、虚栄家と思われるのが何よりも嫌いなのである」

さきほど述べたように、プラス価値というものは、それを正直に告白してしまっては、人から虚栄家つまりドーダ人間として嫌われたり軽蔑されたりするのが関《せき》の山《やま》です。言い換えると、プラス価値は取り扱い注意なのです。

では、この面倒臭い価値をどのようにして取り扱ったらいいのでしょうか？　プラス価値を巧みに隠蔽しながら、実際に顕示するにはどうしたらいいのでしょう？

それは寄付寄進しかないというのがラ・ブリュイエールの答えです。

「N＊＊は派手な信心《しんじん》が好きである。そのおかげで、彼は貧民救助監督となり、義援金《ぎえんきん》の保管者となることができ、彼の家が公《おおやけ》の配給所となったからである。お坊さんや尼《あま》さんたちが自由にそこに出入りする。町中の人が彼の施《ほどこ》しぶりを見て称賛する。誰がいったい、彼が義人《ぎじん》であることに疑いをいだくであろうか？」

じつをいうと、これが社会にとってはとても大切なことなのです。

なぜでしょうか?

金持ちたちにとって、一番重要なのは、自分が金持ちであることをみんなに知ってもらい、そのことで社会から尊重され、尊敬されることなのです。

しかし、金持ちであることを露骨《ろこつ》に見せつけるのは得策《とくさく》ではありません。そこでキリスト教関連施設への寄付寄進という迂回路《うかいろ》的金持ちドーダの方法が考えだされたわけですが、それは、すくなくとも社会にとってはかなりのプラスをもたらします。寄付寄進によって命をつなぐことのできる貧民は少なくないからです。しかも、この方法は、金持ちたちのドーダ心も確実に満足させてくれます。

これに対し、累進課税《るいしんかぜい》というかたちでの金の還流《かんりゅう》は、たとえそれで貧民救済事業が可能になっても、金持ちたちのドーダ心を満足させないという点で優《すぐ》れた方法とはいえません。ラ・ブリュイエールは、右に引用した寄付寄進の効果と対比するかたちで、義務としての税金を念頭に入れて、その欠点についてこんなことを言っています。


「まったく一文の得にもならないのは、我々の義務だけである。それはただ、我々がどうしてもしなければならぬ事柄に関してなされるだけであって、何らその跡に大いなる称賛を招来しないからである。実にその称賛があってこそ、我々は賞《ほ》むべき行いにかりたてられたりもするし、また、我々の企《くわだ》てを辛抱《しんぼう》づよく遂行《すいこう》をしようものを」

ピケティが『21世紀の資本』で主張しているグローバルな累進課税よりも、グローバルな寄付寄進制度を確立してビリオネアーたちのドーダ心を満たしてやったほうがはるかに効果的なのです。さもなければ、グローバル累進課税を課する場合にはかならずそれに見合うような多額納税者称賛制度を設《もう》けるべきなのです。

人は金に生きるにあらず、ドーダに生きる。

この普遍的マクシムを忘れてはなりません。

「子供たちの唯一の関心は、彼らの教師、その他、彼らの目上に立つ人たちの弱点を見いだすことである」

（『カラクテール　当世風俗誌』）

子供は今を生きている

ラ・ブリュイエールの『カラクテール』で感心するのは、子供についての分析です。たとえば、これなどは子供というものの本質をかなり衝《つ》いているのではないでしょうか？

「子供たちには過去も未来もない。で、これは我々にはほとんどないことだが、現在を享受《きょうじゅ》する」（『カラクテール　当世風俗誌』）

じつは、このマクシム、パスカルのそれとちょうど裏返しの関係になっていますので、二つ並べてみるとよく理解できるかと思います。

「わたしたちは、瞬時も現在に安住することはできない。未来が来るのが遅すぎると感じ、時間の流れを早めるよう、未来を予測したりする。逆に、時間の流れが早すぎるので、それを止めようとするかのように過去を呼び戻そうとする。いずれも無分別《むふんべつ》きわまりないことである。その結果、わたしたちは、自分のものではない過去と未来の中をさまよい、わたしたちに属する唯一の時間についていささかも考えないことになる」（『パンセ抄』）

つまり、子供のときには、過去も未来もなく、現在を享受しているだけなのですが、大人になると、未来と過去のことしか考えず、現在に安住することができなくなるのです。

ではいったい、なぜこのようなことが起きるのでしょうか?

近年の脳科学の理論によると、脳の記憶中枢《ちゅうすう》に、次々と更新される現在の映像が溜《た》まっていき、これが「過去」をつくりだし、次に、その過去の投影として「未来」というものが生まれるというのですが、子供はまだ記憶蓄積が少ないので、現在を享受できるというわけです。

こう考えると、一般に理性とか認識と呼ばれているものは、脳の蓄積記憶（いわゆる経験）から導きだされるそのときどきの合理的判断ということになります。カントも『純粋理性批判《じゅんすいりせいひはん》』の最初のページで次のように断言しています。

「わたしたちのすべての認識は経験とともに始まる。これは疑問の余地のないところだ」（中山元訳　光文社古典新訳文庫）

しかし、とカントは続けて言います。**「このようにわたしたちのすべての認識が経験とともに**

に始まるとしても、すべての認識が経験から生まれるわけではない」（同書）

この経験に拠《よ》らぬ認識、経験から独立した認識というものをカントは経験的な認識（アポステオリな認識）と区別して「アプリオリな認識」と呼び、このアプリオリな認識というものがはたして存在しうるのかどうかを検討したいとして『純粋理性批判』を書いたのです。

しかし、カントについてはこれくらいにして、子供と大人、現在と過去・未来の関係について改めて考えてみましょう。

高齢者の物忘れや、老後の不安はなぜ起こるのか

まず、子供が現在のことしか考えず、大人が過去と未来にしか思いを馳《は》せないのは、脳に蓄積された記憶の多寡《たか》によるということですが、こう考えると、高齢者の物忘れが現在のことに限られるのがよくわかります。つまり、老年に達するということは、脳の記憶保存スペースが少なくなっているということを意味するわけで、現在の記憶が加えられても、入りきれずに、片端から消去されていくほかないのです。大昔のことはしっかり覚えているのに、「つい、さっきのこと」は覚えていないのは、パソコンの容量不足とまったく同じ原理なのです。

また、年をとればとるほど「老後」のことが心配になるという矛盾《むじゅん》もこれによって説明がつきます。過去の記憶がたくさん保存されればされるほど、そこから未来がたくさん生まれてくるので、六十代よりも七十代のほうが、七十代よりも八十代のほうが「未来」について思うこ

とが多くなり、「老後」がより不安になってくるのです。どうせ、すぐに死んでしまうのだから、現在を享受して、パーッとすべてを使いきってしまえばいいとは考えないのです。

というわけで、政府が高齢者の金を吐《は》き出させようと、あの手この手を使っても、結局、すべて失敗に終わるほかはありません。高齢者に溜め込んだ金を吐き出させる唯一の方法は、完全にして完璧な社会保障制度を確立する以外にはありません。つまり、病気になっても介護を受ける身になっても一切費用はかからないとなったとき、初めて高齢者は「未来」の不安から解放されて、浪費家となるのです。

イジメをなくす方法は存在するのか

「子供たちは、彼ら同士の間で、先《ま》ず民主的な状態でことを始める。各自がそこでは主人なのだ。ところが、これはすこぶる自然な話であるが、協調は長くつづかず、やがて一君的状態に移行する。誰か一人が卓越《たくえつ》する。すばしこいとか、体格が特にすぐれているとか、色々な遊びやその細かな規則などを正確に知っているとか、そういうことで皆から一目おかれる。そこで、余《よ》の欲するところ（ボン・ブレジール）による絶対の政治が敷《し》かれるのである」（『カラクテール　当世風俗誌』以下同書）

これは、子供世界の非民主的な有り様を的確に指摘した古典的なテクストですが、古典的であるがゆえに、現在もそのまま適用することができます。すなわち、子供の世界は、その不平等で非民主的な性格ゆえ、本質的にイジメを含んでいるということです。先生が子供たちが平等になるようにどんなに工夫したとしても、平等なのは最初だけで、すぐに不平等が生まれ、その不平等が最終的にはルイ十四世の治下《ちか》のような絶対的君主制を導き、イジメを固定化するのです。

というよりも、平準化《へいじゅんか》の努力がなされればなされるほど、不平等を復元しようという力は強く働きますから、イジメは激しくなるのです。

ではいったい、イジメをなくすにはどうしたらいいのでしょうか？

はなはだ逆説的ですが、不平等を前提としたクラスづくりをするしかありません。

具体的にいうと、勉強のできる子供は勉強で、スポーツの得意な子供は体育で、音楽の得意な子供は音楽でというように、それぞれの得意分野において「ドーダ」心を十分満足させてやれるようなクラス・システムをつくり、それぞれの子供が「ドーダ、ドーダ、おれ（わたし）は凄《すご》いだろう！」と叫ぶことができるようにしてやるのが一番いいのです。しかし、現在の平等主義教育システムではこれはまったく実現不可能です。よって、日本では、イジメは永遠になくならないという「構造」になっているのです。

罪《つみ》に見合わない罰《ばつ》ほど子供を憤慨させるものはない

「子供というものは、もし、犯《おか》していない過失について罰せられたり、軽い罪でしかないことを重罪扱いされたりすると、心の中で大人への信頼をなくし、完全に腐《くさ》ってしまうだろう。子供たちは、はっきりと、誰よりもよく、自分がどんな罰に値《あたい》するかを知っている。自《みずか》ら恐れていることだけが罰に値するのだと考えている。彼らは、その多くの罰が妥当《だとう》なものであるか否《いな》かをちゃんと知っている。不当な懲罰《ちょうばつ》こそ、罪を不問《ふもん》にすることに劣《おと》らず、子供たちをダメにするものなのである」

これは子供について、親や先生が金科玉条《きんかぎょくじょう》として肝《きも》に銘《めい》じておくべきテクストです。子供が悪いことをしたときにしっかりと叱《しか》ることは絶対に必要ですが、していない過失を罰することは厳にいましめなければなりません。無実の罪で罰せられたという無念の思いほど、子供を憤慨《ふんがい》させることはないからです。

しかし、そうはいうものの、子供が認識する罪の重さと大人のそれとは常に大きく異なっていますから、大人が無実の罪で罰することを避けようと最大の努力を払《はら》ったとしても、不当に重い罰を加えられたという思いに子供がとらわれることは避《さ》けようがありません。

とはいえ、子供が認識している罪の重さよりも親から加えられた罰が軽かった場合には、かならずや、子供は親を「なめる」ことになるでしょう。「なんだ、こんな程度で済むんだ」と思うと、子供は増長して、次にはより重い罪を犯すことになりかねません。

これは子供に限ったことではありません。大人についても同じことです。その典型が戦前の陸軍の出先機関だった関東軍です。張作霖《ちょうさくりん》を爆殺しても、満州事変《まんしゅうじへん》を起こしても、結局はお咎《とが》めなしあるいは軽罪で済んだため、関東軍はますます増長して、ついに日本を戦争へと巻き込んでしまうこととなったのです。

ことほどさように、罪に正確に見合った罰を与えるということはまことに難しく、神のみがこれを為《な》すものではありますが、しかし、難しいからといって放棄《ほうき》してしまうわけにもいかないものなのです。

教師の実力を見抜く子供たち

「子供たちの唯一の関心は、彼らの教師、その他、彼らの目上に立つ人たちの弱点を見いだすことである。一度、目上の人たちをへこませることが出来たとなると、子供たちはたちまち舞い上がって、教師や目上の人たちの上に暴威《ぼうい》をふるい、最後まで屈《くつ》することがない。彼らがいったん子供たちに対する優越を失ってしまうと、それを回復するのは容易なことではない」

学生時代を思い出してみると、まったく無知蒙昧《もうまい》、知識や鑑識眼などほとんどゼロに近かったにもかかわらず、教師の実力を見抜くことに関してはいたって正確だったような気がします。教師がごまかそうとしても無駄なのです。本当に知性のある教師の場合には、話し方や外見が冴《さ》えなくとも、実力はすぐに窺《うかが》い知ることができました。反対に、実力がないくせに空威《からい》張《ば》りしている教師もすぐにそれとわかってしまいました。学生というのは、まさに学生であるというそのことによって、教師の実力を瞬時に見抜く特権を与えられているのです。

同じように、小学生や中学生も、先生たちに弱点があれば、すぐにそれを察知して、集中攻撃をかけてきます。ごまかしはほとんどききません。さながら、ボクサーがゴングがなったとたんに、相手の欠点を即座に見抜いてそこに攻撃を加えるのと同じです。小学生や中学生というのは、本質的に教師をイジメるようにできているサディストなのです。

しかしながら、まことに逆説的なことですが、こうした千里眼《せんりがん》は、学生ないしは生徒というポジションに身を置いているからこそ可能なのであって、ひとたびそのポジションを離れたら、千里眼はたちまち失われてしまうはずなのです。

言い換えると、学生や生徒であれば、だれでも千里眼の持ち主になれるのです。私が学生時代に教師の実力を正確に判定できたのも、別段、特別に優《すぐ》れていたからでもなんでもなく、学生だったからにすぎません。もし教壇に立つように命じられたら、たちまち馬脚《ばきやく》を露わしたにちがいありません。

ところが、世の中には、このメカニズムが理解できない人がたくさんいます。

つまり学生目線で批判しているからこそ勝手なことが言えるのであって、もし、責任ある教師の立場に立たされたら、なに一つ発言できなくなるはずなのですが、そのことがまったくわかっていないのです。

私はこうした人を「永遠の大学生」ないしは「永遠の大学院生」と命名しています。教壇に立つことのない大学生や大学院生ほど「強い」ものはありません。親になることがない「永遠の子供」が最強なように。

「ある女の真価について、男女の意見が一致することは稀《まれ》である」

（『カラクテール　当世風俗誌』）

ラ・ブリュイエールの『カラクテール』は第三章の「女について」が面白いといわれますが、今日読み返してみると、いまなお面白いものと完全に時代遅れになってしまったものの差が激しいように思えます。

しかし、さらに考えを巡《めぐ》らすと、時代遅れになったかに見えるものが逆に時代の先端に出てきたり、あるいは面白いと思えたものが時代遅れに見えてきたりするので予断は禁物です。

たとえば、こんなのはどうでしょう？

二十二歳を過ぎたら男になりたい

「『十三歳から二十二歳までは女の子でいたい。もちろん、きれいな女の子でいたい。でも、その年を過ぎたら、男になりたい』。こう望む女性に私は会ったことがある」（『カラクテール　当世風俗誌』　以下同書）

これは現在ではほとんどの女性が感じていることではないでしょうか？　というのも、男女雇用機会均等法の施行《しこう》以来、だいぶ良くなったとはいえ、就職活動における男女の差別は相変わらずなくならないからです。「あーあ、男に生まれていたならな」と感じる女性も少なくないでしょう。中学から大学までは汚《きたな》らしくてむさくるしい男の子たちを見るにつけ、「あーあ女の子に生まれてきてよかった」と思っていたのに、何たることでしょう。「わたしに勝てる男なんていないはずなのに、どうみても私よりはるかに格下の男の子たちが一流企業に次々に就職を決めている。絶対に世の中間違っている。もうこうなったら、政治家になって世の中を変えるしかない！」

こうして、二十二歳で世の中の矛盾《むじゅん》を初めて感じ取って男になりたいと思った女の子が日本にはいっぱいいるはずです。いや、過去にもたくさんいたのです。だからこそ、彼女たちの意思として結婚拒否と出産抑制が行なわれ、日本は少子高齢化という絶対的危機に遭遇しているのです。そのため、ラ・ブリュイエールは正しい、彼こそ予言者である、と、いいたくなるところでしょうが、しかし、その前に、すべてを疑えというデカルトの第一原則を適応してみなければなりません。つまり、ラ・ブリュイエールは私たちがいま理解したような理解の仕方で理解していたのだろうかと考えてみる必要があるということなのです。

というのもラ・ブリュイエールの時代に限らず、ついこの間までは、女の子は二十二歳を過ぎたら結婚するというのが、社会の不文律《ふぶんりつ》だったからです。げんに、日本にもオールドミスという差別語があったし、ラ・ブリュイエールの時代には、結婚できない女の子は、修道院に入らなければならないというもっと恐ろしい決まりもありました。

そのため、「二十二歳を過ぎたら男になりたい」というのは、結婚生活が女性にとって、はなはだ不平等であったことを意味していたのではないかという仮定が成り立つことになります。

たしかにこれには一理《いちり》あります。結婚と出産、および子育ては女性の側に大きな負担を強《し》いるし、自己実現を困難にしているから、二十二歳を過ぎたら男になりたいと願う女性がいてもおかしくはないというわけです。結婚と出産および子育ては女性にとって今も昔も地獄であるのだから、ラ・ブリュイエールは実に正しいことを言った云々《うんぬん》……。

貞淑《ていしゅく》であり、男たちからモテなければならない社交界の仕事

ところが、本当のところ、この解釈も正しくないのです。ラ・ブリュイエールの時代（イコール、ルイ十四世の時代）には、女性、とくに貴族の女性は結婚と出産までは義務でしたが、子育ては「管轄外《かんかつがい》」であったからです。子育ては乳母と養育係の女性が担当したのです。

では、子育てを免《まぬか》れた女性は何をしていたのかといえば、それは社交です。つまり、子供を産み終えて、出産の義務から解放された女性は、子育ては他人に任せ、宮廷に出仕し、一応それなりの仕事を与えられはしたものの、基本的には宮廷の社交をもっぱらにしていたのです。

ですから、ラ・ブリュイエールの時代に「二十二歳を過ぎたら男になりたい」と願うということは、宮廷の社交という仕事は実に面倒くさいから、いっそ男でいたい、ということを意味

していたのです。

しからば、なにゆえに女性にとって宮廷の社交生活に参加するのが面倒くさかったかといえば、それは貞淑（そう）であることと、男たちからモテモテである（ように見えなければならない）ことを両立させるのが大変だったからです。

貞淑一方でまったく男性を受け付けなければ、あれは信心深いだけのつまらない女だとして軽蔑《けいべつ》されましたが、かといって貞淑であることをやめたら淫乱《いんらん》だと非難されました。また、男たちからチヤホヤされるようでなければ女としての価値がないということになっていましたから、それなりの媚《こび》も売らなければなりません。しかし、この二つのバランスをとるのはまことに難しいわけですから、こんなだったら、女でいるより男でいたい、というわけです。


さて、以上で、ラ・ブリュイエールが「『十三歳から二十二歳までは女の子でいたい。もちろん、きれいな女の子でいたい。でも、その年を過ぎたら、男になりたい』。こう望む女性に私は会ったことがある」と言ったことの意味がおわかりいただけたかと思いますが、そうした宮廷の社交生活における独特のニュアンスを頭に入れるとかえって現代社会において女性が置かれているポジションとのアナロジーが可能になってくるから不思議です。

たとえば、現代の日本社会で働いている女性は未婚であれ既婚であれ、建前上《たてまえ》は、脇《わき》が甘《あま》いと思われてはなりません。さもないと、あいつはヤリマンだという噂《うわさ》が立つし、ひどい場合はネット攻撃の対象にされかねません。しかし、昔のように女を捨《す》てた女史というわけにはいかず、少なくとも見かけではまだまだ女やってます、現役ですという風を装《よそお》わなければなりません。このバランスをとるのは結構大変です。そのため、いっそ男になりたい、男なら、仕事さえできれば女にモテなくても全然かまわないのだから、ということになるのです。

かくて、ゲームは一巡し、ラ・ブリュイエールの時代と現代日本で、「『十三歳から二十二歳までは女の子でいたい。もちろん、きれいな女の子でいたい。でも、その年を過ぎたら、男になりたい』。こう望む女性に私は会ったことがある」というテクストはほぼ同じ意味で捉《とら》えてもかまわないことになったのです。メデタシメデタシ。

ある女の真価について、男女の意見が一致することは……

「ある女の真価について、男女の意見が一致することは稀である。それぞれの興味の持ちようが違うからだ。女たちは、自分たちが男に喜ばれるその同じかわいらしさによって、お互いに好きになることはない。男たちの胸に大きな情熱を燃やす幾多《いくた》の仕草も、女同士の間ではただ反感と嫌悪を生み出すばかりである」

このマクシムは、昔からいわれている、「女にモテる女は男にモテず、男にモテる男は女にモテず」という法則を多少回りくどい言い方で表現したものにすぎないように思えます。しかし、昨今の激しい状況の変化を考慮に入れると、そう簡単には結論を下せなくなっているような気がします。

　では状況の変化とは具体的に何を指しているのでしょうか。

　それは第二次性徴《せいちょう》の訪れがない、あるいは訪れが微弱に留《とど》まっているのではないかということです。つまり、外見的にオスの特徴をもって生まれた男の子がホルモンの変化で機能的にもオスになるということが起こらないか、あるいは微弱にしか起こらないため、男の子が男にならず男の子のままでいるケースが増えているように思えるのです。女の子の場合はこれほど顕《けん》著《ちょ》ではありませんが、しかし、昔に比べれば、第二次性徴による変化はかなり弱くなっているようです。女の子のままで、結局、女にならない女の子が着実に増えてきているのです。

　言い換えると、いかにもオスらしい男（盛《さか》んにナンパする男）もいかにもメスらしい女（盛んにウッフンをする女）も、ともに減少の一途をたどっているということなのです。

　そして、その結果がどうなったかは敢《あ》えていうまでもないでしょう。少子化という現象はこうした生物学的変化のもたらした産物《さんぶつ》でもあるのです。

　となると、至極《しごく》当たり前のことを述べているように思えたラ・ブリュイエールのマクシムは第二次性徴を前提としている以上、第二次性徴が微弱化した現代日本では有効性を持たなくなり、その内容も次のように変更せざるをえないということになるのです。

　すなわち、「ある女の真価について、男女の意見が一致することはしばしばある。それぞれの興味の持ちようが似てきているからだ」というように。

　こうした変化の象徴となったのが、マドンナであり、レディー・ガガです。女も男も真価を認める点では一致しているからです。

男女間の友愛《ゆうあい》はありえるのか

となると、ラ・ブリュイエールの次のようなマクシムも少しは変えなければならないのかもしれません。

「友愛は、性を異《こと》にする者同士のあいだにも存在しうる。劣情《れつじょう》を一切《いっさい》感じることなしに存在しうる。しかし、女は常に男を男として眺《なが》め、逆に男は女を女として見る。こういう関係は、恋愛でもなければ友愛でもない。これは一種特別なものである」

ラ・ブリュイエールは第二次性徴を前提にしたうえでなお、男女間の友愛はあり得るとしたわけですから、第二次性徴という前提が崩れれば、男女間の友愛はあり得るどころか当たり前のものになります。逆に男女間の恋愛のほうがありえなくなるのです。

ことほどさように、社会の変化に伴《ともな》って第二次性徴という生物学的基盤も崩《くず》れてしまった現代日本においては、すべてのベクトルが少子化の方を向いて求心性を強めているのですから、人口減少は絶対的に不可避であるというほかはないのです。

それにつけても、この戦慄的結論から思い出すのは、今から三十年前に、モンペリエ近郊の海水浴場に日本人の友人と一緒に泳ぎにいったときのことです。

フランス人の女性たちが、老いも若きも全員トップレスであるのを目撃した友人が、思わずこんな感想をもらしたのを私はなぜかしっかりと記憶しているのです。

「男と女がいるというんじゃなくて、おっぱいのある男とない男の二種類の男がいるってかんじだなあ！」

そう、まさに現代の日本の状況はあのモンペリエ近郊の海水浴場に似てきているのです。

嗚呼《ああ》！

「偏奇愛（キュリオジテ）というのは、（中略）稀《まれ》であって、しかも流行《はや》っているある種のものに対する情念なのである」

（『カラクテール』）

「流行について」のラ・ブリュイエールの鋭い指摘

ラ・ブリュイエールの『カラクテール』は『人さまざま』などとも訳されているように、ルイ十四世の時代に生きたさまざまな人々のポルトレ（肖像）を一筆《ひとふで》書きで描き分けたところに特徴があります。すなわち、ラ・ブリュイエールは、ラ・ロシュフーコー風に「人は……」「女は……」「男は……」というかたちで人間一般の「真理」を抽出《ちゅうしゅつ》するのではなく、さまざまな人物の立ち居振る舞いや言動を印象的にデッサンすることで、その人物のポルトレを永遠のものにすることに成功しているのです。これが文学的ポルトレというジャンルであり、ラ・ブリュイエールはこのジャンルの確立者と見られています。

もちろん、ポルトレは現実に生きた具体的人物についての肖像なのですが、あまりにもそれが的確なので、読者は「うん、いる、いる、こういう人！」というように、個々の具体例を超えて「普遍」を見ることになるのです。

このポルトレが一番成功しているのが、流行を追う人やコレクターを扱った「流行について」の章です。

「偏奇愛（キュリオジテ）というのは、良いものあるいは美しいものに対する好みではない。むしろ、稀なもの、唯一《ユニーク》のものへの好み、自分だけが持っていて他人は持っていないものに対する好みである。それは完璧なるものへの執着ではなく、先駆けているもの、流行っているものへの執着である。楽しみというのではなく、情念、それもしばしば激烈さを伴《ともな》うところの情念である。その情念はあまりにも激烈なので、対象が矮小《わいしょう》であるという一点を除けば、愛や野心さえ凌《しの》ぐほどだ。とはいえ、それは、人が一般に有するところの稀であるがゆえに珍重《ちんちょう》されているものへの情念ではないのだ、稀であって、しかも流行っているある種のものに対する情念なのである」（『カラクテール』拙訳　以下同書）

これは意外に深いところを衝《つ》いた言葉であると思われますが、少し分析してみないと、著者の言わんとするところは理解できないかもしれません。

まず、キュリオジテというのは、良いものや美しいものへの好みではないというのはよくわかります。「稀なもの、唯一《ユニーク》のものへの好み、自分だけが持っていて他人は持っていないものに対する好み」というところもまた理解しやすいでしょう。しかし、「先駆けているもの、流行っているものへの執着」となると、いささかわかりにくくなります。

なぜなら、「先駆けているもの、流行っているもの」は、「自分だけが持っていて他人は持っていないもの」ではないはずだからです。

いったい、この稀でありながら、流行っているものというのは具体的にどういうものを指すのでしょうか?

ラ・ブリュイエールはこれを次のような例で説明しています。

チューリップの球根を崇《あが》める男と、アイドル・グループが美人ばかりでない理由

ある花好きがいた。その人物は郊外にフラワー・ガーデンを所有していて、朝日が昇るころにそこに駆けつけ、日没になると戻ってくることを繰り返している。彼が愛するのはチューリップの中のソリテールという珍種である。彼は一日中、そのソリテールの前に立ち、恍惚《こうこつ》として打ち眺《なが》め、感嘆している。

しかし、彼は、ソリテールという珍種が美しいから好きというのではない。珍しいから好きというのは確かなのだが、では、他の珍しい花、たとえば、カーネーションの珍種はどうかといえば、そんなものには興味がない。なぜなら、カーネーションはいまの流行ではないからだ。珍種であっても流行っていなければダメなのである。

「彼はチューリップの球根しか崇めない。さしあたって、その球根を、たとえ千エキュ出されても絶対に他人には譲《ゆず》らないだろう。しかし、いずれ、チューリップがすたれて、カーネーションが流行ったら、そんな球根などただで人にくれてしまうことだろう」

さて、これでラ・ブリュイエールがキュリオジテを「稀であって、しかも流行っているある種のものに対する情念」と定義した真意が理解できたのではないでしょうか？　そして、わかると同時に、こうしたキュリオジテの持ち主は身の回りにいくらでも存在していると気づくはずです。

たとえば、アイドル・グループの中の地味で目立たない子に熱中するオタク・ファンというものの心理です。

流行っているアイドル・グループというのは、不思議なことに美人でスタイルがよい子だけで成り立っているわけではありません。だれが見ても文句なくかわいい子は四、五人のグループの中で一人か、せいぜい二人にすぎません。グラビアやポスターで真ん中を飾《かざ》るのはたいていその子で、「残り」は、そこらへんにいくらでもいそうな、十把一《じっぱひと》からげのネクスト・ドア・ガール、それも決してレベルの高くないネクスト・ドア・ガールです。

私など素人が見ると、こんなどうでもいいネクスト・ドア・ガールを入れないで、もっと美人の子ばかり集めればいいじゃないかと思うのですが、プロにいわせると、美人ばかりのアイドル・グループは絶対にファンが「付かない」のだそうです。アイドル・グループづくりの根幹は、どのようなネクスト・ドア・ガールを入れるか、そのさじ加減《かげん》にあるのだそうです。

そのことは、ＡＫＢ48の「総選挙」などの結果を見るとすぐに理解できます。第一位となるのは、かならずといっていいくらい、どこにでもいそうな、決してレベルの高くないネクスト・ドア・ガールの一人だからです。

では、総選挙に参加するファンは、どのようにして、そのネクスト・ドア・ガールを選ぶのでしょうか？

熱狂は、「流行の枠」がなければ成立しない

まず大前提となるのは、そのネクスト・ドア・ガールが流行っているアイドル・グループのメンバーであることです。そんなの当たり前じゃないかと思うかもしれませんが、これは非常に重要な要件なのです。

たとえば、ＡＫＢ48の「総選挙」が、ＡＫＢ48という「枠」を外《はず》して行なわれたと仮定してみましょう。つまり、日本の同年配のすべての少女から選ぶとした場合、そのネクスト・ドア・ガールに票を投じる男の子はいるでしょうか？　票数は、せいぜいのところ知り合いの一、二票でしょう。

ところが、ＡＫＢ48という「枠」が設定された場合、その「枠」自体が「流行」っていますから、その「流行という枠」の中から、自分だけが良さのわかる珍種を発見しようという努力

がなされることになるのです。それは、「自分だけが持っていて他人は持っていないもの」というレアーな品種、ユニークな品種への好みですが、その「レアー」「ユニーク」という特徴は、AKB48という「流行という枠」の中での相対的なレアーさでありユニークさであって、絶対的レアーさ、ユニークさでは決してないのです。第一、そうした絶対的なレアーさ、ユニークさを発見できるような眼力を備えているなら、アイドル・グループなどに熱狂しないはずなのです。

つまり、いくら、レアーさやユニークさにひかれるとはいっても、「流行という枠」がなければ、熱狂も情念も起こらないのです。

そのよい証拠が、アイドル・グループを「卒業」したメンバーのその後です。アイドル・グループ在籍中は、その地味さ、目立たなさにもかかわらず、総選挙の類《たぐ》いで上位を占めていましたが、「卒業」して一本立ちになると、あれ不思議、かってあれほどに熱狂していたファンはいったいどこに消えたのか、だれ一人として「追っかけ」にはなってくれません。そこで、アイドル・グループ時代に言い寄ってきたIT起業家や医師、あるいはパティシエなどと結婚するか、引退するかの選択を迫《せま》られることになるのです。

ことほどさように、アイドル・グループの中の目立たない子を追いかけるオタク的なファンの心理というものは面妖《めんよう》なものですが、あえて要約を試みると、こんなふうに定義することができるのではないでしょうか？

「流行という枠の内部で、他人の所有にはまだ帰していない、レアーなもの、ユニークなものを見つけ、それを自分だけが所有していると思い込む傾向」

アイドル・グループの追っかけとは、消費であり、自己実現である

ところで、この定義、アイドル・グループの追っかけファンばかりではなく、現代社会のかなり多くの現象に当てはめることができるのではないでしょうか？

まず重要なのは、「流行という枠」というのは常に「所与《しょよ》」というかたちで「与えられている」ものであり、その所与それ自体を創造することは個々人には決してできないような構造になっているのです。あくまで、「枠」は「いまこれが流行っている」あるいは「流行りつつある」というかたちで認識するしかない仕組みになっています。哲学用語でいえば、先験《せんけん》的な与《よ》件《けん》ということになります。そして、先験的であるがゆえに、その枠自体は決して意識には入ってきません。「なぜAKB48でなければならないのか？」とか「AKB48は流行っているといわれるが、本当はどの程度なのか？」という反省的思考は決して発動されません。「流行っているから流行っている」という同義反復的、自己言及的な思考が働いているだけなのです。

しかし、いったんその枠を「流行っている」と認めてしまうと、あとは急に楽になります。無限の中から選びだすという苦痛から解放されて、自分の自由意志（好み）を十分に働かせることのできる範囲で選択を行なうことができるように感じるからです。しかも、自分はその選

択において、他人とは決してかぶらない、レアーでユニークなものを選ぶことができるという自尊心のたかぶりさえ覚えます。そして、そのレアーでユニークなものを選んだ（じつはこの選択こそが消費というものの実体なのです）ということで、こんどは、そういう選択を行なったオレも（わたしも）レアーでユニークな存在であるという自負心を持つことができるようになります。その自負心こそが生きていくうえで心の支えになるのです。

換言すれば、ＡＫＢ48の「総選挙」で、だれも投票しないようなレアーでユニークな子を選ぼうとつとめること自体が自己実現となっているのです。同じように、今年流行のモノの中からレアーでユニークなモノを選ぶ（消費する）ということもまた、立派な自己実現の一種なのです。

とはいえ、そのように、レアーでユニークな対象を選んだという点においてオレ（わたし）もレアーでユニークだと思いこむことのできるのはあくまで「流行という枠」という内部のことであり、もし、この「流行という枠」というものが外れてしまったなら、そのとたん、レアーでユニークな選択を行なうなどということは不可能になります。無限からは選べないのです。「流行という枠」というかたちで選択の幅を狭《せば》めることによってのみ、選択が可能になるのです。

言い換えると、「流行という枠」というのがすべてであり、それが外れてしまったら、レアーでユニークなものを選ぶことが自己実現などとはいっていられなくなるのです。

ではいったい、その「流行という枠」という所与はだれが与えるのでしょうか？　秋元康《あきもとやすし》のようなトレンド・セッターでしょうか？　それとも、流行を司《つかさど》る「流行神」のようなものでしょうか？

どちらも違います。おそらく、「流行という枠」を生み出すのは、その時代を生きている人々の集団的な無意識であり、集団的な無意識であるがゆえにその中で生きている個々人には決してそれを見ることも察知することもできないような構造になっているのです。

そして、私たちはその見えざる構造の内部にいて、ガラスのドームに閉じ込められた虫のように、必死に羽ばたいて、レアーでユニークなものを選ぼうと、あがき続けているのではないでしょうか？

思えば、むなしい限りですが、しかし、私たちの集団的無意識が「流行という枠」をつくりだしてくれなければ、私たちはそもそも選択（消費）による自己実現などという酔狂《すいきょう》なことを思いつくこともないわけで、この意味では、私たちは生きがいを見いだすために、集団的無意識を働かせて「流行という枠」を自分でつくりだしているといえるのです。

つまり、無限の中からは選べない私たちは、選択を行なうために流行を自分でつくりだし、その流行に命じられるように流行の範囲で選択を行なっているのですが、そのことにはまったく気づいてはいないのです。

かくて、流行と選択は永遠にループしていきます。メビウスの環《わ》のように。

第五章

妬み、嫉み、恨み。これこそが生命力の根源

E.M.シオラン

「生まれないこと、それを考えただけで、なんという幸福、なんという自由、なんという広やかな空間に恵まれることか！」

（E・M・シオラン『生誕の災厄』）

誕生日の憂鬱《ゆううつ》

十一月は私の誕生月ですが、十一月になるとかならず気分が落ち込んで、軽い鬱《うつ》症状に陥《おちい》ってしまいます。気候のせいだと長らく思い込んできたのですが、どうやらそうではないらしいと気づいたのは、先頃亡くなった出口裕弘《でぐちゆうこう》氏によって翻訳されたE・M・シオランの『生誕《せいたん》の災厄《さいやく》』（紀伊國屋書店）と一九七六年に出会ってからです。

「午前三時だ。私はいまこの一秒を聴きとり、つぎにまた別の一秒を聴きとり、毎分のバランスシートを作製する。

どうしてこんな始末《しまつ》になったのだ。——生まれてきたからだ。

ある特殊な様相をした不眠の夜こそが、生誕をめぐる争論に火をつけるのである」

なるほど、そうだったのか！　これでわかった。誕生日が巡《めぐ》ってくるたびに鬱症状に襲《おそ》われるのは、生誕そのものが災厄で、誕生日というものが意識下にあるこの事実を顕在《けんざい》化するからだ、と。

シオランは、このことを誰よりも明確に、しかもありとあらゆる言い回しを総動員して力強く言い切った思想家です。

「生まれないこと、それを考えただけで、なんという幸福、なんという自由、なんという広やかな空間に恵まれることか！」（同書）

以来、『生誕の災厄』は私の枕頭《ちんとう》の書となりました。たとえば、次のような言葉には、「そうだ、そうだ」と何度もうなずいたものです。

「はるかな昔から私は、この世が自分むきに出来ていないのを、どうしてもこの世に慣れることができないのを自覚してきた。私が多少なりとも誇りを持つことができたのは、まさにそのゆえだし、さらに言えば、そのゆえでしかなかった。私がこの世に生存していること自体、生が損傷し摩耗してゆく過程のように思われるのもまた、そのゆえである」（同書）

生誕そのものの災厄

しかし、『生誕の災厄』を読み進めるうちに、たとえば鬱状態にあるときの私のように「自分がこの世に生まれてきたこと」だけを災厄と考えている「生きにくい人間」とは絶望のレベルが違うということに気づきました。シオランは「私の生誕」というだけではなく、生誕そのものを災厄と見なしているのです。

「生誕にこだわるところで止めておくようにと、良識の声がしきりに促《うなが》すのだが、私はもっと逆行の度を強め、いっそう深く、何かよく分からぬ始源のまた始源へと飛び移ってゆく。おそらくはいつの日にか、私は起源それ自体に行き着くことができるだろう。そしてそこで身を休めるか、どっと倒れこむかするであろう」（同書）

つまり、シオランは、たんに生誕どころか、人間が、いや生きとし生けるものが存在を開始するその瞬間、さらにいえば、宇宙が開闢《かいびゃく》するその瞬間にまで遡《さかのぼ》らざるをえなくなるのです。

「大事なのは私一個の始源などではない。始源一般こそが問題なのだ、自分の生誕というこの二次元的強迫観念に、私があえてぶつかってゆくのは、時間の第一瞬間と取っ組みあいをする

すべがないからである。一個人の不安感は、最後の最後には、宇宙開闢の不安感にまで遡行《そこう》することになる。私たちの五感の一つ一つが、存在がどこことも知れぬ場所から外へと滑《すべ》り落ちたときの、その引鉄《ひきがね》となった第一番目の感覚の大罪を償《つぐな》っているのである」（同書）

しかし、それにしても、これほどまで生誕の災厄にこだわって、そこからさらに宇宙開闢の災厄にまで遡行せざるをえないシオランとは、いったい何者なのでしょうか？
まず、それを簡単に述べておかなければなりません。

シオラン、オーストリア＝ハンガリー二重帝国に生まれる

シオランは、これまで取り上げたラ・ロシュフーコー、パスカル、ラ・フォンテーヌ、ラ・ブリュイエールなどとは異《こと》なり、十七世紀フランスのモラリストではなく、現代フランスのモラリストです。

ただし、生まれたのはフランスではなくルーマニアです。より正確には現在ルーマニア領になっているトランシルヴァニア地方（当時はオーストリア＝ハンガリー二重帝国領）で、一九一一年に正教司祭《せいきょうしさい》の息子として生まれました。ルーマニア名は、エミール・チョラン。フランスに帰化《きか》した後はエミール・ミシェル・シオランと名乗りましたが、著作には自身の「生誕の災厄」を消すためでしょうか、E・M・シオランと頭文字《かしら》を表記するのみに留《とど》めました。

幼い頃に生まれ故郷の村を離れて、近くの都市に引っ越しをするという「根《ね》こぎdéracinement」を体験したこと、および母親との関係がうまくいかず、母親から「おまえなんか産まないで堕《お》ろしてしまえばよかった」と言われたことが大きなトラウマとなって思春期には激しい不眠症に陥り、これが「生誕の災厄」の自覚に繋《つな》がったともいわれていますが、国家的レベルでも、シオランは大きな「根こぎ」を体験してデラシネdéracinesになります。

すなわち、まず、第一次大戦後のオーストリア＝ハンガリー二重帝国の解体で、トランシルヴァニアがルーマニアに併合されたことでオーストリア人からルーマニア人となり、ようやくアイデンティティを得たと思ったのもつかのま、今度は留学によって二度の「根こぎ」を体験することになります。

ナチズム、そして母国語との決別

一度目はベルリンへの留学です。ブカレスト大学に学び、一九三三年から奨学金を得てベルリンに留学し、二十二歳で処女作『絶望のきわみで』を出版し高い評価を受けましたが、ベルリンでナチズムの洗礼を受けたことで、柄にもなく政治に目ざめ、ルーマニアに帰国後は、ファシズム運動「鉄衛団《てつえいだん》」に共鳴し、機関誌に寄稿するようになります。

しかし、一九三七年に奨学金を得てパリに留学するころから、ファシズムへの熱狂も冷め、反動として強いペシミズムに捉《とら》えられるようになります。こうした若き日のファシズムへの加担とそこからの離反《りはん》はシオランにとって苦い教訓となり、以後は一度もルーマニアに戻ることなく、著作もフランス語で発表するようになります。ルーマニア語という母国語もまた「生誕の災厄」と繋がる以上、これと決別するほかなかったのです。

同時にフランスのモラリスト文学、とりわけ、パスカルの影響を強く受けて、アフォリズム（われわれはこれをマクシムと呼んでいます）の形式を好むようになり、フランス語の著作はすべてアフォリズムで書く決意を固めます。その結果、シオランは、フランスの伝統であるモラリスト文学を一人で復興するかたちになったのです。

ルーマニア語ではなく、フランス語を選んだことについて、シオランはかならずしもはっきりとした理由を明かしてはいませんが、ヒントらしき言葉は何度か漏《も》らしています。

「しかるべき理由があるにせよ、ないにせよ、精神の衰弱に落ちたとき、そこから脱出する一番たしかなやりかたは、一冊の辞書を、それもなるべくなら、ろくに心得のないような外国語の辞書を手に持ち、これから先絶対に使うことはあるまいという言葉ばかり注意深く選《よ》って、あの言葉、この言葉とその辞書を引きまくることだ」（同書）

つまり、シオランがフランス語と深いかかわりを持つようになったのは、外国語としてのフランス語を徹底的に学ぶことが鬱症状の回復に繋がったからであり、これが彼をしてフランス語の作家たらしめる結果になったのです。

こうした「鬱の治療法としての外国語学習」の効果については、母親との関係が悪くて同じように若いときから鬱に悩まされていた坂口安吾《さかぐちあんご》が『石の思い』で同じようなことを語っていたと思います。つまり、鬱の原因は、目的と成果達成感が曖昧《あいまい》なことから来るが、外国語学習はほぼ完璧にこの二つを満たしてくれるので、鬱を克服《こくふく》するには大きな効果があるというのです。

なかでも効果的なのは、外国語で考えを表現しようと努めることです。なぜなら、外国語で表現するときには、外国語の鋳型《いがた》を選んでその中に母国語で考えていることを流し込まなければなりませんが、この鋳型の選択とそこへの「流し込み」の作業が、ある種の単純作業と同じような「余計なことは考えない」という効果をもたらし、人を鬱から救い出すのです。

私たちは、ある国に住むのではない。ある国語に住むのだ

もちろん、いったんは紋切《もんき》り型を受け入れても、本当の表現者となろうとすれば、つまり、人がお金を払って本を買ってくれるようなプロの表現者になるには、その紋切り型から抜け出さなければなりません。これが外国人にとって最も困難なことだとシオランは語っています。

「外国人が言葉に関して創造者たりえないのは、その土地の人間と同じように喋《しゃべ》ろうとするからである。首尾の如何《いかん》を問わず、この野望こそが彼の破滅の元なのだ」（同書）

というわけで、外国語を表現手段として選んだものにとって、問題は、この紋切り型からの抜け出し方如何にかかっています。というのも、母国語なら、抜け出し方は自由自在ですが、外国語においてはそういかないからです。この点について、フランス語で苦労したシオランはこのように述べています。

「借りものの国語を用いる上で、もっとも具合の悪いことは、ふんだんに語法上の間違いを犯《おか》す権利がないということである。あえて不正確を求め、しかもそれを濫用《らんよう》せず、絶えず文法上の誤りを掠《かす》めながら行くこと、そうしてはじめて、書いたものに生命感を与えることができるはずなのだ」（同書）

シオランは、フランス語のプロの表現者となるため、この「文法上の誤りを掠めながら行く」努力を重ねたに違いありません。間違いのない文章だけでは、文学表現とはなりえないからです。その結果、シオランは、見事、フランス語を第二の母国語とすることに成功しました。シオランは、珍しく極めて肯定的な響きをこめて、こう語っています。

「私たちは、ある国に住むのではない。ある国語に住むのだ。祖国とは、国語だ。それ以外の何ものでもない」（『告白と呪詛《じゅそ》』出口裕弘訳　紀伊國屋書店）

徹底的に読み込んだパスカルとボードレール

さて、シオランと第二の母国語としてのフランス語の関係について長く語りすぎましたが、では、シオランがフランス語で徹底的に読み込んだのはだれかといえば、それはパスカルとボードレールです。この二人についてシオランはこう語っています。

「ある作家が私たちに深い痕跡《こんせき》をとどめるのは、私たちがその作家のものを多読したせいではなく、度を越してまで私たちがその作家のことを考えぬいたせいである。私はことさらボードレールやパスカルに深入りしたわけではないが、彼らの悲惨《ひさん》を思わぬ時とて絶えてない。それは私自身の悲惨と同じほど忠実に、いたるところ私についてまわる」（『生誕の災厄』）

実際、シオランはパスカルとボードレールの正統的な後継者というべき位置にいます。パスカルは、人間が部屋の中にじっとしたままでいることができないのは、生まれながらに原罪《げんざい》を背負っているからだとするその「原罪説」、またボードレールは時間の一刻一刻が死に向かってのカウントダウンだとする時間恐怖が、シオランに深甚《しんじん》な影響を与えたようです。次の文章は、シオランが二人の影響下に出発したことを如実《にょじつ》に物語っているのではないでしょうか？

「一度ならず私は、部屋にじっとしていると、ある種の唐突な決断に逆らいかねるような気がして、家を飛びだすことがあった。街路は部屋よりも安全だ。なぜなら人間は、街路ではあまり自分のことを考えないし、第一、そこでは何もかも、精神錯乱すら強度を落とし、品質を落としているのだから」(同書)

おそらく、シオランは、自殺の衝動に駆られそうになったときに、アパルトマンを飛び出して、パリの街路に繰《く》り出したにちがいありません。パリの街路はその猥雑《わいざつ》さにおいて、「精神錯乱すら強度を落とし、品質を落としている」ため結果的に自殺から遠ざけられたのでしょう。

シオランが生誕の災厄を呪《のろ》いながら、八十四歳まで生きながらえてアパルトマンで大往生《おうじょう》を遂《と》げたのは、彼が終《つい》の住処《すみか》としてパリを選んだことと無関係ではありません。

シオランという特異なモラリストをつくったのはパリという都市だったのです。

「人間は、自分が、あれこれの目的にむかって進みつつあると信じている。その実、たった一つの目的、すなわち、一切他者の壊滅《かいめつ》をめざして進んでいるのを忘れて」

（E・M・シオラン『告白と呪詛』）

重度の不眠症

シオランの著作をひもとくと、この特異な作家を生み出したものは不眠症、および不眠の引き起こす存在論的恐怖であったことがわかります。

「私は二十歳だった。一切が重圧となって私にのしかかっていたある日私は、いわゆる《精《せい》も根《こん》も尽き果てた》のていたらくで、長椅子《ながいす》に倒れこんだ。

母はすでに私の不眠症を心配して気も狂わんばかりだったが、いま、私の《安眠》のために、ミサを一つあげてもらってきたと告げた。一つといわず三万のミサを、と私は叫びたいところだった。あのカール五世が、もっともはるかに長い安眠のためにではあるにせよ、遺書に

書きこんだ数字のことを考えながら」（『生誕の災厄』）

　このように重度の不眠症を患っていたのでは、どんな人でもまともな職業に就《つ》くことなど不可能になります。人が眠っているあいだは目覚めていて、人が目覚めたら眠るというのであれば、夜昼逆転の仕事に就けばいいのですが、若き日のシオランが患ったのは何日も、ひどいときには一週間以上も続くような不眠症でしたので、職に就くことはおぼつかなかったのです。

「幾晩もかさねて不眠の夜をすごしながら、ひとつの職業をこなすことなど不可能だ、もし、若年期に、両親が私の不眠症に出資してくれなかったら、私は確実に自殺していたことだろう」（『告白と呪詛』）

　じっさい、私にもその傾向がありますが、不眠症というのは実につらいものです。肉体は疲労困憊《こんぱい》の極《きわみ》に達していても、神経は極度に過敏になっていて、眠ろうとしても眠れないのです。私の場合、シオランと違って何日も続くことはありませんでしたが、シオランの苦痛はよくわかります。眠気が襲《おそ》ってきたと思ってベッドに入ると眠れなくなり、起きるとまた、ということの繰り返しで、なんともやっかいなものです。

　しかし、つらいのは、やはりメンタルな面でしょう。不眠症が原因で衰弱《すいじやく》死したという人はそれほど多くないでしょうが、自殺したという人は数限りなくいます。不眠症は自殺の第一原因かもしれません。

では、安眠の訪れることのない不眠の夜は、いったい、どこがどうつらくて、若きシオランに塗炭《とたん》の苦しみを味わわせることになったのでしょうか？

それは、自分以外の全員が寝静まった夜中にたった一人起きていると時計の針が刻一刻と時を刻《きざ》んでいくのを感じ、異常なほど鋭敏な感覚で「時間」を意識してしまうからです。

「若いころ、何週間ものあいだ眠りの眼を閉じられなかったことがある。私はそのとき、かつて体験したためしのないものに包まれて生き、全時間が、その分秒の総体《そうたい》を引き連れて、私のなかに集積し、集中したかのように思った。時間は私のなかでまさに南中し、凱歌《がいか》をあげた。むろん私は時間を前へと進める者、時間の促進者、運搬人、時間の原因にして実質をなす者となった。時間の大祝典に、動因《どういん》そのものとして、また共犯者として私は参加したのである。眠りに見離されたとき、未聞のものが日常茶飯《さはん》となり、なんの苦もないことになる。人間はその未聞のもののなかへ、準備もなく踏み込んでゆき、そこに居を構《かま》え、思うさま沈溺《ちんでき》する」（同書）

不眠の夜に突然現われてくるこの時間への特殊な感覚こそ、若きシオランを苦しめ、責め苛《さいな》み、自殺の瀬戸際《せとぎわ》まで追い込んだものでした。

「《時間》が私を責め苛むたびに、いずれは時間か私か、どちらかが弾《はじ》け飛んでしまわねばならぬ、と考える。こんな風にして、際限もなく残酷《ざんこく》な対峙《たいじ》を続けるわけにはいかないのである」（同書）

時間に対する極度の恐怖心は、ついに幻覚を生み出すことになります。

「私はこれまで、巨大な寸秒《すんびょう》の塊《かたま》りが、自分のほうへむかって歩いてくるという幻覚を抱《いだ》きつつ生きてきた。時間は私のダンシネーンの森である」（同書）

「ダンシネーンの森」とはシェイクスピアの『マクベス』で、王殺しのマクベスに三人の魔女が「バーナムの森がダンシネーンの丘にむかって動き出すまで、身は安泰だ」と予言する箇所から取った言葉で、正確には「バーナムの森」と言うべきところでしょう。いずれにしろ、シオランが言いたかったのは、マクベスにとって「動く森」が最大の恐怖であったように、「動く《時間》」が譬《たと》えようもない戦慄《せんりつ》を引き起こしたということだと思います。

《時間》の侵入の恐怖を描いたボードレール

ところで、文学好きならば、こうした不眠症がつづく眠れぬ夜における、突然の《時間》の侵入の恐怖を描いた「名編」としてボードレールの『パリの憂鬱《ゆううつ》』の中の「二重の部屋」を思い浮かべるにちがいありません。

語り手は、アヘンでトリップ中なのか、「夢想にも似た部屋」で「官能の悦楽《えつらく》の夢」に浸っています。その「至高《しこう》の生」にあっては「時間」は廃絶され、「歓喜《かんき》に満ちた《永遠》」が支配しています。ところが、そのとき、突然、重苦しいノックの音がドアに響き、語り手は一瞬にして夢想から覚《さ》めます。借金の取り立てにやってきた執達吏《しったつり》か、原稿の催促《さいそく》に現われた編集者か、あるいは貧苦《ひんく》を訴《うった》えにきた情婦《じょうふ》か、とにかく、「現実」を象徴する誰かがドアをノックしたのでしょう。そのとたん、楽園《らくえん》だった部屋の幻影は一瞬にして消えうせ、寒々とした貧相《ひんそう》な部屋が現われます。これが「二重の部屋」の意味ですが、すると、あたかもそれとタイミングを合わせたように、廃絶されていたはずの《時間》がふたたび姿を現わしてくるのです。

「まごうかたなく、いまや毎秒毎秒が力強く、荘厳《そうごん》に刻みこまれて、各秒が柱時計からとびだしてきて、こう言うのだ——《私が『生命』なのだ、耐《た》えがたい、仮借《かしゃく》ない『生命』なのだ》と。（中略）

そうだ！『時間』が支配しているのだ。時間はその凶暴《きょうぼう》な独裁権をとりもどしたのである。そして、私があたかも牡牛《おうし》であるかのごとくに、二本の針で私を追いたてる——『そうら、行け、こののろまなけだものめ！　さあ、汗水《あせみず》たらせ、この奴隷《どれい》め！　さあ、生きろ、この罰《ばち》あたりめ！』と」（『新集　世界の文学8　ネルヴァル　ボードレール』菅野昭正訳　中央公論社）

シオランは、死後出版の『カイエ1957-1972』の中で、繰り返し、ボードレールへの深い尊敬の念を語っています。自分がボードレールの系譜《けいふ》に位置することを自覚していたからでしょう。

「一九六〇年一月一日　ボードレールを読まなくなってもう何年にもなるが、でも毎日、彼のものを読んでいるかのように、彼のことを考える。彼が《ふさぎの虫》の経験で、私よりはるかに徹底していたただ一人の人間のように見えるからだろうか」（金井裕訳　法政大学出版局）

そして、そのボードレールはといえば、こちらを自分はパスカルの系譜につらなると思っていたようで、『パリの憂鬱』の「孤独」の最後でパスカルをこんなふうに喚起《かんき》しています。

「『われわれの不幸のほとんどすべては、部屋にじっととどまっていられなかったことからくる』たしかパスカルだと思うが、もうひとりの賢者はそう言ったが、そんなふうに言うことで、活動のなかに幸福を求めたり、今世紀のおみごとな言葉で言うならば、友愛的とよんでも差しつかえない売淫《ばいいん》のなかに幸福を求めたりするあの狂乱した手合いを、すべて内省《ないせい》の独房のなかへ呼びもどしているのである」（ボードレール　前掲書）

かくて、パスカル→ボードレール→シオランという系譜が見事に成り立ったわけですが、げんにシオランは自らをまさにこの系譜に位置付けているのです。

「『アドルフ』『見出された時』、パスカル、ボードレール、ここを除けば、私にはフランス文学は、一連の練習のように見える。私たちとはじかに血の繫《つな》がっていない、完璧であるにすぎぬ、あのすべての作家」（『カイエ1957-1972』）

さて、だいぶシオランの系譜学が長くなりましたが、このように、パスカル→ボードレール→シオランという線が引けたなら、シオランが不眠症の苦しみの果てにパスカルとボードレールに出会い、その著作を読み込んだことによって何を得たのかが明らかになるでしょう？

気晴らし人間どもへの復讐《ふくしゅう》

そう、パスカル→ボードレール→シオランという系譜から立ち現われてくる共通認識は、ボードレールが言っているように、パスカルの次の言葉に要約されてしまうのです。

「わたしは、人間のさまざまな行動や、人が宮廷や戦場で身をさらす危険や苦しみのことを考え、かくも多くの争いや情念、大胆《だいたん》で、時に邪悪《じゃあく》なものにさえなる企《くわだ》てはいったいどこから生まれるのかと考察を巡《めぐ》らしたとき、人間のあらゆる不幸はたった一つのことから来ているという事実を発見してしまった。人は部屋の中にじっとしたままではいられないということだ。（中略）ところが、わたしたちの不幸の原因を発見したあとで、さらに一歩踏み込んで考察を巡らし、なぜそれが不幸の原因となるのか、その理由を発見しようと努《つと》めたところ、非常に説得力のある理由を見いだした。それは、わたしたちの宿命、すなわち、弱く、死を運命づけられた人間の条件に固有の不幸にあるのだ。それは、さらによく考えれば、慰《なぐさ》めとなるようなものがまったくないほどに惨《みじ》めな状態なのである」（『パンセ抄』）

いかにも、ここにはボードレールが鋭く見抜いたように、『パンセ』執筆の根源的理由が開陳《かいちん》されています。すなわち、パスカルは、人間のあらゆる行動や企ては「部屋の中にじっとしたままではいられないということ」から来るという事実を発見したあとで、自他との比較を行ない、驚くべき真実に立ちいたったのです。

不眠症ないしは憂鬱症といった原因のために、自分はたまたま「部屋の中にじっとしたままで」いるほかなくなり、その結果、人間の行動や企ての根本原因を発見したが、しかし、まさにそれゆえに「死を運命づけられた人間の条件に固有の不幸」に遭遇するはめになった。いっぽう、他人はというと、これが「部屋の中にじっとしたままではいられない」ので外に気晴らしを求め、仕事や戦争や社交に熱中しているが、それゆえに「死を運命づけられた人間の条件に固有の不幸」に気づかずにいることができる。

いくらなんでも、これは不公平ではないか！　真実に気づいた者は苦しみ、真実に気づかずにいる人たちは苦しまないで済んでいる。これはどう考えても神の意思に反する。よって、神の意思を忠実に実行するためにも、気晴らし人間どもに「死を運命づけられた人間の条件に固有の不幸」を開示して、彼らを絶望の淵《ふち》に引きずり込まねばならない。そうしておいてから、ゆっくりと、彼らをキリスト教に帰依《きえ》するように導くのだ。

パスカルが『パンセ』を執筆した動機を赤裸々《せきらら》に書いてしまえば、こうしたことになります。そして、キリスト教への誘導という点を除けば、これこそが、ボードレールが『悪の華《はな》』や『パリの憂鬱』を書いた理由でもあり、シオランが多くの著作をものした理由なのです。シオランは出世作となった『歴史とユートピア』で、執筆の最大の理由は、不眠の夜に苦しまずに済んでいる他者への復讐であったことをこう告白しています。

「眠られぬ夜の一番明晰な時間を、私たちは心中で敵どもを切りきざみ、目をえぐり、はらわたを引きずり出し、血脈をしぼりあげて血を抜き出し、からだの器官という器官をふみにじり、粉砕《ふんさい》するのに費《つい》やす。そしてただ骨だけは、お慈悲《じひ》から享受《きょうじゅ》させておいてやるのである。この譲歩をすませると、はじめて私たちの心は鎮《しず》まり、疲労にうちひしがれて私たちは眠りに沈んでゆく。かくも執拗《しつよう》な、かくも綿密《めんみつ》な作業をくりかえしたあげく、ようやく私たちは休息を得るのである」（出口裕弘訳　紀伊國屋書店）

「他者の壊滅」としてのマクシム

そうなのです、シオランの著作とは、これみな、眠れぬ夜に営《いとな》まれる他者への呪詛と復讐、およびその告白からなっていると言っていいでしょう。事実、『告白と呪詛』と題された本には次のような見事な告白が記されているのです。

「人間は、自分が、あれこれの目的にむかって進みつつあると信じている。その実、たった一つの目的、すなわち、一切他者の壊滅《かいめつ》をめざして進んでいるのを忘れて」（『告白と呪詛』）

「他者の壊滅」としてのマクシム、それがシオランの作品群なのであり、シオランは、文字通り言葉によるテロリストなのです。

「ある種の賢者、ある種の狂人、一例がマルクス・アウレリウスや暴君ネロンのごときに知ってもらえないとなれば、世に知られるといったとて一体それが何ごとだろう」

（E・M・シオラン『歴史とユートピア』）

「シャルリー・エブド」事件の論議に欠けている視点

二〇一五年の一月に起こった「シャルリー・エブド」事件のとき、日本では次のような意見が大勢《たいせい》を占めました。すなわち、たしかにテロリストたちが暴力に訴えて「シャルリー・エブド」の編集者たちを虐殺したのは許されないが、「シャルリー・エブド」紙にも落ち度はある。つまり、宗教批判の自由が歴史的に勝ち取られた権利ではあっても、「シャルリー・エブド」紙が非抑圧者たる移民の宗教であるイスラム教を侮辱《ぶじょく》したのは行き過ぎであるというものでした。この意見を突き詰めていけば、マホメットの侮辱やイスラム批判を止《や》めればテロリズムはなくなるということになります。

また同年、十一月のパリ連続テロ事件のさいには、左派においては以下のような意見が出されていたようです。いわく、テロリストたちが自爆テロの実行に踏み切ったのは、フランスが有志連合に加わってイスラム国の空爆を敢行《かんこう》したからである。また、イスラム国が誕生したのはブッシュがイラク戦争でイラクを解体させたせいである、云々《うんぬん》。この見解から導き出される結論は、有志連合が空爆を止《や》め、イスラム国の独立を認めれば、テロはなくなるというものでしょう。

あるいは反対に、フランス政府が現にそうしているように、空爆でも地上戦でもいいから徹底的にイスラム国を叩《たた》きつぶし、これを地上から抹殺しない限り、テロリストの根絶《こんぜつ》は不可能という意見もありました。

私にいわせると、どの意見も部分的には正しいが、根底のところで大きな認識の誤《あやま》りを犯《おか》しているように思えます。

それは、テロリストたちが、いわゆるホームグローン・テロリストであったという事実を深く考えていないことにあります。すなわち、彼らは自由が支配する国で育ち、自由というものを享受《きょうじゅ》しながら自由に苛立《いらだ》ち、自由に深く幻滅《げんめつ》した移民の若者たちであり、テロリズムは、彼らがそうした苛立ちと絶望から、選び取った一つの「自己表現」であったということです。裏を返せば、彼らはイスラム国その他の国際テロ組織の命令を受けて行動しているのではなく、自由というものを知ったがゆえにテロリストになった若者たちであるということなのです。

自己表現としてのテロリズム

ところで、この「自己表現としてのテロリズム」という問題を考えるに最高のテクストとなるのが、E・M・シオランの『歴史とユートピア』です。

すなわち、シオランは、ルーマニアに残った兄が自由主義体制を「すばらしい世界」と捉《とら》えていることに対して、自分の過去を振り返りながら、議会制民主主義という自由主義を否定し、ファシズムに傾倒した経緯をこう総括《そうかつ》します。

「私は若く、おのれの真理以外には、真理というものを認めることができず、敵にもまた敵なりの真理を所有する権利があり、それを鼻にかけ、それをこちらに押しつける権利があるなどとは、とても考えてやる余裕がありませんでした。各種の政党が、相手を絶滅させもしないで、顔をつきあわせていられるというのは、私の理解を越えたことがらだったのです。（中略）そのかわり、議会政治を排除し、これにとってかわろうという政治制度ならば、どれもこれも例外なく美しいものと私には思われ、当時の私の神であった『生』の運動に適《かな》うものと見えたのです。三十歳までにあらゆる形の過激主義に魅惑されなかったような人間のことを、讃嘆すべきなのか軽蔑《けいべつ》すべきなのか、聖者と考えるべきか、死骸と考えるべきか、私は知りません」

（『歴史とユートピア』　以下同書）

若き日のシオランは、こうした議会主義的な自由主義への苛立ちから、次のようなスーパー・テロリズムを夢想したといいますが、これこそ、欧米各国で猛威《もうい》を振るうホームグローン・テロリストの心情なのでしょう。また、それはシオランと同じようにフランスに留学して自由抹殺論者となったポル・ポトがカンボジアで実際に行なってしまった大虐殺にほかなりません。

「私は四十歳をすぎた全市民の抹殺という手を思いつきました。四十歳は硬化症とミイラ化とのはじまりであり、私の思うに、ひとりの人間が国家に対する侮辱、集団にとってのお荷物となりさがるのは、この年齢の角を曲がるときなのでした。この清算計画はまことに感嘆すべきものと私には思われ、私はこれを躊躇《ちゆうちよ》なくみんなにふれ歩いたものです。(中略)それはただ、自分の国に密着しつつ生きている人間なら、誰でも心の底で希《こいねが》っていること、すなわち、同時代人の半数の抹殺ということを、あからさまに言ったにすぎません」

これから類推するに、パリ連続テロ事件のホームグローン・テロリストたちは、「バタクラン劇場」にいたのが白人のキリスト教徒だからカラシニコフを向けたのではありません。パリであればテロを起こすのは「どこでもよかった」のであり、殺すのは「だれでもよかった」のです。自分と同じアラブ系のイスラム教徒が犠牲になろうがなるまいが、そんなことはどうでもよく、どうせのことなら、若き日のシオランと同じく、「同時代人の半数」を抹殺したいと思っていたにちがいありません。

テロリストが生まれる二つの原因

ではなにゆえに、テロリズムは必然的に「任意の無差別殺人」となるのでしょうか?

シオランは、最大の原因として「若さ」というものを挙げます。

「私たちの時代がかくも血まみれの相貌《そうぼう》を呈《てい》しているのは、若者たちに捧《ささ》げられた崇拝のせいなのです。つい最近の激動（ハンガリア動乱）も、若者たちがやすやすと錯誤《さくご》と合体することができ、錯誤を行動に移すことができるという事実から発しています。彼らに希望あるいは虐殺のチャンスを与えてごらんなさい、盲滅法に諸君のあとを追ってくるでしょう。青春の入口に立つ時、私たちは、青春の定義からして狂信的であらざるをえません。私もそうでしたし、滑稽《こっけい》なまでにそうでした」

このように、「青春」が第一原因だとしても、それだけでは「任意の無差別殺人」を説明することができません。つまり、第二原因となるものが不可欠なのです。

しからば、その第二原因とは何なのでしょう。

「私は自分が、他の連中のように、無味乾燥と極悪非道との間で取捨《しゅしゃ》に迷うまでもない人間だというので、狂喜していたのですから。極悪非道こそが私の属領《ぞくりょう》であるのに、その上何をいまさら求めることがあろう、という心算でした。私は狼《おおかみ》の心を持っていて、私の凶暴さは自己増殖しつつ私を満ち足らせ、私におもねっていました。つまり私は、一番幸福な狼狂（リュカントロポス）であったわけです」

このテクストは、シオランが「ルーマニアの狼狂」と自称していたことを示す雄弁な証拠ですが、同時に、私たちが援用するドーダ理論に照らすと、あきらかに「極悪非道ドーダ」ないしは「悪魔主義ドーダ」の類《たぐ》いに分類される内容を含んでいます。つまり、「おれはこんなに極悪非道なんだ、ドーダ！」あるいは「おれはこんなに悪魔的なんだ、ドーダ！」と悪のベクトルにおいてその徹底ぶりをドーダするというものです。

思うに、人間というのは、善のベクトルであろうと悪のベクトルであろうと、自らが他よりも卓越していること（つまり差異）をドーダしたいのであって、かならずしも、大事なのは善や悪のベクトル（方向）ではないと考えられます。問題なのは、自他の差異、言い換えると、「おれとお前は違うんだ！」、「おれはお前ではないんだ」という自他の峻別の意識なのであって、そのベクトルの方向はどうでもいいのです。

この意味で、現代のテロリズムは、イスラム過激派の宗教的な狂信というよりも、イスラム国のテロリズムに典型的に現われているように、自己表現的な「極悪非道ドーダ」「悪魔主義ドーダ」のバリエーションにすぎないのであって、世界中がその極悪非道ぶりや悪魔主義的な方法を非難すればするほど、「ドーダ、凄いだろう!」と満足度は高くなるのです。

この点を踏まえると、若者たちが極悪非道に憧《あこが》れたり、「同時代の半数の殺人」を夢みたりすることの理由が理解できるようになります。

つまり、善のベクトルにおいて卓越《たくえつ》し、差異を見せつけることは容易ではないが、悪のベクトルにおいてなら卓越し、差異を見せつけることが十分可能だということなのです。若者が悪に憧れるというのは、それが、ある意味、イージーゴーイングな、エネルギー節約モードの行き方だからであると言ってもかまいません。若者はいつの時代でも面倒《めんどう》くさいことは嫌いなのです。

「栄光」ではなく「過去の名声殿堂《でんどう》」入りのため

このように、テロリストが生まれる原因として、わたしたちはいま、第一原因として「若さ」、第二原因「ドーダ」を挙げましたが、ここで、第二原因の「ドーダ」が「栄光」という要素と結びついているか否《いな》かという問題について少し考えてみたいと思います。というのも、テロリストや「任意の無差別殺人」を犯す若者について、しばしば悪名《あくめい》であっても歴史に自分の名前を刻《きざ》みたかったのではないかという推測がなされるからです。換言《かんげん》すれば、「栄光」としてのテロや殺人はありうるのかということです。
この点について、シオランは興味深い考察を示しています。

「栄光について言えば、私は栄光にあこがれ、同時に、これから目をそむけていました。ひとたび手に入れれば、栄光など何の役に立とう、と私は考えたものです。栄光は単に現在および未来の人間に向って、私たちの名を顕彰《けんしょう》し、私たちを畏敬《いけい》させようとするにすぎず、過去からは私たちを除外してしまうのではないかと。ある種の賢者、ある種の狂人、一例がマルクス・アウレリウスや暴君ネロンのごとき人間に知ってもらえないとなれば、世に知られるといったとて一体それが何ごとだろう。かずかずの私たちの偶像にとって、私たちはまったく存在しなかったのだし、私たちの名は先立つ諸世紀をいささかもかき乱しはしなかった。今後現れてくる連中はと言えば、そんなものは放っておけばいいではないか、永遠にこそ魂《たましい》を奪われている人間にとって、そもそも、未来というこの時間の片割れなど、別にどうということもありはしない。……」

さて、ここでは、思いのほか重要なことが述べられています。テロリストや任意の無差別殺人者は、私たちが考えているのとは異なり、「未来」に向かってドーダしているのではなく、過去に向かってドーダしているということです。自分の名前が未来においても語り継《つ》がれるだろうと夢想してテロや無差別殺人を行なうのではなく、過去のテロリストや無差別殺人者たちの「悪の名声の殿堂」に自分も加わりたいから、テロや無差別殺人を犯すのです。未来なんてものはどうでもよく、過去だけが重要なのです。

こう考えると、模倣犯《もほうはん》というものの心理が理解しやすくなるのではないでしょうか？　模倣犯は、「悪の名声の殿堂」入りに憧れて、順番待ちしている悪党たちなのです。

ホームグローン・テロリストは根絶できるか？

さて、ここらで大きく話題を転換して、最後に、イスラム国やアルカイダなどのテロ組織に憧れてテロに及ぶホームグローン・テロリストたちは、果たして根絶できるかという焦眉《しょうび》の問題を取り上げたいと思います。というのも、われわれのドーダ理論に立つと、テロもまたドーダである限り、ドーダがなくならないようにテロもなくならないという悲観的な結論に達してしまうように思われるからです。

これに関して、元潜在的大量無差別殺人者である「狼狂」シオランはこんなことを述べています。

「そこ［私の精神の方位変更］には、いっそう自然でいっそう惨《みじ》めな事象、つまり年齢というやつが大きく作用していて、その徴候はまさにまぎれもないのです。私は次第に寛容《かんよう》のきざしを見せはじめました。（中略）私の不安の総仕上げをしたのは、私がもはや敵の死を希うだけ

の力を持たぬということでした。死を希うどころか、私は敵を理解し、敵の苦渋を私の苦渋と比較したりするのでした。敵は存在し、なんという失墜ぶりでしょう、私は敵が存在することに満足するようにさえなったのです。私の狂喜のたねであった憎悪は、日に日に鎮《しず》まってゆき、矮小化《わいしょう》してゆき、そうして遠ざかりながら、私の中の最良の部分を持ち去ってゆきました」

これを参考にしてテロリスト対策を練《ね》るとしたら、どうなるでしょうか？

テロリストも年を取れば、ドーダ心が衰《おとろ》え、自然にテロリストではなくなってしまうのだから、テロリストに早く年を取らせるのがベスト、ということになるのではないでしょうか？

しかし、テロリストに早く年を取らせるなんてことができるでしょうか？

できなくはないというのが私の考えです。

有志連合の指導者たちが、自国でもアラブ諸国でも、若者たちが結婚して幸せな家庭を築けるように、産業を振興して十分な就職口をつくってやることが前提となります。まっとうな就職をして、まっとうな家庭を築き、まっとうな幸せを追求すれば、心に憎悪をためこんで敵の抹殺を図《はか》っていたテロリストだろうと、かならず早く年を取ってテロリストではなくなってしまうからです。

というわけで、有志連合の指導者たちに与えるべき結論は次のようになります。

まず、自国のホームグローン・テロリストを根絶するために、社会格差をなくし、国民全員が十分な収入を得られるような就職口をつくりだすこと。ついで、国際格差をなくすために、発展途上国の産業振興に力を貸すこと。

あまりにも当たり前で、本当かと思えるような微温《びおん》的対策ですが、テロリストの第一原因が「若さ」である以上、「飢《う》えた若者を根絶する」ことが一番、効果的なテロ対策であることは自《じ》明《めい》の理《り》なのです。

「妬みに支えられているかぎり、自尊心の衰弱は癒《いや》され、君の利己心は監督され、無感覚は克服され、かずかずの奇跡が発現《はつげん》するであろう」

（『歴史とユートピア』）

自我は「他人の栄光」が許せない

シオランはパスカルの弟子だなあ、とつくづく思うことがあります。

たとえば、パスカルは自我についてこう述べています。

「自我は憎《にく》むべきものである。（中略）自我は自分をすべてのものの中心にしようとする点において、それ自体で不正である。また、自我は他人を従わせようとする点において、他人にとっては不愉快《ふゆかい》な存在である。というのも、自我は他の人全員の敵であり、暴君《ぼうくん》になろうとするからだ」（『パンセ抄』）

この定義を受けて、シオランはさらに激越な自我論を展開します。すなわち、自我ほどに貪欲なものはなく、自我は自分以外のだれか（他人）がどんなもの（栄光、幸福等々）を所有しようと、また、その所有がたとえ自分とまったく無関係なものであっても、それを許すことが絶対にできないというのです。

「たしかなのは、私たちの本性に内在する自己拡大の原理が、他人の功績をまるで私たちの功績への侵害であるかのように、絶えざる挑発行為であるかのように見せるということである。栄光が禁じられ、寄りつくこともできないとなれば、私たちは栄光を手に入れた連中に罪をなすらずにはいない。なぜなら、私たちから盗み取りもせずに、彼らが栄光を獲得できたはずはない、と私たちは考えるからだ。栄光は当然私たちのものだった。私たちの付属物だった。あの横領人どもの悪だくみさえなかったら、栄光はかならず私たちの手に落ちていただろうに」

（『歴史とユートピア』以下同書）

なるほど、この分析によって嫉妬、羨望、妬《ねた》み、嫉《そね》み、恨《うら》みといった「三み」の感情は、自分ひとりですべてを独占し、全員を自分に従わせなければ気が済まない自我の貪欲さに起因していることがわかります。

有名人のスキャンダルに大衆が熱狂する理由

そして、この分析を知ると、有名人が薬物依存や不倫などのスキャンダルを起こして失墜《しっつい》するときのマスコミと大衆の熱狂の原因も理解できます。他人の栄光は、本来なら自分のものである栄光を自分から「盗《ぬす》みとった」ものである「はず」なのだから、そこに不正が関与して「いないはずはなく」、したがって、不正が少しでも暴露されたなら、それは激しく断罪されなければならない、と大衆（その無意識の代弁者としてのマスコミ）は考えるのです。

このように、他人の栄光・幸福と自分の栄光・幸福という二つのファクターは得失の合計が常にゼロとなるゼロ・サム・ゲームの関係にあり、他人の栄光・幸福が減れば、その分、自分の栄光・幸福が増えたかのような錯覚《さっかく》を覚える構造になっているのです。

したがって、他人の栄光・幸福がゼロである限り、人は自己の栄光・幸福を奪われたとは感じないのですが、ひとたび他人の栄光・幸福がプラス（凸）として意識化されてしまうと、自己の栄光・幸福はマイナス（凹）になっていると意識化されざるをえないのです。このマイナス（凹）が自我にとってなんとも耐え難《がた》いものと感じられるのです。

同時代の人間の栄光が一番疎《うと》ましい

とはいえ、同じ耐え難さでも一番疎ましいのは、自分と同時代の人間の栄光・幸福が目の前にあるときのそれです。

「同時代に生まれることを『選んだ』すべての人間、私たちと並んで走り、私たちの歩みをさまたげ、私たちを後方に取り残そうとするあらゆる人間に、私たちは恨みを抱く。はっきりいってしまえば、すべての同時代者はいまわしいのである。私たちは死者の優越性は仕方なしにみとめても、生者のそれをみとめることは決してない。（中略）私たちの活動分野で、しかじかの人間が衆《しゅう》にぬきんでるとしよう。私たちがその人間から解放されたいと希《こいねが》うには、それだけで十分なのだ」

しかし、私たちの想像力にはおのずと限界がありますから、同時代の人間がいかに衆に抜《ぬ》きん出た栄光や幸福に浴《よく》しているとしても、その人が自分と遠いところにいるのであれば、ゼロ・サム・ゲームを仕掛けて嫉妬を感じるということはありません。

ライバルの排除は陣営内で起こる

これに対し、自分の近くにいる人、自分と同じようなことをやっている人、同じ陣営ないしは同じ党派に属している人に対しては、ゼロ・サム・ゲームを仕掛けないわけにはいきません。そして、相手が凸で自分が凹なら、なんとしてもその凹凸を平らにするか、さもなければ、相手をこの世から抹殺しなければ気がすまないのです。

「急所を狙いうちしたいと望まれるのか？　それならまず、君と同じ種類の思想を持ち、同じ偏見を持ち、君と同じ道を並んで走ろうとするあげく、必然的に君を押しのけ、あるいは君を打倒することを夢見る人間を清算すべきであろう。彼らこそは君のもっとも危険な敵手なのだ。さしあたってはそういう人間たちに専念するがよい。ほかの連中はあとまわしだ。もし私が権力を奪取《だつしゅ》したら、私の第一の配慮は、すべての友人たちを消すことにあるだろう」

こうしたライバルの排除は、ジャコバン派でロベスピエールがダントンを、ナチスでヒトラーがレームを、ソヴィエト共産党でスターリンがトロツキーやブハーリンを、そして、中国共産党で毛沢東《もうたくとう》が劉少奇《りゅうしょうき》や林彪《りんぴょう》を、それぞれ粛清《しゅくせい》・追放しようとしたように、一枚岩の団結を誇る全体主義的な党派で起こりやすいものですが、しかし、シオランに言わせると、政敵の排除はなにもそうした特殊な党派だけの特徴ではなく、ありとあらゆる結社の中で起こりうる、というよりも、起こらないはずがない必然的な現象だということになります。

「ある市民団の第一人者たろうとする誘惑を知らぬ者は、政治というゲームをまったく理解しないであろうし、他人を服従させて、これを事物にしてしまおうという願望も分からぬだろう」

結社というものは、それが政治的なものであろうとなかろうと、極端にいえばマンションの自治会においてすら、本質的にこうした他者排除の論理を内包していますから、権力を握るということは、これまた必然的に独裁へと通じることになります。というよりも、権力の掌握とは独裁の別名なのであり、独裁でなければ権力の掌握はありえないのです。

この自我構造から発する排除と独裁のメカニズムは、政党や結社ばかりか、会社や大学・研究室といった、それとは無縁に思えるような組織でも働くことがあります。

たとえば、大学の研究室で主任教授が退任し、新しく主任となった教授が准教授を募集するような場合、その教授は自分よりも優《すぐ》れた研究者を准教授に迎えるようなことはまずありません。研究室内で自分の権威を脅《おびや》かすことのないような凡庸で自己主張の少ない地味な研究者を選ぶのが普通です。

その結果、創設されたときには光り輝いていたその研究室は、次第に地味で目立たなくなり、研究者も代が代わるごとに凡庸になっていきます。

私はこれを研究室の「逓凡化《ていぼん》の法則」と呼んでいます。研究者の組織でさえ他者排除のゼロ・サム論理が働いているのです。

「妬み、嫉み、恨み」は生命力の根源

このように、自我のゼロ・サム構造に発する妬み、嫉み、恨みといった「三み」は、排除と独裁といった「悪」しか生み出さないものなのですが、しかし、では、自我がゼロ・サム構造でなくなり、人間全員が妬み、嫉み、恨みの「三み」から解放された涅槃《ねはん》のような境地に至ったとしたらどうなるのでしょう?

シオランは、そのときには、人間の創造的営為も同時に終わってしまうとして、次のように言います。

「どんな無意味なものであれ、ひとつの企《くわだ》てに身を投ずるということは、生者の大権でもあり、行為の法則にしてまた原動力でもある、あの妬みに一身をゆだねることにほかならない。妬みが去ってしまえば、君は一匹の虫けらに、馬の骨に、亡霊に、さらには病人になりさがる。妬みに支えられているかぎり、自尊心の衰弱は癒《いや》され、君の利己心は監督され、無感覚は克服され、かずかずの奇跡が発現《はつげん》するであろう。妬みこそは神慮《しんりよ》よりも慈悲《じひ》に富《と》む、私たちの歩みの先導者であるのに、どんな治療学もどんな倫理学も、妬みのもたらす恩恵を礼讃《らいさん》したた

めしがないとは、奇《き》っ怪《かい》な話ではないか。妬みを知らぬ者、これを無視する者、これから逃避しようとする者にわざわいあれ！」

ことほどさように、自我のゼロ・サム構造から生まれる妬み、嫉み、恨みの「三み」こそが、じつは人間が行動を起こそうとする原動力であり、「生命力」の根源であるというのがシオランの主張なのですが、たしかに、これは一定の真実を含んでいるようです。

というのも、妬み、嫉み、恨みの「三み」が生まれる原因である自我のゼロ・サム構造とはいったい何なのかをしっかりと考えてみると、それは、男女比がほぼ同数の社会におけるパートナー自由獲得競争の無意識的反映ではないかと思えてくるからです。

たとえば、男女のカップルが強制的に組み合わされて余りが出ないようにしたシステムであったなら、言い換えると親が結婚の決定権を持つ旧式の婚姻制度なら、全員が結婚に着地できるわけですから、ゼロ・サム的弊害は出ないはずです。しかし、カップリングが男女の自由選択で行なわれるような近代的システム（恋愛結婚）だと、モテる男や女は複数の異性を相手にすることになりますから、たちまちゼロ・サム（だれかが得すればだれかが損する）的な弊害の玉突き現象が起こり、妬み、嫉み、恨みの「三み」がどんどん力を増してくるのです。つまり「あいつがモテる（セックスする権利を持つ）」ということは、そのまま「おれがモテない（セックスする権利を失う）」ということを意味するようになり、地獄のゼロ・サム・ゲームが開始されてしまうのです。

しかし、この地獄のゼロ・サム社会は、シオランが言うように、人間の生存動機、生命力の根源に触れるものを有していますから、とにかくサバイバルしてセックスする権利を確保しなければならないということになり、ある意味、とても「元気な」社会になるのです。そして、かつての日本の社会の「元気さ」も、このゼロ・サム社会の苛酷《かこく》な自由競争が支えていたといえなくもないのです。私が対談をした漫画家の東海林《しょうじ》さだおさんは『さらば東京タワー』(文春文庫)で次のように告白されています。

「**鹿島**　東海林さん、これを書いていた頃は、まだ三十過ぎでしょう。だいぶルサンチマンが溜まっているというか、悶々《もんもん》としていたんですね。

東海林　そう。僕の漫画はもともとが悶々漫画だから。

鹿島　グヤジーって(笑)。あの頃は、漫画も非常に過激でしたよね。

東海林　男女の幸福みたいなものに対して、許せないというか(笑)、使命感のようなものを持ってたのね。誰も言わないなら、僕が言わなければって」

すなわち、昔の日本の社会が元気だったのは、「他人の幸福が許せない。それは自分の幸福だったはずのものを盗んだものだから」というゼロ・サム自我論が見事に機能していて、妬み、嫉み、恨みの「三み」がエネルギーを社会に供給していたからにほかなりません。

では、翻《ひるがえ》って今の日本の社会を見るとどうでしょう? このグヤジーというゼロ・サム自我的エネルギーが存在するでしょうか? 同じく、東海林さだおさんの言葉に耳を傾けてみましょう。

「**東海林**　僕もねえ、草食男子《そうしょくだんし》じゃないけれど、めっきり精力が衰《おとろ》えたんです。これ、年を取ってみないとわからない感覚だと思うんだけれど、その衰えた目で昔の自分を省《かえり》みると、いかに自分は性欲に支えられて生きてきたことか（笑）、すべて性欲。あらゆる行動の発端《ほったん》は性欲であったことが、よーくわかった。

鹿島　汎《はん》性欲論ですね。

東海林　そう。自分もそうだったし、他人もそうだった。性欲のためなら、どんな苦労も厭《いと》わなかった。

鹿島　お洒落《しゃれ》も、仕事も……。

東海林　あらゆることです。勉学も、社会的成功も、およそ男の生態は性欲に貫《つらぬ》かれている。これ、どうですか？

鹿島　完全に同意します。ただ、問題は、今の日本全体から、その活動の源泉たる性欲が失われつつあるのではないかと、ということで。

東海林　年齢のせいではなくて、時代の性質がそうなっているってこと？」（同書）

というわけで、シオラン、東海林さだお、それにこの私の三人は同じ結論に達したのです。ゼロ・サム自我構造から発するグヤジーこそが社会を動かす根源であり、それがなくなれば、社会は死に向かうと。

「お世辞《せじ》というものはすべて肉体に影響を及ぼし、一種甘美《かんび》なる戦慄《せんりつ》を惹《ひ》き起こすものである」

（E・M・シオラン『E・M・シオラン選集4　時間への失墜』）

「褒《ほ》められたい」欲望

シオランはパスカルの精神的弟子ですが、それはパスカルの第一原理ともいうべき次のような言葉を心に深く刻《きざ》んで、そこから出発しているからです。

「虚栄というものは人間の心の中に非常に深く錨《いかり》を降ろしている。だから、兵士も、従卒《じゅうそつ》も、料理人も、港湾労働者も、それぞれに自慢ばかりして、賛嘆《さんたん》者を欲しがるのだ。さらに哲学者たちも、称賛してくれる人が欲しい。また、そうした批判を書いている当人も、批判が的確だと褒められたいがために書くのだ。また、その批判を読んだ者も、それを読んだという誉《ほま》れが欲しいのである。そして、これを書いているわたしですら、おそらくは、そうした願望を持っているだろう。また、これを読む人だって……」（『パンセ抄』）

シオランは、この「褒められたい」という欲望こそ人を人たらしめている要件であると考えるパスカルに全面的に同意したうえで、しかし、それは最も告白したくない秘《ひ》められた欲望であると断言します。

「もしわたしたち銘々《めいめい》が自分のすべての企《くわだ》てや行動を鼓舞《こぶ》する欲望、最も人目に晒《さら》したくない欲望を打ち明けるなら、『人に誉めてもらいたいのだ』というだろう」（E・M・シオラン『E・M・シオラン選集4　時間への失墜』金井裕訳　国文社）

しかし、それにしても人間はなにゆえに「褒められたい」というこの根源的欲望を「最も人目に晒したくない」と感じるのでしょうか？

思うに、それは、人間がこの世に存在するその理由というものに自信がなく、何をしても不安で仕方がないからでしょう。

「人はだれも自分の存在に、自分の行為に確信をもっているわけではない。自分の長所にどんなにのぼせあがっていても、わたしたちは不安に蝕《むしば》まれており、そしてこの不安を克服するためには、騙《だま》されることを、よしんばだれの、またどこからの称賛であろうと、これを受け入れることしか願わないのである」（シオラン　同書）

つまり、現代の認知科学的にいえば、人間というのは自分の存在意義をつよく意識するためには他者による承認、とりわけ他者からの称賛というものを絶対に必要としており、これがないと不安になり、自分に確信がもてなくなってしまうからだということになります。というよりも、自我というものが成立するには他者からの承認と称賛は不可欠な条件であるということです。

パスカルは、こうした「褒められたい」という願望は、子供がなにかすると必ず「ママ、見て！　見て！」と叫ぶ時から深く人間の心に根差しているとしています。

お世辞から身を守るには

自我を支えるこうした他者による承認、他者による称賛は、インターネット社会が到来し、だれもが他者は自分をどう思っていて、どう評価しているのかを容易に知ることができるようになると、ますます激しい欲望となりました。そして、もし、期待したような承認、称賛が得られず、否認ないしは否定の評価しか受けとれないと、人は猛烈にこれに反発し、怒《いか》り狂うことになるのです。

実際、他者による承認、称賛は、一見こうしたものには無関心であるように見える世捨て人のような孤高の人にも極めて有効に機能するものです。シオランは、その原因は、孤高の人がお世辞や追従《ついしょう》に「慣れていない」からだとして次のようにいいます。

「孤独な者にはお追従は効《き》き目がないと思うのは誤《あやま》りである。実際には、孤独な者は、人が考えている以上に、お追従には敏感である。というのも、お追従の魅惑《みわく》も毒も決して経験したことがないから、それに対してどう身を守ったらよいかわからないからだ。彼がすべてのことにいかに無神経であっても、お世辞についてはそうではない。他人からお世辞を山と並べられたことがないから、お世辞にはほとんど不慣れだが、たまにお世辞の洪水にぶつかると、彼は子供のように、胸がむかつくほどにがつがつとお世辞を受け入れることだろう。多くの事柄に通《つう》暁《ぎょう》してはいても、この点では彼は新参者なのだ」（シオラン　同書）

では、お追従やお世辞に対して冷静に距離を取るにはどうしたらいいのでしょう？　シオランは、免疫《めんえき》や抗毒素などと同じように、「慣れる」しかこれに抗する方法はないと、次のようにペシミスティックに断定しています。

「お世辞というものはすべて肉体に影響を及ぼし、一種甘美《かんび》なる戦慄《せんりつ》を惹《ひ》き起こすものである。この戦慄は、ひとつの訓練、自己抑制によらぬかぎりは、何をもってしても抑《おさ》えることも鎮《しず》めることさえできはしまい。そして自己抑制は人々とのつきあいの習慣によって、練達《れんたつ》の士やペテン師どもとの長いつきあいによってのみ獲得できる」（シオラン　同書）

なるほど、これで社交界というものの存在意義がわかりました。社交界というのは、心にもないお世辞やお追従をたくさん浴《あ》び、それに「慣れ」ることで、初めて「自己抑制」が可能になる、ある種の「精神の訓練場」だったのです。ラ・ロシュフーコーやラ・ブリュイエール、それにパスカルなどが、みな社交界に盛んに出入りしたのは、たんにそこが人間性観察の格好《かっこう》の場であったばかりか、自己鍛練の場所でもあったからなのです。モリエールの『ミザントロープ（人間嫌い）』の主人公アルセストのように、それを偽善だと非難して避けていたのでは自己鍛練はいっこうに完成しないのです。

しかし、社交界のようにお追従とお世辞が第一原理であるような環境に身をおいて、自己鍛練に成功したとしたら、私たちは、お追従やお世辞に対する免疫ができて、褒められたいという根源的な欲望を克服することができるのでしょうか？

無理だ、というのがシオランの結論です。なぜかといえば、人間はたんに自分が生きているあいだに接する同時代人から褒められたいと思うだけでなく、自分が死んだ後の世界の住人たち、つまり未来の人たちからも褒められたいという図々《ずうずう》しい願いを抱くに至るからです。

歴史が生まれ、死後の栄光の渇望《かつぼう》が始まった

「栄光への渇望がますます息せき切った形をとるのは、それが不死性への信仰に取って代わっ

たからである。（中略）人はだれも永続性の一個の模造品なしに済ますことができぬし、ましてや、いたるところに、文学上の名声をはじめとするいかなる形の名声のなかにも、それを探し求めるのを自分に禁じることはできない。死がだれにとってもひとつの絶対的限界であると見えてから、だれもがものを書いているのだ」（シオラン　同書）

ちなみに、フランスではアカデミー・フランセーズの四〇人の会員のことを「不死の人《イモルテル》」と呼びます。つまり、文学的名声が未来永劫《えいごう》に続くために、不死に近い栄光を得た人という意味なのですが、皮肉なことに、本当に不死の栄光を手にするのはアカデミー・フランセーズに入会を許されなかった文学者のほうが多いのです。

それはさておき、人々、とりわけ文学者や芸術家がこの「不死性への信仰」を得たのは、いったいいつのことなのでしょうか？

歴史というものを持ったときからです。人が死後の栄光ということを考え、未来に思いを馳《は》せるのは、過去における偉大な作品が「今」においても引き続き高く評価され、文学者や芸術家の「不死性」を目《ま》の当たりにしているからにほかなりません。つまり、それと同じことを未来にも想定して、自らの死後の名声に思いを馳せることができるようになったのです。この意味で、歴史が誕生すると同時に、死後の栄光という欲望もまた誕生したことになります。

しかし、考えてみると、文学者や芸術家などが死後の栄光というものを素朴《そぼく》に信じることができるのは、未来においても今と同じかそれ以上に「良い」社会が永遠に続くと確信できる安定した社会が必要です。もしかすると、自分の属している社会がいずれ消滅しているかもしれないという予感が働いていたとしたら、果たしてその人は、未来を信じ、死後の栄光を確信することができるでしょうか？　末法《まっぽう》思想が蔓延《まんえん》していた時代には、宗教家は出現しても、文学者や芸術家というものはなかなか現われなかったことを想起すべきでしょう。

なぜ、文学や芸術の傑作は、人口増加期へ向かう時代に量産されたのか

ところで、社会科学が進化するにつれて、現在、歴史人口学が最強の学問として立ち現われてきていますが、この歴史人口学の立場に立つと、「未来を信じ、死後の栄光を信じる」ということは、どうやら、「未来においても人口は増加し続けると信じる」というに等しいことになるようです。というのも、過去において、文学や芸術の傑作が量産されたのは、戦争や飢《き》饉《きん》、蛮族《ばんぞく》の侵入、伝染病などの人口減少期の試練を経て、時代が人口増大期へと向かおうとしている端境《はざかい》期、つまり、これから人口がどんどん増えていきそうだという予感が働く時期に集中しているからです。ローマの帝政初期、中世の十二世紀ルネッサンス、イタリア・ルネッサンス、ルイ十四世の治世など、いずれもこのテーゼに当てはまります。

これに対し、戦争や飢饉、蛮族の侵入、伝染病などの人口減少要因が開始されようとする時期においては、未来が永遠に続くという予感が働かないのか、文学や芸術の傑作は生まれません。

しかし、これまでは、こうした社会混乱要因はあくまで一時的なものでしたので、それが終われば、ふたたび人口カーヴは上昇に転じ、それに伴って未来への信仰も復活してくるというのが従来の歴史パターンでした。

ところが、現在、日本が直面している人口減少は、これが終わればいずれ増大に転じるという類《たぐ》いのものではなく、反転の兆しがまったく見えない自然減であり、減少に歯止めがかかって、逆ピラミッドがピラミッドに戻るという保証はどこにもないのです。

死後の栄光を信じることができるのは、人口がピラミッド状になっているときに限られますが、日本のように逆ピラミッドになってしまっていては、死後の栄光を支えてくれるはずの「未来の人口」がないのですから、死後の栄光など期待のしようがありません。

ことほどさように、死後の栄光という幻想は人口ピラミッドが支えるということならば、日本には、いずれ、死後の栄光という幻想に突き動かされて傑作を書き上げるような人は現われなくなるにちがいありません。いや、すでにその兆候は十分に出てきているのです。

では、人口減少社会になり、死後の栄光という幻想が消えてしまったら、褒められたいという人間の根源的な欲望もなくなってしまうのでしょうか？

シオランはそうだと述べています。

「歴史を信ずることをやめれば、事件はいかなるものも、いささかの意味ももたぬ。そのと

き、人が関心を寄せるのは、もはやただ時間の末端に対してだけであり、その発端よりはその終り、その衰亡《すいぼう》、そしてその後にやって来るものにである。そのとき、栄光への渇仰《かつごう》が涸《か》れ果てるとともに、もろもろの欲望も涸れ果て、そして人間は自分を前方に駆り立てていた衝動から自由になり、その冒険から解き放たれて、欲望なき時代がおのれの前に開かれるのを見るであろう」（シオラン　同書）

いっぽう、シオランの精神的師匠であるパスカルはこんなことを述べています。

「わたしたちはひどく思いあがった存在だから、全世界の人たちから知られるようになりたい、いや、自分たちがこの世から消えたあとでさえ、未来の人に知られたいと思っている。それでいながら、自分の周囲の五、六人の人から尊敬を集めれば、それで喜び、満足してしまうほどに空《むな》しい存在なのだ」（パスカル　前掲書）

さて、どちらが正しいのでしょうか？　私はパスカルだと思います。人口減少社会となり、未来の栄光を信じて創作に励《はげ》むような人は現われなくなるでしょうが、しかし、「自分の周囲の五、六人の人から尊敬を集めれば、それで喜び、満足してしまう」類いの人は、たとえ人口がどんどん減少していっても、決してなくなることはないのです。

おそらく、最後に二人の日本人しか残っていなくとも、その二人の日本人は互いに相手から褒められたいと願い、事実、互いにお世辞を言い合い、お追従をしあって生きていくはずです。しかし、最後の一人になったらどうでしょう？　たぶん、褒められたいと思っても褒めてくれる人がいないので、そのラスト・ジャパニーズは死んだ相棒の後を追うように息絶《た》えるにちがいありません。

このように、「褒められたい」というのは人間を存在させる根本動機であり、これなしでは社会はおろか個人でさえ存在がおぼつかない決定的要因なのです。それは、裏を返せば、人間は根源的にどうしようもないほどに不安であり、他からの支えを必要としているのだということになりますが、これについては次に論ずることにしましょう。

「人間はおのれ自身であることの苦悩に直面するよりは、恐怖という汚物にまみれることの方を選ぶ場合があるのだ」

（『歴史とユートピア』）

絶対的命令を聞きたいがために志願する若者たち

あいかわらずＩＳ（イスラム国）に憧《あこが》れて渡航を希望する若者が絶えないようです〔後記。二〇一七年一〇月にＩＳの首都ラッカは陥落〕。

この現象に対して、ジャーナリズムでは、インターネットを使ったイスラム国のプロパガンダが巧《たく》みで、イスラム国を桃源郷《とうげんきょう》かユートピアのように描き出すのを若者たちが真《ま》に受けて渡航を決意するからだと説明されています。失業して恋人もできない若者たちに、イスラム国に来れば結婚してセックスもできると宣伝しているからだというのです。

たしかに、そうした面もあるでしょう。しかし、私には、こうした功利性《こうり》からの説明は完全に的《まと》を外《はず》している議論のように思われます。

というのも、もし、そうした功利的な思考をする若者なら絶対にイスラム国などには渡らず、もっと簡単に、つまり、より功利的に自分の欲望を満たす道を探すはずだからです。

では、いったい、若者たちの一部はなにゆえにイスラム国を目指すのでしょうか？

これに対しては、かつてファシストとなって熱烈にヒトラーを支持したことのあるシオランの次のような説明が最も的を射《い》ているように思われます。


「人間はおのれ自身であることの苦悩に直面するよりは、恐怖という汚物にまみれることの方を選ぶ場合があるのだ。そうした現象が全般的に拡がれば、そこに専制君主が出現する。どうして彼らを非難することができよう。彼らは私たちの悲惨《ひさん》が発するかずかずの要請に答え、私たちの怯懦《きようだ》があげる切望の声に答えているではないか」（『歴史とユートピア』以下同書）

つまり、イスラム国を目指す若者たちはなにもそこに行けば得するからという理由で行くのではなく、むしろ、「自分であることの苦悩」に痛めつけられたあげく、そうした「苦悩する自由」を放棄し、無限に続く「自由意思での選択」をストップしてくれる絶対的命令を一刻も早く聞きたいがために、イスラム国のテロリストを志願するのです。

シオランはヒトラー崇拝者だった頃の自分を回顧して、こう述べています。


「私が暴君たちを崇拝していたのも、彼らが本能的に指揮命令の人間であって、対話だの議論だのにまで身を落そうとはしないからだ。彼らは命令を下し、法令を発布《はっぷ》する。自分の行為を

正当化するような腰の低いまねはしない。そこから彼らの厚顔無恥《こうがんむち》が生れる。私はそれをあらゆる美徳の、あらゆる悪徳の上位に置いたものだ。それは卓越《たくえつ》の、さらには高貴のしるしであって、私の目にはそれが、他の死すべき人間たちから彼らは絶縁するものとも見えた」

暴君や独裁者は、対話や議論といった民主的でまだるっこしい手続きを経ずに、いきなり命令し、問答無用《もんどうむよう》で民衆を従わせます。そして、もし民衆が従うことを拒否したら、何の弁解《べんかい》も聞かずにそのまま抹殺《まっさつ》してしまいます。こうしたテロリズムを「自分であることの苦悩」に苛《さいな》まれた若者は、カッコイイ、凄《すご》い、やられた！　と賛嘆《さんたん》し、そのニヒリズムを卓越や高貴のしるしと見なすのです。漫画やアニメでも、人を殺しても決して後悔などせず、沈着、冷静でいられるアンチ・ヒーローに人気が集まるのもそのためですし、イスラム国が残忍《ざんにん》なテロ組織であればあるほどこれを慕《した》う若者が増えるのも、ニヒリズム礼讃《らいさん》の心理が若者たちの心の底にはかならず存在しているからなのです。

独裁者は文明の一《いち》サイクルの末期《まつご》に現われる

「彼ら（専制君主）はむしろ賞賛《しょうさん》にすら値《あたい》する。すなわち彼らは、暗殺に向かって駆けつけ、絶えまなく暗殺を夢見、そのおぞましさ、その陋劣《ろうれつ》さを受容し、自殺だの追放だのという、見《み》

世物《せもの》としての格式は落ちるが、よりやさしく、より快適な形式の方は忘却するほどにも、暗殺に彼らの頭脳を捧《ささ》げつくすのである。最大の困難を選びとる以上、彼らはある不安定な時代にしか繁栄することはできない。そういう時代にあってこそ、彼らは混沌《こんとん》を永《なが》く現出させたり、逆にそのカオスの喉《のど》をしめるような荒療治《あらりょうじ》をもやってのけたりするのである。彼らの自由な羽《は》ばたきに適《てき》した時代は、ふしぎに文明の一サイクルの末期に合致する」

このシオランの言葉で注目すべきは最後の「彼らの自由な羽ばたきに適した時代は、ふしぎに文明の一サイクルの末期に合致する」という文句でしょう。というのも、シオランの青年時代のヒーローだったヒトラーが登場したのは、たしかに西欧型民主主義の最終形態と言われたワイマール憲法下だったからです。言い換えると、西欧型民主主義が誕生してから成熟するまでのサイクルの末期にヒトラーは現われたのです。そして、独裁者が登場するのは「文明の一サイクルの末期」というこのシオランの説が正しいとすると、いまもまた「文明の一サイクルの末期」に差しかかっているというほかありません。

なぜなら、たんにイスラム国への渡航希望者が増えるだけではなく、アメリカではトランプが、フランスでは国民戦線党首マリーヌ・ル・ペンが、ドイツではPEGIDAのバッハマンが、それぞれ民衆の人気を集めて、いつ国家元首に収まってもおかしくはない状況が出現してきているからです〔後記。トランプはアメリカ大統領に当選〕。「文明の一サイクルの末期」は確実に近づきつつあるのかもしれません。

では、なにゆえに、民主主義社会は、「文明の一サイクルの末期」に近づくと、必然的に独裁者を生み出してしまうのでしょうか？

この問いに対して、シオランは次のように明確に答えています。

「共和国は法律の藻《も》の中に足をもつれさせていて、しかもその法律は敵をも保護するようにできているから、共和国を振りまわしたあげく、これを辞任へと追いやってしまう。自分の過度の寛容《かんよう》に自分から圧《お》しつぶされて、共和国は敵対者をもいたわるのだが、敵の方は共和国をいたわったりはしないのである。また、共和国は、自分の土台を掘り崩《くず》し、自分を破滅へとみちびくべき各種の神話を公認し、死刑執行者のやさしさに魅《み》せられてうっとりしてしまう。一体共和国というものが存続しうるものなのだろうか、共和国を支える原理そのものが、これを消滅へ誘《さそ》いこんでゆくというのに？」

つまり、共和国原理＝民主主義の中には、それを破壊する独裁への志向が原理的・構造的にインプットされているから、共和国原理＝民主主義は、末期に至ると、独裁志向が自動的に作動して自己崩壊するよう運命づけられているということになるのです。おまけに、共和国原理＝民主主義は、内部破壊者である独裁者を弾圧することのできないようなシステムになっているため、その中から鬼子《おにご》として生まれた独裁者はいとも容易に、しかも容赦《ようしゃ》なく、共和国原理＝民主主義を崩壊させることができるのです。

なるほど、ヒトラー率《ひき》いるナチスは完全に民主主義の原理に則《のっと》って民主主義を破壊したし、いまやトランプやル・ペンやバッハマンが同じことを実行に移そうと準備しているのです。

しかし、それにしても、なお疑問が残るのが、民主主義は、その末期に至ると、なにゆえに自《みずか》らを嫌悪《けんお》し、自らを破壊しようとするようになるかということです。

シオランに言わせると、それは民主主義というものの主体が民衆であるからということになります。では、シオランは民衆についてどう考えているのでしょうか?

なぜ民衆は独裁者の軛《くびき》にはまってしまうのか

「歴史の諸事件の、統治者たちの気まぐれの軛に苦しみ耐えること、自分たちを毀損《きそん》し、自分たちを圧《お》しつぶす悪《あ》しき意図に賛同すること、これが民衆の宿命なのである。一切の政治的実験は、たとえどんなに『進歩的な』ものだろうとも、民衆の犠牲において行われ、民衆に刃を向ける。民衆の顔には、神慮《しんりよ》による、あるいはまた悪魔の意志による、隷属《れいぞく》の烙印《らくいん》が押されている。同情など何の役に立とう。(中略)どんな国家もどんな帝国も、自分たちにこそ向けられた不正邪悪に対する、民衆の賛意《さんい》の上に築かれてきた。民衆を侮辱《ぶじょく》しない国家元首はなく、征服者もないというのに、民衆はこの侮辱を受諾し、これを糧《かて》として生きるのである。(中略)民衆とは、そこにあるがままにあるだけで、すでにして独裁政治への誘惑そのものなのだ」

ここでシオランが指摘している、民衆に内在する独裁政治志向というものは、トランプ旋風《せんぷう》に熱狂するアメリカ共和党員や、二回投票制がなければマリーヌ・ル・ペンを間違いなく大統領に選んでしまうだろうフランスの民衆、あるいはバッハマンをヒーローにしてしまうドイツの民衆を見れば、深く首肯《しゅこう》せざるをえません。もし、トランプやル・ペンやバッハマンが国家元首となったら、真っ先に不利益を被《こうむ》るのは民衆であるはずなのに、彼らは「自分たちを毀損し、自分たちを圧しつぶす悪しき意図に賛同」しているのです。

というわけで、ここで改めて問うてみなければなりません。なにゆえに、民衆は独裁者を呼び込み、独裁者の差し出す軛にはまってしまうのかと。

これに対しては、トランプ支持者であるプア・ホワイトたちの言い分に耳を傾けてみるのが一番です。彼らは口を揃《そろ》えていうでしょう。共和党のエリートたちは自分たちを利《り》するだけで、おれたちにはなにもしてくれない。おれたちにはおれたちの指導者を選ぶ権利があるのだと。

しかし、ここでトランプ支持はエリート憎悪から生まれるのかと単純に思ってしまってはいけません。というのも、プア・ホワイトたちが憎んでいるのは、エリートというよりも、むしろ、自分たちよりもほんの少しだけ「幸せそうに見える」人たちだからです。つまり、格差社会の到来によって、いくら働いても生活がよくならない人たちは、自分たちよりも、はるかに上にいるエリートを羨《うらや》み嫉妬《しっと》するというよりも、ほんの少しだけ幸せを享受《きょうじゅ》していそうに見える人たちに対して憎悪を膨《ふく》らませ、奴らは全員、ズルをしたり不正を働いたりしていると感じ、そうした不正やズルを剛腕《ごうわん》で阻止《そし》する独裁者を待望するに至ったのです。

平等に「嫉妬」「羨望」する権利が与えられる社会が、独裁者を呼び込む

ところで、こうした、幸せそうに見える他人に対する嫉妬からくる独裁者憧憬《どうけい》をもっとも巧みに掬《すく》いとったと思われる歌があります。中島《なかじま》みゆきの「狼《おおかみ》になりたい」です。

舞台は夜明け間際の吉野家《よしのや》で、店内にいる客は、徹夜のサービス残業をしてきたのか、化粧のはげかかった水商売風の女や疲労困憊気味《こんぱいぎみ》の男たちばかりです。彼らは、肘《ひじ》をついたまま、つらうつらしているかと思うと、ときどき、はっと気づいてビールを注文したり、愚痴《ぐち》をこぼしあっていますが、ほかの客が笑い顔を見せていると、なんだかムシャクシャしてきて、「こいつらみんないいことしていやがんのに、なんでおれだけこんなに惨《みじ》めなんだ」と腹がたってきて、一度だけでいいから「狼になりたい」と思います。狼に変身して、「いいこと」しているあいつらを羊のように、みんな片端《かたはし》から食い殺してしまいたいと思います。

民衆の心の底に兆《きざ》したこの「狼変身願望」こそが、じつは独裁者を呼び込む心理であり、若者をイスラム国へ駆り立てる動機なのです。「みんないいことしてやがんのにな」という心理が広く民衆たちに共有されたときに、若者の一部がイスラム国に出発し、トランプやマリーヌ・ル・ペンやバッハマンが出現し、やがて、より本格的な独裁者が登場してくるのです。

そういえば、ほかならぬシオランこそ、こうした「狼変身願望」を常々口にしてきたルーマ

ニアの狼狂（リュカントロポス）だったのではないでしょうか？

「極悪非道こそが私の属領《ぞくりょう》であるのに、その上何を今さら求めることがあろう、という心算でした。私は狼の心を持っていて私の凶暴さは自己増殖しつつ私を満ち足らせ、私におもねっていました。つまり私は、一番幸福そうな狼狂（リュカントロポス）であったわけです」

しかし、忘れてはいけないのは、こうした「狼変身願望」が働くのは、その歪《ゆが》んだ心理を稼働させる「自由」が保証されている社会、つまり「自由」と「平等」を原理とする共和主義的な民主主義社会であるということです。江戸時代やアンシャン・レジームのフランスのような身分社会では、初めから「みんないいことしてやがんのにな」という羨望や嫉妬が発動される余地はないわけで、当然、狼変身願望が独裁者を招来《しょうらい》してしまうこともないのです。

しかし、「自由」と「平等」を支配原理とする民主主義社会では、だれにも平等に「嫉妬」し、「羨望」する権利が与えられていますから、多少とも気分が落ち込んで劣等感の塊《かたまり》になると、「みんないいことしてやがんのにな」と狼願望を抱《いだ》き、それが投票へと結実《けつじつ》すれば、独裁国家へのレールが敷かれてしまうのです。

というわけで、シオランが導《みちび》き出す結論は、当然のように絶望的なものであり、末法《まっぽう》思想そのものとなります。

「あらゆる政体が先天的に抱《かか》えこんでいる死の原理は、独裁政によりも共和政の方に明らかに認められる。共和政は死の原理を布告《ふこく》し、公示《こうじ》する。（中略）自由とはひとつの欠如態《けつじょたい》にほかならぬからである。この欠如態は、国民が自己自身であることの苦役《くえき》に疲れはて、もはやおのれを卑《いや》しめることしか、辞任することしか、隷属への郷愁を満たすことしか希《こいねが》わなくなった時、一挙に堕落してしまいかねないものだ。ひとつの共和国が、衰弱し壊滅してゆく光景ほどいたましいものはあるまい」

私たちは近い将来に、トランプがアメリカ大統領となり〔後記。アメリカ大統領になってしまいました！〕、マリーヌ・ル・ペンがフランス大統領となるという悪夢のような未来に立ち会い、共和国が「衰弱し壊滅してゆく光景」を眺《なが》めることになるのでしょうか？

いよいよ予断を許さぬ状況になりつつあることだけは確かなようです。

第六章

幸も不幸も自己愛に見合う分しか感じない

ラ・ロシュフーコー

「情熱はしばしば最高の利口者《りこう》を愚《おろ》か者に変え、またしばしば最低の馬鹿《ばか》を利口者にする」

（ラ・ロシュフーコー『ラ・ロシュフコー箴言集』）

パッションが行動に駆り立てる

さて、われわれは、ラ・ロシュフーコーに始まり、パスカル、ラ・フォンテーヌ、ラ・ブリュイエールと十七世紀のモラリストたちを経巡《へめぐ》って、その二十世紀バージョンであるE・M・シオランに至ったわけですが、ここで最後を締《し》めくくるに当たってもう一度、ラ・ロシュフーコーに戻りたいと思います。というのも、ニーチェも指摘しているように、十七世紀フランスのモラリストといえば、やはりラ・ロシュフーコーに尽《つ》きるからです。そして、ラ・ロシュフーコーにはかなりの紙幅を費やしたにもかかわらず、まだまだ語り足りていないと感じているからです。

ラ・ロシュフーコーについては「自己愛」「褒《ほ》められたい」「恋愛」「コケットリー」「嫉妬《しっと》」「希望」「恐怖」「頭のいい馬鹿」「老い」「妬《ねた》み」「欠点と長所」「弱さ」などについてのマクシ

ムを取りあげましたが、深い洞察《どうさつ》に満ちた言葉がほかにもたくさんあります。

それはパッション（情熱あるいは情念）についてです。とりあえず、パッションとは何か、辞書に当たってみましょう。

情熱あるいは情念と訳されているパッションとは、われわれ人間をなにがしかの行動へと駆り立てていく強烈な感情の動きないしは状態のこと（『ラルース百科事典』）です。

陰謀《いんぼう》、移り気、熱狂が、最高級のパッション

シャルル・フーリエは『四運動の理論』の中で、人間には八一〇通りのパッションがあり、皆この八一〇通りのパッションのいずれかに支配されているとして、理想社会をつくりたいなら、それぞれの成員《せいいん》の八一〇通りのパッションをうまく組み合わせることが必要だと喝破しました。

ところで、その八一〇通りのパッションの中には、性欲や食欲のような低次元のパッションもあれば、非常に高度なパッションもあります。なかでも、フーリエが最高段階のパッションとしたのは、陰謀情念、移り気（蝶々《ちょうちょう》）情念、熱狂情念の三つです。

陰謀情念というのは読んで字のごとく、会社や官僚組織、あるいは学校、軍隊などの組織の中で、陰謀を巡《めぐ》らしているときにだけ生き生きとしている人の情念のことです。私は「定年後の生き方」というエッセイを依頼されたとき、陰謀情念の人は会社や官庁を退職してしまうと

情念の生かしどころがないので、定年後は、マンションの自治会とかボランティア組織、あるいは町会議員選挙などで「活躍」することをお勧《すす》めすると書いたことがあります。

いっぽう、移り気情念というのは、いわゆる飽《あ》きっぽい人に多い情念です。この移り気情念の人は、なにか新しい熱中の対象を見つけると一意専心《いちいせんしん》、それに全精力を傾けますが、ある時点で完結感が出てくると、なにか別の対象を見つけてそれに打ち込むようになり、前の対象には見向きもしなくなってしまいます。私など完全にこの移り気情念のタイプで、これまでに上《じょう》梓《し》した百冊以上の本はこれみな、移り気情念の産物なのです。

最後の熱狂情念というのは、移り気情念と似ていますが、その違いは対象よりもむしろ心のサイドにあります。すなわち、対象はなんであれ、常に熱狂していることが必要なのであり、熱狂してさえいれば対象はなんでもいいのです。

さて、これらの情念についての考察を頭に入れたあとで、パスカルやラ・ロシュフーコーを読むと、マクシムがより理解しやすくなるはずです。

「人それぞれの支配的情念を知っていれば、必ずやその人の好意を引きつけることができる」

（『パンセ抄』）

これは、まさにフーリエの情念論とジャストフィットするマクシムで、サラリーマンや役人はこれを金科玉条《きんかぎょくじょう》とすべきではないでしょうか？　すなわち、もし上役が陰謀情念の人であれば、いろいろと情報を仕入れて提供すればいいわけですし、また移り気情念の上役なら、新しく興味を持ち出した事柄に話題を振《ふ》るようにすれば好意を引き付けることができるのです。ひとことでいえば、「サラリーマンたるもの上役の支配情念を知れ」であり、常に上役の本当の情念がなんであるか、日々観察にいそしまなければならないのです。

情念とは無意識の一つ

「人間の心の中では情熱の不断《ふだん》の生殖《せいしょく》が行われていて、それで一つの情熱の消滅はすなわちもう一つの情熱の出現と、ほぼきまっているのだ」（ラ・ロシュフーコー『ラ・ロシュフコー箴言集』二宮フサ訳　岩波文庫　以下同書）

これは、移り気情念のタイプである私などがしばしば感じていることで、ある情念に完結感が出てきたなと思っていると、そのときにはもう別の情念が誕生しつつあり、いつのまにか世代交替が完了しているのです。ただ、情念の世代交替がいつ行なわれるのかは、情念の所有者にとっても予測不可能なのです。

「われわれの情熱がどれだけ長続きするかは、われわれの寿命の長さと同じく、自分の力では

どうにもならない」

実際、それほど深くのめりこんだつもりがなくとも意外に熱中期間が長かった情念があるかと思えば、これは一生続くぞと思っていたのが短命に終わってしまった情念があったりで、これぱっかりは「自分の力ではどうにもならない」のです。

予測がつかないし、自分ではどうにもならないという点では、自分の「意識している情念」と「意識せざる情念」の落差というのもまた然《しか》りです。つまり、情念というのも無意識の一つであるといわざるをえないのです。

「情念は往々にしてそれ自体と正反対の情念を産む。貪欲は時に浪費癖を、浪費癖は貪欲を産み出すし、人はしばしば弱さから強《したた》かになり、臆病《おくびょう》から向こう見ずになる」

フロイトはラ・ロシュフーコーから三百年後に、同じような観察から、この「内」と「外」の情念の逆転現象を発見し、これを「防衛機制《ぼうえいきせい》」と名付けましたが、フロイトの娘アンナ・フロイトはこの概念を発展させて「反動形成《はんどうけいせい》」という用語をつくりだしました。反動形成とはまさに、弱さから強がりになり、臆病から向こう見ずになることを指します。

しかし、この反動形成というのは、やはり無理があるのか、どこかでかならず綻《ほころ》びを見せます。ラ・ロシュフーコーはこれについてもちゃんと指摘しています。

「どれほど念入りに敬虔《けいけん》や貞淑《ていしゅく》の外見で包み隠しても、情念は必ずその覆《おお》い布を通してありありと見えるものである」

このように、ラ・ロシュフーコーとフロイトはかなり近い関係にありますが、中でもアンナ・フロイトが考え出した抑圧《よくあつ》、投射《とうしゃ》、同一視、取り入れ、合理化、反動形成、分離《ぶんり》、退行、打ち消し、自虐《じぎゃく》、逆転、昇華《しょうか》などの防衛機制のさまざまな概念はいずれもそのサンプルを『マクシム（箴言集）』の中に見いだすことができるのです。

利口者を愚か者に変え、最低の馬鹿を利口者にする

ところで、情念というと、バルザックの『ペール・ゴリオ』のゴリオの父性愛、『絶対の探求』のバルタザール・クラースの発明・発見情念、『従妹《いとこ》ベット』のユロ男爵の女好きなど、本人の意志をはるかに超えたところでその人の運命を支配することが知られていますが、これについてラ・ロシュフーコーはバルザックに先だって次のように述べています。

「情熱はしばしば最高の利口者を愚か者に変え、またしばしば最低の馬鹿を利口者にする」

つまり、利口や馬鹿、あるいは理性の人や感情の人などといった表面的な差異《さい》よりも、その人が抱《かか》えている情念の大きさが問題なのであって、巨大な情念に駆られた人は、思ってもみなかったような偉大なことを成《な》し遂《と》げるかと思えば、その反対に情念で身を滅《ほろ》ぼしてしまうこともあるのです。

ですから、人はおのれの情念に意識的でなければならず、常に警戒を怠《おこた》るなかれということになります。

「情熱には一種の不当さと独善があって、それが情熱に従うことを危険にし、またたとえこの上なく穏当《おんとう》な情熱に見える時でも、警戒しなければならなくするのである」

情念というのは独善的で我がままな隣人のようなものであり、情念に簡単に身を任《まか》せることは危険きわまりないことなのですが、しかし、悪い面ばかりかというと、情念のおかげで予想もしなかったような好結果が得られることもあるのです。

「情熱は必ず人を承服させる唯一の雄弁家である。それは自然の技巧とも言うべく、その方式はしくじることがない。それで情熱のある最も朴訥《ぼくとつ》な人が、情熱のない最も雄弁な人よりもよく相手を承服させるのである」

これを読むと、その昔、オイル・ショックで自動車メーカーのマツダ（当時は東洋工業）が経営不振《ふしん》に陥《おちい》ったときのエピソードを思いだします。在庫調整で生産ラインがストップしたため、エンジニアたちの多くが営業に回され、なれないセールスに駆り出されたのですが、意外や腕ききのセールスマンよりも好成績を挙げたというのです。マツダの車は良い車だと固く信じるエンジニアの情熱がセールス・トークよりも顧客を承服させたのだそうです。おかげで、マツダの業績はV字回復して、倒産は回避されました。これなど、情熱ある訥弁《とつべん》は情熱なき雄弁に勝《まさ》るというラ・ロシュフーコーのマクシム通りのエピソードではないでしょうか？

情念の最大の敵は「面倒《めんどう》くさい」

とはいえ、どんなに強烈な情念であろうとも、ひとつだけ、非常に強力な敵がいて、どうしてもこれに勝つことは難しいとラ・ロシュフーコーは指摘しています。それは怠惰、われわれの言葉でいえば「面倒くさい」という心理です。

「野心や恋のような激しい情念でなければ他の情念を征服できない、と信じるのは間違いである。怠惰はまったく柔弱《にゅうじゃく》であるが、にもかかわらず、しばしば他の情念の支配者にならずにはいない。それは人の生涯のあらゆる意図、あらゆる行動を侵食《しんしょく》し、知らぬまに情念も美徳もつき崩《くず》し、消尽《しょうじん》するのである」

これは、とりわけ日本の現代社会においては真実です。日本の若者は、いまや出世したいとも、恋をしてセックスしたいとも思わなくなっていますが、それは、資本主義という名の面倒くささ回避産業が発達しすぎたため、怠惰という悪徳が助長《じょちょう》されてどんな情念よりもはるかに強力になり、いまや「あらゆる行動を侵食し」、あらゆる情念を失わせ、「美徳もつき崩し」てしまっているのです。

ラ・ロシュフーコーは五百年後の日本社会を透視していたのでしょうか？

「謙虚とは、往々にして、他人を服従させるために装う見せかけの服従に過ぎない」

（『ラ・ロシュフコー箴言集』）

謙虚は傲慢の噴出を防ぐ「蓋《ふた》」

日本という国にあっては、人生を生き抜く最上の秘訣《ひけつ》は謙虚（謙遜《けんそん》、慎《つつし》み深さ、節度《せつど》などの類義語を含む）にある、と、つくづく感じさせられる今日この頃です。とにかく、どんなときでも腰を低くして人に接してさえいれば、まず絶対に間違えることはありません。傲慢そうに見えるのが一番いけません。たとえ失敗をしでかしたり、嘘《うそ》が露見《ろけん》したとしても、「すいません、すいません」と平謝りに謝っておけば、日本人は大目に見てくれるのですが、傲慢な態度で自分は悪くないと主張したりすると、その主張自体が正しくとも、日本人は絶対に許そうとしないのです。日本人は、有能・無能を見るよりも態度を見るのです。この点を見誤《みあやま》ってはいけません。

といっても、誤解しないでいただきたいのですが、私は道徳家として謙虚を顕揚《けんよう》し、傲慢を断罪しているのではありません。功利主義から見て、傲慢よりも謙虚のほうがはるかに有効で、万事に役に立つと考えるから謙虚を強く勧《すす》めるのです。

極端にいえば、本当は傲慢であっても、その傲慢を謙虚で覆《おお》い隠《かく》しておくことさえできるなら、その人は謙虚な人、慎み深い人と見なされて尊敬されますから、選挙に出れば票を集めることができるのです。この意味では、謙虚は傲慢の噴出を防ぐ「蓋」の役割を果たすといえます。

ラ・ロシュフーコーも『マクシム』で次のように断言しています。

「謙虚とは、往々にして、他人を服従させるために装う見せかけの服従に過ぎない。それは傲慢の手口の一つで、高ぶるためにへりくだるのである。それに、傲慢は千通りにも変身するとはいえ、この謙虚の外見をまとった時以上にうまく偽装し、まんまと人を騙《だま》しおおせることはない」（『ラ・ロシュフコー箴言集』以下同書）

ラ・ロシュフーコーのいう傲慢とはわれわれの言葉を使うなら、すぐにそれとわかる「陽《よう》ドーダ」、謙虚とは一見それとはわからないがドーダであることに変わりはない「陰《いん》ドーダ」ということになります。どちらもドーダであることは同じですが、謙虚は、わかりにくいだけに罪が重いといえます。ラ・ロシュフーコーは、この「陰ドーダ」としての「偽《にせ》・謙虚」イコール「隠れ傲慢」の摘発《てきはつ》に一生を捧《ささ》げた「魂の検事」であるともいえるのです。

「傲慢はすべての人間の心の中では一様なのであって、ただそれを外に表す手段と趣《おもむき》に相違が

あるに過ぎない」

こうしたラ・ロシュフーコーの「傲慢」理論は、フロイトの無意識と意識の理論によく似ています。すなわち、意識に相当するものが謙虚で、無意識に当たるものが傲慢です。傲慢イコール無意識は、だれの心の中にも必ず存在するものですが、本来、人の目に触れてはいけないものなので、つねに何かに身を隠そうとしてその隠れ蓑《みの》を探しています。その隠れ蓑の中でも最も人を欺《あざむ》くのに適しているのが謙虚ということになります。

なぜかといえば、謙虚という隠れ蓑で体を覆っておくと、嫉妬《しっと》・怨嗟《えんさ》という強力な「矢」を防ぐための「鎧《よろい》・兜《かぶと》」として役に立つからです。

「慎ましさとは、妬《ねた》みや軽蔑《けいべつ》の的《まと》になることへの恐れである。幸福に酔いしれれば必ずそういう目にあうからだ。それはわれわれの精神のくだらない虚勢である。さらにまた、栄達を極めた人びとの慎ましさは、その栄位をものともしないほど偉い人間に自分を見せようとする欲望なのである」

このように、謙虚という鎧と兜があれば嫉妬の矢面《やおもて》に立ったとしても、その矢を容易に跳《は》ね返すことができるのです。反対に、傲慢を丸だしにして、謙虚という鎧・兜で身を覆わずにいると、嫉妬・怨嗟の矢は確実に体に当たり、致命傷《ちめいしょう》をこうむってしまうのです。

ですから、もしあなたが子供に何か一つだけ人生訓を与えるとしたら、それは当然、「つねに謙虚であれ」「慎み深くあれ」ということになるでしょう。極端にいってしまえば、日本では、謙虚・慎み深さというのは、これさえあればほかはなにもいらないほどの万能の妙薬として機能するのです。

もちろん、謙虚・慎み深さというのは「陰ドーダ」であって、傲慢が姿を変えたものにすぎないのですが、しかし、なにしろ「陰ドーダ」ですからそこに傲慢が隠されていると見抜くのは容易でありません。凡庸《ぼんよう》な人の目には決してドーダには見えないのです。

とはいえ、ラ・ロシュフーコーのような慧眼《けいがん》な人には陰ドーダだと見破られる恐れは充分にあります。しかし、それでもなお、われわれは謙虚に振る舞うべきなのです。慧眼な人は絶対的に少数派であり、慧眼でない普通の人が多数派なのですから、この凡庸なる多数派の妬みや軽蔑の的にはならないように心掛けることが何よりも大切なのです。たとえ、あまりに謙遜が過ぎて嫌みったらしく見えてしまっても、謙虚に振る舞っておくに越したことはないのです。

とにかく、日本人は傲慢が何よりも嫌いなのですから、自らたのむところのある有能な人はこの点を深く心に刻んで、行動の指針としなければなりません。

貧乏者にも、英雄にもある傲慢

ところで、ラ・ロシュフーコーは傲慢を摘発する魂の検事であるといいましたが、その摘発ぶりは惚《ほ》れ惚《ぼ》れするほどに徹底しています。

「傲慢は何があろうと必ずどこかで元を取る。虚栄を棄《す》てる時さえ、少しも損《そん》をしないですませる」

しかし、剛腕検事がとかくそうであるように、魂の検事であるラ・ロシュフーコーもまた追いかける犯人＝傲慢の変幻自在さとクレバーさには舌を巻かざるをえません。そのあげく、ラ・ロシュフーコーは、ジャン・ヴァルジャンをどこまでも追いかける執念の刑事ジャヴェールのように、傲慢の摘発そのものが自らの存在理由となってしまい、だれを見ても、どんなに英雄的な行為を目撃しても、あるいは、およそ傲慢がないと思われるようなところにも傲慢を発見せざるをえなくなります。

たとえば、ラ・ロシュフーコーから見ると、失意の英雄・豪傑は、傲慢を棄てるどころか、より傲慢になっているように映るのです。

「自分を偉いと信じている人たちは、逆境にあることを名誉とするが、それは、自分は運命から狙い撃ちされるほどの大物だと、他人にも自分にも思いこませるためなのである」

つまり、傲慢な人間はたとえ「配所《はいしょ》の王」となろうとも傲慢を棄てることはないのですが、同じように、傲慢な人間というのは、貧乏のどん底に突き落とされたとしても、あるいは最初から一度も金持ちになることができなくとも、堅忍不抜《けんにんふばつ》さを発揮して、金銭の欠如をものともせずに傲慢を貫徹する方法を編《あ》み出すのです。

「富の蔑視は、哲人たちにあっては、自分の価値に正しく報《むく》いない運命の不当さに、仕返しをしたいという密かな欲望であった。その手段として、運命が彼らに拒否した恩恵そのものを蔑視したのである。それは貧《まず》しさゆえの堕落《だらく》から身を守る秘訣であったし、彼らが富の力で得ることができなかった名望に、行きつくための回り道だったのである」

さらに傲慢な人間は、一見すると真理の追究者であるように見える絶対的反対者という仮面をかぶることもあります。

「みんなが従っている意見にどこまでも頑固《がんこ》に反対する人がいるのは、不明のせいよりも傲慢からであることが多い。正論の側の上座がふさがっているのを見て、下座につくのは嫌だというわけである」

このように、傲慢の摘発者であるラ・ロシュフーコーにかかってしまったら、どれほどに偉い人でもみんな傲慢な人間になってしまいますが、では、ラ・ロシュフーコーは傲慢はいけないから傲慢さを棄てろ、謙虚になれといっているのかと思うと、決してそうではないのです。むしろ、ジャン・ヴァルジャンを追いかけすぎて最後はジャン・ヴァルジャンがなくては生きていけなくなったジャヴェールのように、傲慢をほとんど愛しているのです。より正確には、謙虚よりも傲慢の肩を持つに至るのです。

傲慢とは魂の活力である

「人が節度を美徳のひとつにまつりあげたのは、偉人の野心に歯止めをかけ、凡人の不運と無能を慰《なぐさ》めるためである」

それどころか、傲慢にはひとつのパワーがあり、それなしには人間はたいしたことはできないのだと、むしろ、傲慢の潜在的な力を認める発言さえしているのです。

「節度は野心と戦ってこれを抑えつけることができるほど大したものではない。そもそもこの二つは決してあいまみえることがない。節度が魂の無気力であり怠惰であるのに対して、野心は魂の活力であり熱気だからである」

ここでラ・ロシュフーコーが「野心」と呼んでいるものは、節度と対比されていることからも明らかなように傲慢の同義語です。野心＝傲慢は「魂の活力であり熱気」であるということになったのです。

さらには、傲慢というのは人間にとって最大の楽しみであり、生存理由であるとさえ言い切っています。

「心中得意になることが全くなければ、人にはほとんど何の楽しみもなくなるだろう」

また、ラ・ロシュフーコーは傲慢の持つもう一つの力も認めています。それは、正しい自己認識を阻止することで、その人を絶望から救い出す力です。

「われわれを幸福にするために肉体の諸器官をかくも巧妙に組織した自然は、どうやらそれと同時に傲慢を与えて、われわれが自分の不完全さを知る辛《つら》さを味わわずにすむようにしたらしい」

ことほどさように、傲慢を摘発してやまない魂の検事ラ・ロシュフーコーは、さんざんに傲慢を告発したあげくに、最終的には、傲慢にもそれなりの利点はあり、これなしではどんな偉業も達成し得ないのだという結論に至ります。

他人の傲慢は許せない

では、どうしてまた、傲慢を摘発する検事から傲慢を擁護する弁護士に変身してしまったのでしょうか?

それは自分自身の心を徹底的に分析し、自分のすべての力の源《みなもと》の一つが傲慢であると認めざるを得なかったからです。

「もし自分に傲慢さが少しもなければ、われわれは他人の傲慢を責めはしないだろう」

しからば、ラ・ロシュフーコーは傲慢であってもかまわないと言っているのかといえば、決してそんなことはありません。傲慢はどうにも防ぎようのないものであるから、取り除くのは不可能だが、しかし、あまりに露骨にこれを示すのは決して得策ではないからやめるようにと言っているのです。なぜなら、人間は自分の傲慢さを半ば意識しているがゆえに、他人が傲慢であることは決して許しはしないからです。

「自分自身に誇りを抱くのは大いに尊《とうと》ぶべきことだが、他人に誇らしげに振る舞うのはそれと同じくらい滑稽《こっけい》である」

というわけで、ラ・ロシュフーコーのこれらのマクシムから導き出される結論は次のようなものになります。

傲慢は人間の本質であるから根絶《こんぜつ》不可能だが、しかし、だからといって、これをさらけ出してしまうのは愚《ぐ》の骨頂《こっちょう》である。よって、他人に対しては、謙虚という鎧・兜で傲慢を覆い隠して臨《のぞ》まなければならない。

そう、謙虚、謙虚、謙虚。これ一本槍《やり》でいけ、ということになるのです。

「幸運に耐えるには不運に耐える以上に大きな幾《いく》つもの美徳が必要である」

（『ラ・ロシュフコー箴言集』）

運命の恩恵を受ける人、受けない人

ラ・ロシュフーコーの『マクシム』で基調音の一つとなっているのが運命というものに対する独特の考え方です。ラ・ロシュフーコーはフロンドの乱という激動の時代に生きた人なので、運命が、能力や意志、あるいは長所や欠点、美徳や悪徳といった個体差とはまったく無関係に、それぞれの個人を苛酷《かこく》にあるいは優しく扱うのを見て、さまざまな思いを致さざるをえなかったのでしょう。

たとえば、運命に甘やかされることのなかった人の観点に立つと、運命というのは、なんとも不公平なものと映るようです。

「運命の恩恵を受けない人から見た時ほど運命がひどく盲目に見えることはない」（『ラ・ロシュフコー箴言集』以下同書）

それでも、自分が運命によってひどい目に遭っているというだけなら、自尊心で非運を支えることで、なんとか運命のいたずらに耐えることができるかもしれません。しかし、無価値な輩《やから》と軽蔑《けいべつ》していた人が運に恵まれてとんとん拍子に出世するのを見ると、自尊心はズタズタに傷つけられてしまうのです。

しかし、なんであんな奴が、と天の不公平さを恨《うら》んでも無駄《むだ》です。なぜなら、運命というものは、もとから公正さを基準としてはいないからです。

「運命は一切を転じてその寵児《ちょうじ》たちの利《り》をはかる」

じっさい、いったん幸運に見舞われると、たいした実力がなくとも、まるで運命に依怙贔屓《えこひいき》されたかのように続けざまに幸運に見舞われるラッキーな人もいるものです。

ところが、人間というのはまことに傲慢《ごうまん》なものなので、こうしたラッキーな人もやがて自分は運が良かっただけと謙虚《けんきょ》に考えずに、運は実力に相応なものだと思うようになります。そうなったときほど危険な瞬間はありません。いわゆる「調子こきすぎ」というやつです。

幸運は不運より扱いにくい

そう、運命ははたしかに一切を転じて寵児たちの利をはかることがあるかもしれませんが、それは運命が幸運の階段を一段一段上らせてくれた場合のことで、いきなり、階段の頂上に達してしまったシンデレラ・ボーイの場合、運に見放されると転落も早いのです。

「運に導かれて次第に昇進したのでもなく、またあの手この手を使って出世したのでもなしに、運命の不意打ちをくらっていきなり高い地位を与えられた時は、その地位を立派に保ち、それにふさわしく見せることはほとんど不可能である」

なぜでしょう? それは、不運よりも幸運のほうが、試金石《しきんせき》の役割を演じることが多いからです。人は幸運が巡《めぐ》ってきたときほど試練にさらされることはないのです。

「幸運に耐えるには不運に耐える以上に大きな幾《いく》つもの美徳が必要である」

幸運に耐えるために必要な美徳とは、一つには謙虚ということになるでしょう。ところで、この謙虚という美徳、およびその反対の傲慢という悪徳はその人の意思一つでコントロール可能なものといえますが、しかし、人と運命とのかかわりという面から見ると、このような「自由意思」ではどうにも説明できないものも大きく関係しているようなのです。それをラ・ロシュフーコーは「気質」という言葉で表現しています。

気質説の信奉者だったラ・ロシュフーコー

「人間の幸不幸は、運命に左右されると共に、それに劣《おと》らずその人の気質に左右される」

では、いったい、運命とは別に、自由意思を超えたところにあってわれわれを支配するこの気質というのはどのようなものなのでしょうか？

「気質」と訳されているのはフランス語のhumeursという言葉ですが、これを辞書で引くと、必ず複数形で使われる意味として、古代医学の影響による四体液説《よんたいえきせつ》というのが出てきます。すなわち、古代ギリシャのヒポクラテスとローマのガレノスの流れを汲《く》む医学思想で、人間は体内を循環している血液・黄胆汁《おうたんじゅう》・黒胆汁《こくたんじゅう》・粘液《ねんえき》という四つの体液の配分の違いによって、多血質・黄胆汁質・黒胆汁質・粘液質の四つの気質に分けられるというものです。

多血質は社交的・楽天的・好色・無教養、黄胆汁質は熱血・野心家・短気、黒胆汁質は思索的・孤独癖・神経質・利己《りこ》的、粘液質は穏《おだ》やか・公平・無気力・臆病《おくびょう》という性格を示します。

ラ・ロシュフーコーはこの気質説の信奉者でありました。

「諸々の体液にはいつも規則正しい流れがあって、その流れがわれわれの意志を見えないところで動かしたり変えたりする。いっしょに循環して次々に密《ひそ》かな支配力を行使するのである。

こうして、われわれのはかり知れないところで、体液はわれわれのすべての行為に深くかかわっているわけである」

もちろん、それぞれの気質の特徴には相矛盾《あいむじゅん》するものがあり、すべてが良い性質で、すべてが悪い性質というわけではありません。

たとえば、四気質の中で一番問題ありとされる黒胆汁質は、寡黙《かもく》で孤独や思索を好み、社交やスポーツを不得手とし、しかも利己的で根に持つタイプというように、一般的な価値観からするとあまりいいところがありませんが、しかし、天才の多くはこの気質であり、世の進化は黒胆汁質の人間の発明・発見によることが少なくないのです。

対するに、フランス人に多く見られる多血質は、陽気で社交性に富《と》み、いつも機嫌《きげん》がよく、娯楽が好きで気前もいいということで、人に好かれそうなタイプですが、半面、好色で、先のことは考えないノー天気、およそ教養とか思索とは無縁の深みのない人間が少なくありませんから、女性はボーイフレンドならいいけれど、夫にはね、ということになるようです。

しかし、優しくて公平ということで粘液質の男性を夫に選んでしまうと、精神的には鈍重で優柔不断、無気力で臆病ということですから、一緒にいてつまらなくなり、浮気に走ることもあるようです。

それなら、黄胆汁質の男性がいいかといえば、たしかに情熱的で熱血漢、野心も強くてたくましい感じがするかもしれませんが、半面、身勝手で粗暴、意地も悪く、気難しい面もあるなど、夫に選んでしまった妻は苦労するかもしれません。

ひとことで言えば、それぞれの気質は長所があれば短所もありで、きわめて多面的なのですが、長所と短所の多くが背中合わせになっているところに特徴があります。ラ・ロシュフーコーはこうした気質の多面的な特徴についてこう述べています。

「人の気質についても、多くの建物について言うように、それにはいろいろな立面《ファサード》があって、ある立面は感じがよく、他の立面は感じが悪い、と言うことができる」

気質的欠陥は一生変わらない

とはいえ、気質の本質は「不変」というところにありますから、良い面を伸ばし、悪い面を矯正《きょうせい》するということは不可能なのです。そのため、学習によって改良されるということはなく、気質的欠陥は一生、変わりません。

「気質には頭脳よりも多くの欠陥がある」

このように気質は内発的で、不変なものですが、そのために、人間は生まれてから死ぬまで変わらないかといえば、そうでもありません。運命という外発的なものが襲ってくると、これが気質と不思議なかたちで組み合わされ、人の幸・不幸のさまざまなパターンをつくり出すことになるからです。この二つの要因の関係についてラ・ロシュフーコーは次のように巧《たく》みに表現しています。

「運命によってわれわれに起きるすべてのことに、われわれの気質が値段をつける」

たとえば天変地異《てんぺんちい》などの運命はどの人にも同じように苛酷に襲《おそ》いかかりますが、しかし、それを受け止める人間の対応は、多血質・黄胆汁質・黒胆汁質・粘液質の四つの気質でまったく異なるでしょう。つまり、運命を高く買ってしまって破滅する人もいれば、運命を安く買い叩《たた》いてさほど影響を受けずにすむ人もいるのです。運命と気質の組み合わせ、これこそが人の一生を大きく左右するものなのです。

というわけで、ラ・ロシュフーコーの思想を一言で要約するマクシムは次のようなものになります。

「運と気質が世を支配する」

気質の気まぐれは運命の気まぐれより奇矯《ききょう》

では、運と気質、このどちらの影響が大きいかといえば、それは気質だとラ・ロシュフーコーは喝破《かっぱ》します。気質こそは最も抗《あらが》いがたいものなのです。

「われわれの気質の気まぐれは、運命の気まぐれよりもさらにいっそう奇矯である」

このように、気質はわれわれの自由意思でどうにかなるというものではなく、決定論の中の最強の決定要因なのです。そのため、自分では自由意思で行動しているつもりで、気質に動かされているというようなことがしばしば起こります。

「人間は何かに動かされている時でも、自分で動いていると思うことが多い。そして頭では一つの目的を目指しながら、心に引きずられて知らぬままに別の目的に連れて行かれるのである」

人は自分で思うほど幸福でも不幸でもない

それでは、運命はどうなのでしょう。わたしたちは、気質という最強の決定要因に支配されつづけており、人生を自由意思で変えることはどうしてもできないようになっているのですが、しからば、運命に対しては、少しは能動的に行動できるのでしょうか？

ラ・ロシュフーコーの答えは基本的に否《いな》です。しかし、そう言い切ってしまってはあまりに身も蓋《ふた》もないので、こんなことを言っています。

「運も健康と同じように管理する必要がある。好調な時は充分に楽しみ、不調な時は気長《きなが》にかまえ、そしてよくよくの場合でない限り決して荒療治《あらりょうじ》はしないことである」

なるほど、無病息災《むびょうそくさい》ではなく一病息災という言葉があるように、運もこれに逆《さか》らうのではなく、運とともに生きるという心構えがあれば、相手が不運であっても、あるいは不運よりも扱いにくい幸運であっても、なんとかこれと「共生」していく道はあるのかもしれません。

そして、こうしたある種の諦観《ていかん》を抱《いだ》いて人生を眺《なが》めてみると、運・不運は糾《あざな》える縄《なわ》のごとしで、幸運だけ、不運だけという人は少なく、最終的には結果はイーブンになってしまうことが多いようです。

「人それぞれの運命がどんなに違うように見えても、それでもやはり禍《わざわい》と福の相殺《そうさい》といったものが存在していて、それがすべての運命を平等にするのである」

というわけで、ラ・ロシュフーコーの最終結論は、次のような、ガッカリするほど平凡かつ穏当《おんとう》なものになります。

「人は決して自分で思うほど幸福でも不幸でもない」

とはいえ、これを宗教家がよく口にする類いの、自分を不幸だと思いこんでいる人に対する優しい慰《なぐさ》めの言葉だと思ってしまってはいけません。ラ・ロシュフーコーという人はそれほど優しい人ではないのです。なぜなら、右のマクシムの理由を述べるかのように、こう語っているからです。

「われわれは自分の幸も不幸も自己愛に見合う分しか感じない」

かくして、今回もまた、最後の決め手は、運命でも気質でもなく自己愛ということになったのです。いかにも、ラ・ロシュフーコーらしい逆転ではないでしょうか？

「大きな欠点を持つことは大きな人物にしか許されない」

（『ラ・ロシュフコー箴言集』）

一〇〇パーセントの善も、一〇〇パーセントの悪も存在しない

ラ・ロシュフーコーの『マクシム』の主要旋律《せんりつ》の一つとなっているのが「善と悪」「美徳と悪徳」を巡《めぐ》る考察です。とりわけ、ラ・ロシュフーコーがこだわるのが「善と悪」「美徳と悪徳」との間の線引きの問題です。

というのも、人間の所業《しょぎょう》をしっかりと観察してみると、これらの間の線引きというのはかなり曖昧《あいまい》でここからは善、ここからは悪というようにドグマティックに区分することはきわめて困難なのです。

では、どうして困難なのかといえば、それは、一〇〇パーセント善のものも、一〇〇パーセント悪のものも存在していないためです。この点についてはパスカルの次の言葉が参考になるのではないでしょうか？

「この世では、どんなものも、部分的に真であり、部分的に偽である。（中略）純粋に真であ

るものはない。つまり、真というものを純粋に真であるという意味に解したとしたら、いかなるものも真ではない。(中略)では、いったい、どんなものが善なのか? 貞節《ていせつ》? わたしなら否と言うだろう。なぜなら、貞節が貫《つらぬ》かれたら、世界は終わってしまうからである。結婚? 否。禁欲のほうが価値がある。人をまったく殺さないことか? 否。なぜなら、人をまったく殺さなければ、無秩序は恐るべきものとなり、悪人が善人を殺すようになるだろう。では、人を殺すことだろうか? 否。なぜなら、それは自然を損《そこ》なうからだ。ことほどさように、わたしたちは真も善も部分的にしか持ちえないのである。その真と善にも悪と偽が混じっているのだ」(『パンセ抄』)

では、こうした真と偽、善と悪との混じり合い、あるいは同時併存、ないしは互換《ごかん》性などについてラ・ロシュフーコーはどのようなことを述べているのでしょうか?

善のありそうなところに善はなく、悪のありそうなところに悪はない

一つは、いかにも善のありそうなところに善はなく、悪のありそうなところに悪はないということです。というのも、時として、人間は、善をなそうと思って悪をなすこともあるし、その反対に悪をなそうとして善をなすこともあるからです。

「人はよく、罰を受けずに悪いことができるようになりたいと思って善《よ》いことをする」（『ラ・ロシュフコー箴言集』）

このように、「目的は悪」なのに「結果は善」、つまり、うまく立ち回って処罰されずに悪いことをしようと思ったのに結果的に善いことをしてしまったということもしばしば起こるのです。

こうしたことは、個々人ではそれほどに起こりませんが、集団ではしばしば観察されます。その典型が、アダム・スミスのいう「神の見えざる手」というもので、マーケットというゲームに参加する個々人は、商法に違反せずに自己利益の最大化を狙《ねら》うという「罰なしの悪」を狙っているのですが、それが集団という規模になると、結果的には、マーケットの安定という「善」をもたらしてしまうことになるのです。

共産主義の失敗とデフレの共通点

しかし、現実を観察してみると、実際には、こうした「目的的に悪→結果的に善」というケースよりも、反対の「目的的に善→結果的に悪」というケースがはるかに多いので困ります。旧ソ連や中国における共産主義の失敗というのは、まさにこの「善をなさんとして悪を引き出したケース」、より具体的にいうなら「共通善を目指して個別悪を生み出したケース」で、平等社会の実現という「共通善」のためにいったい何百万の人が無駄《むだ》に死んだかわからないほどです。また、これとは逆に、デフレの場合は、より節約して危機を乗り切ろうとする個々人の「善」が集団においてはデフレ・スパイラルという「悪」を導き出すことになるのです。こうしたパラドックスについて、パスカルが次のように述べています。

「美徳を両方の端まで徹底的に追求しようとすると、悪徳があらわれる。それは、小さな無限のほうから、感知できない道を通って、こっそりと忍び込み、大きな無限のほうからは、群《む》れをなしてあらわれる。その結果、人は悪徳の中で迷子《まいご》になる。もはや、美徳の姿など見えない。人は完全な徳さえ非難するようになる」（パスカル　前掲書）

このような善なる意図というものは往々《おうおう》にして悪なる結果を導くことが少なくないのですが、これについてパスカルはもっとわかりやすい言葉でこう述べています。

「人間は天使でもなければ、けだものでもない。そして、不幸なことに、天使をつくろうとしてけだものをつくってしまうのである」（同書）

隠し味としての「悪」が、人生の役に立つ

では、善なる目的から悪なる結果へと至る道を避けるにはいったいどうしたらいいのでしょうか？

これは思いのほかに難しい問題です。というのも、善なる目的から外《はず》れないことを心がけていればいるほど、個々の事例においては現実主義的対応を余儀《よぎ》なくされるからです。つまり敢《あ》えて悪をなすように個々の事例に対処しなければならないケースが必ず出てくるのです。

たとえば、倒産しかかった会社を再建するという「大きな善」のためには、従業員を情け容《よう》赦《しゃ》なく解雇するとか、系列の下請《う》け会社を片端から整理しなければならないとか、個別的「悪」を犯《おか》さなければなりません。こうした場合には、どう考えればいいのでしょうか？

ラ・ロシュフーコーは、これを薬の調合《ちょうごう》に譬《たと》えてこう言っています。

「悪徳は、薬の調合に毒が使われるように、美徳の調合に使われる。思慮《しりょ》がこれを混合して緩和して、人生の苦難によく効《き》くように役立てるのである」（ラ・ロシュフーコー　前掲書）

つまり、善だけのブレンドよりも、隠し味として悪が少し含まれたくらいのブレンドのほうが、人生の困難な局面には役に立つということなのですが、これをより具体的に言い切ったの

がラ・ロシュフーコーの次の言葉です。

「美徳は、虚栄心が道連れになってくれなければ、それほど遠くまで行けないだろう」（同書）

これは非常に含蓄《がんちく》のある言葉ではないでしょうか？　虚栄心というのはわれわれの言葉でいうところのドーダのことで、善悪の判断から言ったらドーダは悪の部類に入りますが、しかし、ドーダなしには美徳は完遂《かんすい》しえないというのもまた絶対的な真理なのです。美徳を成《な》し遂《と》げた人は、例外なく、ドーダ、ドーダ、凄いだろう、わたしを褒《ほ》めてくれというように、ドーダをダイナモにして、自分を前へ駆り立てているからです。

悪徳に溺《おぼ》れずにすむのは、悪徳を幾《いく》つも持っているからである

このように考えると、美徳を美徳で支えるよりも、美徳を悪徳で支えたほうがいいのかもしれないと思いたくなってきますが、どうやら、パスカルもラ・ロシュフーコーもそう考えていたようです。

まずラ・ロシュフーコー。

「われわれが一つの悪徳に溺れずにすむのは、悪徳を幾つも持っているおかげであることが多

い」（同書）

悪徳を一つではなく複数持っていると、悪徳同士が相殺《そうさい》しあって、一つの悪徳が突出せずに済むというのは、まさに冷戦時代の構造と同じで、核兵器という悪が複数の国に分有《ぶんゆう》されていたがために、全面戦争という悪が噴出《ふんしゅつ》せずに済んだのです。

こうした複数の悪のバランス・オブ・パワーについてパスカルはこう述べています。

「わたしたちが美徳の中に身を持していられるのは、自身の力のおかげではなく、二つの相反《あいはん》する悪徳の均衡《きんこう》によるものである。それは反対方向から吹いてくる風のあいだで立っていられるようなものである。どちらかの悪徳を取り除いてみたまえ。たちまち、もう一つの悪徳の中に落ち込んでしまうだろう」（パスカル　前掲書）

ふーむ、なるほど、美徳を支えるのは、結局のところ「相反する悪徳の均衡」であり、この均衡が崩《くず》れるのが一番いけないということになります。これは国際政治に照らすと正しく理解されるはずです。たとえば、中東においては、ブッシュ・ジュニアがイラク戦争を始める前は、片方にイラクのサダム・フセインという悪があり、もう片方にはシリアのアサドという悪があって、この二つの悪が均衡をつくりだしていたのですが、ブッシュ・ジュニアが愚《おろ》かな美徳感情からサダム・フセイン政権を倒したために、力の均衡が崩れてしまい、アサド政権が危機に陥《おちい》ったばかりか、カオスの中からISという究極の悪が生み出されてしまったのです。悪が二つあって均衡していることは決して悪いことではないのです。

悪人になる強さを持たない善良さは、怠惰《たいだ》にすぎない

というわけで、にわかに浮上してくるのが悪徳というものの不思議な価値なのです。悪徳は、場合と状況によっては、それ自体では美徳に転じないものの、美徳を支える重要な柱となりうるのです。

ラ・ロシュフーコーは、こうした「善のための悪」というものに注目した最初の一人でした。

「何人《なんぴと》も悪人になる強さを持たない限り善良さを称《たた》えられるに値《あたい》しない。それ以外のあらゆる善良さは、おおむね、怠惰か意志の無力に過ぎない」（ラ・ロシュフーコー　前掲書）

これは、君主たるもの、平然と自《みずか》ら進んで悪をなすだけの勇気がない限り名君とはなり得ないとしたマキャベリに通じる悪徳礼讃《らいさん》ですが、こうしたラ・ロシュフーコーのリアル・ポリティクスの言葉はフロンドの乱という修羅場《しゅらば》をくぐり抜けてきた人だけに一層重みが感じられます。

「善と同様悪にも英雄がいる」（同書）

「大きな欠点を持つことは大きな人物にしか許されない」（同書）

しかし、ここで誤解してはならないのは、ラ・ロシュフーコーは決して、悪徳礼讃一方のニヒリストではないことです。それは次の言葉からも明らかでしょう。

「われわれは悪徳を持つ人をすべて軽蔑《けいべつ》しはしないが、いかなる美徳も持ち合わせない人はすべて軽蔑する」（同書）

このように、「美徳なしの悪徳ばかり」というのは確かに軽蔑に値しますが、では「悪徳なしの美徳」はどうかといえば、こちらはむしろ極めて危険だといえるでしょう。というのも先に引用したパスカルの言葉にあるように、美徳を追求しすぎると巨大な悪徳が現われてくることが少なくないからです。

美徳と悪徳のバランスを保つには何が必要か？

というわけで、美徳と悪徳はむしろ両者をバランスよく持つということが最善だという結論になってくるのですが、では、その「バランスよく持つ」ということはどのようにして実現されるのでしょうか？
ラ・ロシュフーコーはそれを律するのは私欲であると喝破《かっぱ》します。
「私欲はあらゆる種類の美徳悪徳を適材適所に活用する」（同書）
なるほど、じつに深い考えです。私欲こそおのれの美徳・悪徳のバランスを正しく見抜いてそれを適宜《てきぎ》選択するという離れ業《わざ》を演じる希有《けう》なものなのです。ラ・ロシュフーコーはさらにこうも言い切っています。
「私欲は諸悪の根源として非難されるが、善行のものとして褒められてよい場合もしばしばある」（同書）
美徳と悪徳のレギュレーターとしての私欲。なんとも含蓄のある言葉ではないでしょうか？

「人は自分が他人の邪魔になるはずがないと信じこんでいる時、えてして他人の邪魔をしているものだ」

（『ラ・ロシュフコー箴言集』）

モラリスト文学が教えてくれる、複数の視点を持つ大切さ

ラ・ロシュフコーの『マクシム』やパスカルの『パンセ』などのモラリスト文学が今でもわたしたちに「役に立つ」のは、複数の視点を持つことの大切さを教えてくれることです。すなわち、主観的な視線をそれよりも上方のもう一つの視点から眺《なが》めることで、相対化、客観化が可能な複眼的な思考を得ることができることです。

たとえば、他人の邪魔にならないようにという控《ひか》え目な態度は社会生活を送る上で不可欠なものですが、それが主観性だけに拠《よ》っている場合、往々にして、反対の結果を引き起こしてしまうことが少なくありません。ラ・ロシュフーコーはこう言っています。

「人は自分が他人の邪魔になるはずがないと信じこんでいる時、えてして他人の邪魔をしてい

るものだ」（『ラ・ロシュフコー箴言集』 以下同書）

これは、創業社長や起死回生《きしかいせい》のリストラを成《な》し遂《と》げた中興《ちゅうこう》の祖などが社長を退《しりぞ》いて会長となり、自分の存在など気にせず辣腕《らつわん》をふるうように新社長に命じるようなときにしばしば起こります。というのも、執行権を保有していようがいまいが、会長は会長として会社にとどまっているだけで新社長の邪魔になっていることが多いのですが、たいていはそれに気づかないからです。「クロネコヤマトの宅急便」を考え出した大和《やまと》運輸（現・ヤマトホールディングス）の二代目社長だった小倉昌男《おぐらまさお》さんは、会長に退いたとき、社長を始めとする取締役が新路線に踏み出さないのを不思議に思い、側近に尋《たず》ねたところ、自分の存在が一番の邪魔になっていると指摘されて会長職から完全引退する決意を固めたそうです。しかし、そうしたことに気づく人は非常に稀《まれ》で、たいていは「自分が他人の邪魔になるはずがない」と信じこんだまま、老害《ろうがい》を垂《た》れ流しつづけるのです。

このように、自分をもう一人の自分の覚めた視点で眺めるマクロな視線を欠いた「思い込み」は、たとえどんな類《たぐ》いの「思い込み」であっても、結局のところ、人に大きな迷惑をかけることになります。

「われわれはよく、自分は少しも退屈しないと自慢する。そしてすっかりつけ上がっているから、自分が一座をうんざりさせる人間であることを認めようとしないのである」

これは「自分の熱狂」→「他人のシラケ」という、集団でよくある類いの構図ですが、会社などでしばしば観察されるのは、これとは少し違った二つの「思い込み」です。

「誰の助けも借りずに独りでやっていく力が自分にはある、と信じる人は、ひどい思い違いをしている。しかし、自分なしに世の中はやっていけない、と信じる人は、なおひどい思い違いをしている」

このうち、とくに後者は、サラリーマンならだれもが味わったことのある経験なのではないでしょうか？　自分なしではこの会社はやっていけないと思い込み、休日返上でサービス残業に明け暮れていたのに、病気やケガで数週間入院してみると、思い込みとは反対に、会社は自分なしでもまったく支障なしに動いている。それどころか、会社に復帰してみると、自分の居場所はすでになくなっていた。こんな体験を経ることで、サラリーマンは初めて会社における自分の「存在の耐え難《がた》い軽さ」を感じることになるのです。サラリーマンとはしょせん代替《だいたい》可能な部品にすぎないのであり、会社とは、こうした代替可能性の原理で稼働《かどう》しているシステムなのです。

「友情」とは自己愛の一変種である

ところで、こうした視線を上方向へ運んでいくことで下方のミクロの視点を相対化するマクロな視点の鳥瞰《ちょうかん》的方法のほかに、もう一つ、よりミクロな方向へとベクトルを向けることで真実を抉《えぐ》りだす分析的方法というのがあります。

つまり、大ざっぱなマクロのレンズでは「善」に見えるものも、ミクロの方向の接眼レンズで覗《のぞ》きこんでみると、そこに「悪」の動機がいくらでも発見できるという類いの意地の悪い性悪説なのですが、ラ・ロシュフーコーの基調をなしているのがこちらの見方です。

たとえば、友情。

「人びとが友情と名付けたものは、単なる付き合い、利益の折り合い、親切のやりとりに過ぎない。所詮《しょせん》それは、自己愛が常に何か得をしようと目論《もくろ》んでいる取引でしかないのである」

これなどは比較的おとなしめの「平凡な」マクシムですが、次のマクシムは、友情と自己愛の関係がよりリアルに、精緻《せいち》に分析されています。

「われわれの自己愛《アムール・プロプル》は、われわれが友達から得る満足の度合いに比例して、その友達が自分

とどう付き合うかによって友達の偉《えら》さを判定するのである」

なんたることでしょう、友情とは友達が自己愛を満足させてくれるその度合いによって上がったり下がったりする自己愛のバロメーター、つまり自己愛の一変種ということになってしまいました。それを極端なかたちで示しているのが、友達の非運に接したときの態度への分析です。

「友達の非運も、それが彼らに対するわれわれの友情を示すのに役に立てば、それだけでわれわれの非運のことはさっさと忘れてしまう」

また、一般には友達の欠点を許す寛容《かんよう》さこそ友情のしるしと思われているのに対し、ラ・ロシュフーコーはこうした寛容さも容赦《ようしゃ》しません。

「われわれは友達に対して、われわれ自身に累《るい》を及《およ》ぼさない欠点は容易に許す」

しかし、友達の欠点がわれわれ自身に累を及ぼすようなことになると、いつまでも寛容でいることはできなくなります。

「友情にとって最大の冒険は、自分の欠点を友達に明かすことではない。友達の欠点を彼自身に見させることである」

しかし、多くの場合、それは不可能か、さもなければ友情の破壊となります。そして、最終的にはこうならざるをえないのです。

「大部分の友達は友情に嫌気《いやけ》を起こさせ、大部分の信心家《しんじん》は信心に嫌気を起こさせる」

「気前のよさ」は自己愛の満足のためにある

次は、気前のよさ（マニャニミテ）あるいは大らかさ（ジェネロジテ）という美徳を取り上げてみましょう。

「大《ジェネロジテ》らかさと見えるものも、実は小利《しょうり》に目もくれず大利《たいり》を狙《ねら》う、偽装《ぎそう》した野心に過ぎないことが多い」

「大度《マニャニミテ》とは、読んで字のごとく、それだけで充分な定義になっている。だが、こんなふうに言うこともできるのではないか、大度とは自負心の良識《ボン・サンス》であり、人びとの称賛《しょうさん》を受けるための最も高貴な道である、と」

気前がよく、なにごとにも大らかな人は、だれからも称賛されますし、また好かれます。しかし、よく観察してみると、そうした人はたいてい、心の中で、気前よくしたり、大らかであったりすることによって生じる「損《そん》」と、他人の目にそのように見えることで手にいれる「得」を秤《はかり》にかけてから、つまり得失《とくしつ》を判断してそのように振る舞っているのです。

「気前《マニヤニミテ》のよさと呼ばれるものは、おおむね、与えてやるのだという虚栄心に過ぎず、われわれにはこのほうが与える物よりも大切なのである」

このマクシムに関しては、フランス人の友人（古本屋）と一緒にパリを歩いているときに強く実感したことがあります。その知己《ちき》は、物乞《ものご》いが向こうからやってきて手を出すたびに小銭を与えているのです。私は物乞いにお金をやることは物乞いを助長《じょちょう》するだけだと信じる典型的な自助《じじょ》努力思想の日本人ですから、不思議に思って、何でそんなことをするのか尋ねてみました。すると、その知己はこう答えたのです。

「そりゃ、自分のために決まっているさ。こうすると気持ちがいいからね。自分が偉くなったような気分になれるんだから、一フラン（当時はまだフランでした）なんて安いものだよ」

さすがはラ・ロシュフーコーの国の人だけあると思いました。マニャニミテは自己愛の満足のためであることを自分でしっかりと自覚していたのです。

「節度」とは魂の無気力である

節度という美徳に対してもラ・ロシュフーコーは容赦《ようしゃ》しません。

「人が節度を美徳のひとつにまつりあげたのは、偉人の野心に歯止めをかけ、凡人の不運と無能を慰《なぐさ》めるためである」

「節度《モデラシオン》は野心と闘《たたか》ってこれを抑《おさ》えつけることができるほど大したものではない。そもそもこの二つは決してあいまみえることがない。節度が魂の無気力であり怠惰《たいだ》であるのに対して、野心は魂の活力であり熱気だからである」

褒める非難があり、くさす賛辞がある

もう一つ、ラ・ロシュフーコーがさかんに断罪している美徳に賛辞というものがあります。まず最もシンプルなマクシムから行きましょう。

「人はふつう誉められるためにしか誉めない」

基本はこれですが、分析を進めるといろいろなものが出てくるようです。

「われわれが他人の美点を誉めそやすのは、その人の偉《えら》さに対する敬意よりも、むしろ自分自身の見識に対する得意からである。だから他人に賛辞を呈《てい》しているように見える時でも、実は自分が賛辞を浴《あ》びたいと思っているのである」

これは書評を生業《なりわい》としている私のような人間にはよくわかります。書評で、ある本を誉めるということの中には、その本の価値を見いだした自分をドーダしたいという気持ちがないわけではないどころか、おおいにあるからです。ですから、著者は自分の本が褒められたからといって、決して有頂天《うちょうてん》になってはいけないのです。

ラ・ロシュフーコーは、この賞賛のメカニズムをより正確に分析しています。

「人は誉めることが好きではないし、欲得抜きでは決して誰のことも誉めない。賛辞は巧《たく》みな、隠された、微妙な追従であり、これを与える者と受ける者とをそれぞれ違う風に満足させる。一方は自分の価値に対する褒美《ほうび》として賛辞を受け取るし、他方は自分の公正さと眼識《がんしき》に人びとを瞠目《どうもく》させるために賛辞を呈するのである」

このように賛辞や賞賛というのは基本的にドーダの屈折した表現であり、無私の賛辞、賞賛というものは原則としてありえないというのがラ・ロシュフーコーの立場です。それどころか、人は賞賛すると見せてくさすということも平気でするとして、こう断言しています。

「誉める非難があり、くさす賛辞がある」

「われわれはしばしば毒《どく》のある賛辞をわざと選んで、誉める相手の欠点のうち、ほかのやり方では敢《あ》えて暴露できないものが、煽《あお》りを食って明るみに出るようにする」

これは何も書評や批評などの表現行為だけではありません。結婚式の披露宴や「○○君を励《はげ》ます会」などの「友人代表スピーチ」などでもときおりこの「褒めると見せかけてくさす」の芸当《げいとう》に遭遇《そうぐう》することがあります。いわゆる褒め殺しというやつで、これを傍《はた》で聞いていると本当に胸糞《むなくそ》がわるくなりますが、しかし、褒められた当人は案外、率直に喜んでいたりするのです。

では、褒める非難とくさす賛辞のどちらが好まれるかといえば、断然、後者なのです。

「自分をあざむく賛辞よりも自分のためになる非難を喜ぶほど賢明な人は、めったにいない」

つまり、たとえくさす賛辞であろうとも、外見的にそれが賛辞のように見える限り、人はこれを喜んで受け入れるものであり、反対に、実際には称賛しているものであっても、それが非難という外観を取っていれば、おおいに怒るものなのです。

まことに、人の自己愛は無限であり、これにつける薬というものは、人類がどれほど進歩しようとも発明されることは決してないのです。

「凡人は、概《がい》して、自分の能力を超えることをすべて断罪《だんざい》する」

(『ラ・ロシュフコー箴言集』)

これまで、「自己愛」「情念」「謙虚《けんきょ》と傲慢《ごうまん》」「運命」「気質」「善と悪」「友情」「節度《せつど》」「気前のよさ」など、ラ・ロシュフーコーの『マクシム』とパスカルの『パンセ』からテーマ別にマクシムを複数選び出し、それにコメントを加えるというかたちでナレーションを進めてきましたが、今回は、非常におもしろいにもかかわらず単独に登場するため、取り上げようがなかったマクシムを落《お》ち穂《ぼ》拾い的に並べてみたいと思います。

なぜ、歴史修正主義者が現われるのか

「喧嘩《けんか》は、片方にしか非がなければ、長くは続かないだろう」(『ラ・ロシュフコー箴言集』)

これは「喧嘩」という言葉を「戦争」と置き換えればより正しく理解できるのではないでしょうか?

すなわち、外からはどう見ても侵略戦争にしか見えないような「片方にしか非がない」戦争

も、当事国それぞれの視点から眺めると、立派な祖国防衛戦争に見えるものなのです。満州事変然《しか》り、日中戦争然り、太平洋戦争然り、朝鮮戦争然り、ベトナム戦争然り、イラク戦争然り。どの戦争も開戦を決断した指導者は、「先にやらなければ自分の国がやられる」と思って決断を下したのであって、侵略する意図《いと》などまったくなかったと主張したかったにちがいありません。そして、指導者にそうした考えが強くあったために、戦争は必然的に長期化してしまったのです。つまり、「悪いのはおれたちじゃない、あいつらだ。だから、簡単に戦争に負けるわけにはいかない。負けたら、おれたちが未来永劫に悪者にされてしまう」ということなのです。

そして、たとえ戦争が敗北に終わったとしても、しばらくすると、自国のみが悪者にされたことを不快に感じるレヴィジョニスト（歴史修正主義者）たちが現われて個々の事項を再検証し、かならずしも非は自国にのみあるわけではないと「実証的」に証明し、「戦後レジームからの脱却」を言い出すのですが、次にはそれを丸ごと信じる狂信的な若い政治家が出現し、侵略戦争ではなかったのだから、謝《あやま》る必要はない、よって断固として再軍備を進めるべし、と世界に向かって発信するに至るのです。

イラクのサダム・フセインが一方的にクウェートを併合した湾岸戦争でさえ、サダムなりの理屈はあったわけで、おそらく何十年後かにイラクが混乱から脱してナショナリズムが高まると、湾岸戦争はイラクの祖国防衛戦争だったと主張するレヴィジョニストがかならず現われてくることでしょう。また、イラク戦争の場合でも、しばらくすれば、「ブッシュは悪くなかった、あれはサダムが挑発《ちょうはつ》したからだ」とするアメリカのレヴィジョニストも出てくるにちがいありません。ヒトラーの起こした第二次大戦でさえ、もしホロコーストがなければ、レヴィジョニストはもっと増えていたはずなのです。

というわけで、戦争というのは、「あれも正義、これも正義」という正義のぶつかり合いですから、いったん終わったかに見えた戦争がまた始まってしまったりするのです。

人間は不平等にできているが

「人々のあいだに不平等があるのは必然的なことである。それは真実だ。しかし、そのことがいったん承認されてしまうと、最高の支配ばかりか最高の圧制に向かっても扉《とびら》が開かれてしまうのだ」（『パンセ抄』）

これはなかなか含蓄《がんちく》のあるマクシムです。

まず、「人々のあいだに不平等があるのは必然的なことである」というのはどのレベルで言われたことか判然としませんが、遺伝的レベルであると捉えると、たしかにその通りというほかありません。人間はもともと不平等にできているのです。そして、それは、社会が進歩して、義務・無償教育が一般化し、不平等を固定化しないような配慮がなされたあとでもいささかも変わることはありません。スタート時点でいくら平等に気が配られていようとも、参加者が不平等に賦与《ふよ》された遺伝的資質を有しているかぎり、結果もまた必然的に不平等になります。というよりも、そもそも教育というものも、スタート時点での平等がゴール時点での不平等に変わらなければ、まったく意味のないもののはずです。言い換えれば教育は不平等拡大装置なのですから、社会から不平等が消えてなくなる可能性は未来永劫にないのです。

しかしながら、この「不都合な真実」を認識することと、その認識から不平等をもとにした社会設計がなされてしまうことの間には千里の径庭《けいてい》があります。パスカルが言っている「そのことがいったん承認されてしまうと」というのは、こうした不平等黙認の社会設計のことです。

フランスは「不平等是正の社会設計」の国
日本は「不平等黙認の社会設計」の国

ところで、フランスという国は、ガリアの土地にガリア人（ケルト人）という先住民族が住みついた紀元前八世紀ころから、「不平等是正の社会設計」をしてきた国であるといえます。これに関してはミシュレが『フランス史』の冒頭で次のように述べていることが参考になるでしょう。

「この物質主義的特質［性的快楽の追求と子供をつくることの喜び］のため、ケルト人たちは一つの理念に基づく法律を容易に受け入れなかった。一般的に、長子相続法は、父なる神の永続性と神聖なる家の不可分性から来たもので、ゲルマン人にあっては、長男がすべてを相続して弟たちを養《やしな》い、弟たちは兄の家のなかで食卓の一隅を保持するだけで満足した。それに対しケルト人にあっては、彼らの剣が皆同じ長さであるように、相続財産は兄弟の間で均等に分けられた。一人がすべてを相続する考え方を彼らに納得させることは容易ではなかった。（中略）こうした平等と均等への性向は、各個人を法的に孤立化させる。法の公平性によって解放された個人を、自発的意志に基《もと》づく生き生きとした共感の絆《きずな》によって結び合わせ、これら両方の傾向性に平衡《へいこう》を保たせることが必要であった。これは、フランスでは、のちのちまで見られることで、そこにフランスの偉大さがある」（ジュール・ミシュレ『フランス史［中世］I』桐村泰次訳　論創社）

　つまり、結論からいうと、ことフランスに関するかぎり、パスカルの心配は杞憂《きゆう》に終わり、不平等の認識が「最高の圧制へと扉を開く」ことは結局なかったわけですが、しかし、反対に「不平等是正の社会設計」が「最高の圧制へと扉を開き」かけたことは何度かありました。その最大のものはフランス革命でジャコバン派が独裁権力を握って恐怖政治を断行したときですが、しかし、それさえも国民公会で多数派がその権力を否定したために短期間で終わることになったのです。

　これに対し、長子相続法が支配的だったゲルマン民族のドイツは「不平等黙認の社会設計」であったため、近代に入るとついにヒトラー独裁という究極の「圧制」へと扉を開いてしまうことになるのです。

　さて、日本はどうでしょう、長子相続法の残存を含めて、ドイツと同じように権威主義的メンタリティの強い国ですから、なにか事があると、容易に圧制への扉が開かれる可能性があります。その点は、しっかりと意識に入れておかなければなりません。私たち日本人は「不平等黙認の社会設計」の国に生まれるという宿命を背負っているのです。

贈与経済がなくならない理由

「あまりにも急いで恩返しをしたがるのは、一種の恩知らずである」（ラ・ロシュフーコー　前掲書）

これは、お中元《ちゅうげん》やお歳暮《せいぼ》を贈るたびに感じることです。こちらから先に贈ることが決まっている相手の場合はいいのですが、相手のほうから先に贈られてくるときには、いつもあまりに返礼が早すぎるのはむしろ無礼に当たるのではないかと悩むことになります。なぜでしょう？

マルセル・モースがいうように、贈与という行為は、相手にいきなり心理的負担をかけることで交換（返礼、恩返し）を促《うなが》すという商取引の一形態なのですが、心理的負担という数量化しにくいものが対象となっているため、負担をかけられた側はとても厄介《やっかい》な立場に追い込まれてしまうのです。つまり、一刻も早く清算を行ないたいという願望が生じるのですが、負担の清算をあまりに早くやってしまうと、贈与をあからさまに拒否していると取られ兼ねないので、返礼、恩返しのタイミングに苦慮することになるのです。

しかし、じつをいうと、返礼や恩返しが「できる」場合はまだましなのです。怖いのは、返礼や恩返しがあらかじめ禁じられている場合です。どんな場合がそれに当たるかといえば、ヤクザやマフィアに面倒事の処理を頼んだケースです。こうしたとき、ヤクザやマフィアは決して返礼や恩返しを受け取りません。無理にしようとすると「こっちは善意でやってやったんだから、お礼なんかいらない」と逆に怒ります。しかし、では完全に無償の行為なのかといえば、まったくその逆です。ヤクザやマフィアは、最高のリターンが期待できるタイミングを狙《ねら》って返礼や恩返しを迫《せま》ってくるからです。しかも不法行為に該当するような返礼や恩返しを要求してくるのが常なのです。これを知らずにヤクザやマフィアに揉《も》め事の処理を頼んでしまって身の破滅を招いた芸能人は枚挙《まいきょ》に暇《いとま》がありません。ことほどさように、贈与経済というのは案外厄介なものであり、その厄介な面を無くしてしまおうという合意のもとに生まれたのが貨幣《かへい》経済なのですが、人間関係にはどうしても貨幣に換算できないものが残るので、贈与経済は決してなくなることなく、現在も続いているのです。

というわけで、今年もお歳暮の季節には、またおおいに悩むことになるでしょう。

「切れ者らしく見せよう」とするほど切れ者に見えない

「断じて媚《こび》は売らないと標榜《ひょうぼう》するのも一種の媚である」（同書）

「自然に見えたいという欲求ほど自然になるのを妨《さまた》げるものはない」（同書）

「切れ者らしく見せようという色気が邪魔して切れ者になれないことがよくある」（同書）

この三つのマクシムはいかにもラ・ロシュフーコーらしいレトリックが使われており、いずれも同じことを同じレトリックで述べているにすぎません。つまり、「媚を売らない」とか「自然である」とか「切れ者である」といったプラスの価値のあることを外見だけで真似《まね》ようとすると、かえって作為《さくい》的な振る舞いが生じて、「媚を売る」、「自然でない」、「切れ者に見えない」というマイナス価値に転じてしまうのです。ようするに、自分にない美徳は無理してあるように見せないほうがいいという結論なのですが、しかし、まことにパラドクサルなことに、「自分にない美徳は無理してあるように見せないほうがいい」ということを意識に入れたとたん、「作為」が生じて、妙にぎこちなくなり、ひどく自然さを欠いた態度になってしまうこともあるのです。

世界の九九パーセントの凡人の考えで決定されるのが民主主義

「凡人は、概して、自分の能力を超えることをすべて断罪する」（同書）

「人は精神が豊かになるにつれて、自分の周りに独創的な人間がより多くいることに気づく。しかし、凡庸《ぼんよう》な人というのは人々のあいだに差異があることに気づかない」（パスカル　前掲書）

格差社会が問題となり、世界の一パーセントの金持ちが残りの九九パーセントの貧乏人を支配しているといわれていますが、才能の格差というのもほぼ同じ比率で、非凡人は一パーセント、残り九九パーセントは凡人です。しかし、才能の格差が所得格差と違うのは、一パーセントの非凡人が九九パーセントの凡人を支配しているとは言えないことでしょう。むしろ、九九パーセントの凡人が一パーセントの非凡人を支配していると言ってもかならずしも間違いではありません。なぜなら、民主主義というのはこの九九パーセントの凡人の考えによって決定されることが多いからです。

理想的には、シドニー・ルメット監督の名作『十二人の怒《いか》れる男』が示すように、一パーセントの非凡人がその全身全霊を込めた説得術で九九パーセントの凡人の凡庸なる考えを覆し、真実に目覚めさせるというのが民主主義ですが、しかし、実際には、最近のブレグジット（イギリスのEU離脱）を煽《あお》ったジョンソン元ロンドン市長やアメリカ大統領候補になった〔後記。大統領になった、と言い換えなければならなくなりました〕トランプ氏を見ればわかるように、九九パーセントの凡人の考えを代表すると称する候補に人気が集まるのが先進国でさえ常態となりつつあります。

その結果、どうなるかといえば、「自分の能力を超えることをすべて断罪する」凡人が、非常に単純でわかりやすい、したがって、ひどく乱暴で目先のことしか考えない政策を掲げて選挙に勝利するという現実が世界で一般化しつつあるのです。

どうやらトランプ氏は大統領選挙には敗退しそうですが〔後記。なんと勝利してしまいました〕、ブレグジットのほうはハードランディングで実行に移される模様ですし、フィリピンのドゥテルテ大統領は支持率八〇パーセントで元気一杯です。

メディオクラシー（凡人支配）はいまや二十一世紀の世界を覆《おお》いつつあるのです。

「われわれは、どちらかといえば、幸福になるためよりも幸福だと人に思わせるために、四苦八苦《しくはっく》している」

（『ラ・ロシュフコー箴言集』）

削除された箴言

現在流布《るふ》しているラ・ロシュフーコーの『マクシム』には、普通、正編とも言うべき五〇四の箴言のほか、第二版以降は収録されなかった「削除された箴言」七四編、および「没後刊の箴言」六一編が含まれます。その大半は、ラ・ロシュフーコーがより正確で引き締まったマクシムに取り替えたために削除されたものですが、中には削除の理由がわからないほど見事に磨き上げられたマクシムもあります。

そのうち、私が現代日本の社会状況にとって最もふさわしいと思うのは、「削除された箴言」に含まれる次のような長めのマクシムです。

「すべての情念の中で、われわれ自身に最も知られていないのが怠惰《たいだ》である。その激しさは感

じ取れず、それがもたらす害はごくわかりにくいにもかかわらず、怠惰はどんな情念よりも熾《し》烈《れつ》で有害な情念である。怠惰の威力をよく考えて見れば、それがあらゆる場合にわれわれの判断、関心、快楽を支配してしまうことがわかるだろう。怠惰は最も大きな船をも停《と》める力を持つ小判鮫《こばんざめ》（レモラ）である。最も重大な問題にとって、暗礁《あんしょう》よりも、どんな大時化《おおしけ》よりも危険な凪《なぎ》である。怠惰の安息《あんそく》は魂《たましい》の秘密の魔力であって、最も熱烈な追求も、最も断固たる決意も、突如《とつじょ》として中止させてしまう。要するにこの情念はほんとうは何かと言えば、怠惰とは魂の法悦《ほうえつ》状態のようなもので、魂のあらゆる損失を慰《なぐさ》め、魂にとってあらゆる善《よ》きものの代わりになるものだ、と言わねばならない」（『ラ・ロシュフコー箴言集』以下同書）

ふーむ、と深く頷《うなず》かなければならない凄《すご》いマクシムではないでしょうか？

では、これのどこが凄いのでしょうか？

それは、「怠惰」の代わりに「面倒臭い」あるいは「面倒臭いことは嫌いだ」という言葉を入れてみればよくわかるはずです。

すなわち、「面倒臭い」の力は絶大であり、「あらゆる場合にわれわれの判断、関心、快楽を支配してしまう」のです。

たとえば、日本がいま直面している人口減少問題。これこそ、「面倒臭い」が日本人のあらゆる行為の第一原因になったがために起こった現象ではないでしょうか？

異性と付き合うのは面倒臭い、メールのやり取りは面倒臭い、デートは面倒臭い、セックスは面倒臭い、いわんや結婚も子育ても面倒臭い。そう、面倒臭いシンドロームがいまや国中を覆いつくし、日本の国家を衰亡《すいぼう》の淵《ふち》に立たせているのです。

では、なにゆえにこうした「面倒臭いシンドローム」が日本全体の支配原理となり、自壊作《じかい》用を加速させているのでしょうか？

それは、まことに面妖《めんよう》なことですが、日本が人口減少社会に向かっているからです。つまり、人口減少による弊害を防ぐためにロボットを始めとする省力機械があらゆる分野で導入された結果、省力化のためのあらゆる努力が肯定され、反対に人が面倒臭いと感じるあらゆることが断罪されるに至るのです。

言い換えると、現代の日本人が面倒臭いを第一原理と見なし、すべてをこの第一原理に照らして判断するようになったのは、バブル崩壊以後、面倒臭いことを省《はぶ》くことこそ不況を切り抜けて勝ち組になるための条件という国民的合意がなされ、国是《こくぜ》とさえなっているからです。こうして、わたしたちは原因が結果、結果が原因となるという悪無限のスパイラル階段をどんどん下降していっているのです。

そう、「怠惰（面倒臭い）」は「最も大きな船をも停める力を持つ小判鮫（レモラ）」であり、最も重大な問題にとって、暗礁よりも、どんな大時化よりも危険な凪なのですが、誰ひとりそれに気づかず、いまや、「魂にとってあらゆる善きものの代わり」になろうとしているのです。

無能な者が人生の勝利者となる方法

「最も無能な人にとって最大の能力は、他人のよい指導に従うことができる能力である」

これはポリティカル・コレクトネスの立場からおおっぴらには主張できないマクシムですが、まったくの真実です。

世の教育というものは、すべての生徒たちに自分自身の主人になるよう、つまり、誰にも頼らない独立した一人の個人になるよう勧《すす》めていますが、しかし、もしそんなことが実際に可能になったとしたら大変なことになるはずです。

世界の九九パーセントを占《し》める無能な人たちが自らの無能さを自覚せず、リーダーになりたがり、表現者になりたがる一億総リーダー、一億総表現者という世界は地獄でしかありません。

しかし、幸いなことに、学校というものは、自らの無能を自覚しない人たちに、教育という過程を通して、無能であることを自覚させるという「夢覚まし」機能を持っています。東京芸術大学の卒業生が、最終的に芸術家として大成する確率を見れば、誰だってこの冷厳《れいげん》なる事実に首肯《しゅこう》するほかないでしょう。教育は、有能な人たちから有能さを引き出すいっぽう、無能な人たちにおのれの無能さを直視するよう命じる効果を持つのです。

では、途中で自分の無能さを自覚した人はどうすればいいのでしょう？　その答えがラ・ロシュフーコーのこのマクシムです。

同じ無能な人でも、自分の無能さを正しく判断して、「他人のよい指導に従うことができる能力」を発揮することができたら、その人は無能さを自覚しない人よりもはるかに優位な地歩《ちほ》を築いたことになります。私はこれを「小判鮫能力」と命名していますが、小判鮫能力であってもそれが能力であることに変わりはなく、最終的には、小判鮫能力に秀《ひい》でた人が人生の勝利者となることが少なくないのです。

というわけで、校長先生が卒業式で述《の》べるべき「ポリティカルにコレクトでない」現実主義的訓示は、「汝《なんじ》、鶏口《けいこう》となるも牛後《ぎゅうご》となるなかれ」ではなく、「汝、いたずらに鶏口とならんと欲《ほっ》するよりも、むしろ、正しく牛後となるべし」ということになるのではないでしょうか？

アダム・スミスの「神の見えざる手」を先取りしたマクシム

「勝利をその因《よ》ってきたるところによって定義しようとする人は、地上にその起源が見いだせないために、詩人たちのように、勝利は女神《めがみ》だと言いたくなるかもしれない。実際には、勝利は、勝利を目的とせず、行動する各自の個人的利欲だけを目指す無数の行為によって生み出されるのである。つまり、軍隊を構成するすべての者が、自分の名誉と自分の栄達に向かって進むことによって、かくも大きな全体の幸福を獲得するのである」

ラ・ロシュフーコーの『マクシム』はときに、どんな心理学や精神分析学の書物よりも深い真実を語ることがありますが、経済学に関しても同じことがいえます。その良い例が右のマクシムです。

というのも、これはアダム・スミスがほぼ一世紀後に『国富論《こくふろん》』で展開する自由放任主義経済理論とまったく同じだからです。つまり、経済というのは、為政者《いせい》が市場に介入《かいにゅう》せず、市場参加者の徹底した自己利益追求に任せたほうが、神の見えざる手が働いて全体として活性化するというのですから、まさにここでラ・ロシュフーコーが戦争について述べていることと同一なのです。深く考える人はジャンルが違えどもときとして同じ結論に達するようです。

賢者を幸せにするにはほとんど何もいらないが、愚者を満足させることは難しい

「没後刊の箴言」の中で意外に多いのが幸福と不幸に関するマクシムです。

「この世で最も仕合《しあ》わせな人は、僅《わず》かな物で満足できる人だから、その意味では、幸福にするために無限の富の集積が必要な王侯や野心家は、最もみじめな人たちである」

「賢者を幸福にするにはほとんど何も要《い》らないが、愚者《ぐしゃ》を満足させることは何を以《もつ》てしてもできない。ほとんどすべての人間がみじめなのはそのためである」

「われわれに起きる幸不幸は、それ自体の大きさによってではなく、われわれの感受性に従って大きくも小さくも感じられる」

いずれも、幸不幸は、それ自体の大きさが問題なのではなく、幸不幸を感じる人の感受性の大小に関係しているのだという相対主義の表明ですが、こうしたラ・ロシュフーコーの幸不幸の相対主義的な考え方は、現代風にいえば共時性のみで通時性を考慮していないことを問題にしなければなりません。つまり、ラ・ロシュフーコーは、王侯貴族・野心家と貧乏人・無欲な人との比較、あるいは賢者と愚者との対比というように、比較の対象を同時代の「横軸」にとどめているのですが、現代において大きな問題となっているのは、むしろ「縦軸」の比較、つまり通時的な比較なのではないでしょうか?

たとえば、次のようにアレンジすれば、ラ・ロシュフーコーのマクシムはとたんにアップ・トゥー・デイトなものになるはずです。

「この世で最も仕合わせな人は、僅かな物で満足できた《過去の人》であったから、その意味では、幸福にするために無限の富の集積が必要な《現代の人》は、最もみじめな人たちである」

「《過去の人》を幸福にするにはほとんど何も要らなかったが、《現代の人》を満足させることは何を以てしてもできない。ほとんどすべての人間がみじめなのはそのためである」

しかも、「過去」と「現代」は刻一刻と移り変わっていきますから、どんなものを以てしても満足させられない「現代の人」は永遠に生産され続けているわけで、その分、「最もみじめな人」も永遠になくならないどころか、世界人口の増加に伴ってその数を増しているのです。
というわけで、すべての人を幸福にするなどということは永遠に不可能であると結論せざるをえないのです。

もう一つ、幸不幸の尺度に関するマクシムを挙げておきましょう。

「われわれは、どちらかといえば、幸福になるためよりも幸福だと人に思わせるために、四苦八苦している」

これはビジネス雑誌でしばしば特集される「年収一〇〇〇万円以上でも貧乏な人」というテーマにふさわしいマクシムです。というのもそうした特集は、「収入も多いが支出も多い貧乏人」を揶揄《やゆ》することを目的としているのですが、なぜ、そうした人の支出が多くなるのかといえば、それは右のマクシムが説《と》いている通りなのです。そう、諸悪の根源は、「幸福だと人に思わせ」たいという自己愛＝ドーダから来ているのであり、ほとんどの人が、このドーダのために四苦八苦して、やり繰《く》りを強《し》いられているのです。
ただし、このマクシムも「人に思わせたい」という部分を「自分に思わせたい」と変えたほうがより正確になるでしょう。なぜなら、ドーダというのは自らの中に取り込まれた他者、つまりもう一人の自分に対して発動されるものであり、わたしたちはこのもう一人の自分を満足させるため、つまり自己愛の充足のために塗炭《とたん》の苦しみをなめているのです。

かくして、最終的には、すべての問題は自己愛、すなわちドーダの問題に帰するということになるわけですが、これについては次項に詳しく論じたいと思います。

「自己愛はわれわれの目に似ている。われわれの目は何でも見えるが、目そのものを見ることはできないからである」

（『ラ・ロシュフコー箴言集』）

消されたマニフェスト

『マクシム』でラ・ロシュフーコーが語りたかったことを一言で要約すると、人間は自己愛（ドーダ）に生きる動物であり、どんなに自己愛と無縁に思えるような言動にもかかならず自己愛が潜《ひそ》んでいるということです。言い換えると『マクシム』はドーダから始まってドーダに終わる究極のドーダ論であると言い切ってもさしつかえはないのです。

ところが、現在流布《るふ》しているバージョンでは、『マクシム』の初版で冒頭に掲《かか》げられていたマニフェスト的な一文、すなわち自己愛についての長文が削除されてしまっています。なぜ、ラ・ロシュフーコーがこれを削除したかは明らかではありませんが、おそらく、マクシムというものは短いほうが効果的と判断したからなのでしょう。

しかし、削除されたマニフェストを検討してみると、このまま人目に触れずに埋《う》もれさせてしまうにはあまりに惜《お》しい含蓄《がんちく》ある考察が多く含まれていますので、以下簡単に概略を示して、本書の締《し》めくくりとしたいと思います。

自己愛の定義

まず、ラ・ロシュフーコーは自己愛の定義から始めています。

「自己愛（アムール・プロプル）とは、己《おの》れ自身を愛し、あらゆるものを己れのために愛する愛である」（『ラ・ロシュフコー箴言集』以下同書）

このうち前半の「己れ自身を愛し」は当たり前の定義ですが、ラ・ロシュフーコーらしさがよく出ているのは後半の「あらゆるものを己れのために愛する」という定義です。つまり、どんなことをするのでも、またどんなことを言うのでも、それを行なったり言ったりするという行為が発動されるということは、とりもなおさず、自分自身を愛しているがゆえなのだ、という「唯自己愛論」に基づく定義なのです。まことに、恐るべき定義であり、なにゆえにこれをラ・ロシュフーコーが削除してしまったのか見当がつきません。あまりに完璧すぎたため、この言葉を掲げてしまってはもういうことがなくなってしまうと恐れたのかもしれません。

その証拠に、これを敷延《ふえん》した続きの文章はいささか説明的すぎて、面白みに欠けるとさえ感じるほどです。

「自己愛の欲望ほど抗《あらが》いがたいものはなく、自己愛の意図《いと》ほど秘められたものはなく、自己愛の行動ほど巧妙なものはない。その柔軟さは筆舌《ひつぜつ》に尽《つ》くし難《がた》く、その変貌《へんぼう》ぶりは変身の玄妙《げんみょう》を凌《しの》ぎ、その精緻《せいち》は化学を凌ぐ。人は自己愛の深淵《しんえん》の深さを測ることも、その深い闇を見通すこともできない。そこでは自己愛はどんなに鋭い目からも安全に守られている。自己愛はそこで誰にも感知できない千百の変転曲折《へんてんきょくせつ》を展開する。そこでは自己愛はしばしば自分自身にも見えなくなり、知らぬ間にあまたの愛情や憎悪を孕《はら》み、養《やしな》い、育てる」

とはいえ、後半は十分検討に値します。たとえば、このテクストを敢えてイメージ化してみるとどうでしょう? さながら映画『エイリアン』のモンスターのようなものとして自己愛(ドーダ)を形象化できるのではないでしょうか? 主人公たちをどこまでも追いかけてきて、あらゆるところに潜《ひそ》んで、変幻自在に変身するので、なかなかこれを探り当てるのは難しいのですが、しかし、人間の営為《いとなみ》である以上、どんなささいな言動にもこの自己愛というモンスターが隠れており、しかも、これを退治することは絶対に不可能なようにできているということです。

それはさておき、自己愛(ドーダ)学の立場から見て、非常に重要だと思われるのは、最後の点、つまり自己愛はあまりにおのれを隠したがるので、自己愛の所有者たる自分自身にもそれが意識できなくなってしまうということです。この意味で自己愛はフロイトの言う無意識ないしはイドに近づくことになるのです。

となると、自己愛は『エイリアン』よりも『禁断の惑星』のイドの怪物に近く、私たちが存在している限り、自己愛は影のように永遠に私たちに付きまとい、私たちがまったく意識していなくても、自己愛はかならず私たちを操《あやつ》り、「知らぬ間にあまたの愛情や憎悪を孕み、養い、育てる」ことになるのです。

譬《たと》えるなら「われわれの目は何でも見えるが、目そのものを見ることはできない」ようなもの

ところで、当人にも意識することが不可能なものになってしまった自己愛についてラ・ロシュフーコーは次のような譬えを用いています。

「己れについての過誤《かご》、無知、粗野、愚昧《ぐまい》がそこから出てくる。だからこそ自己愛は、己れの感情が眠っているのに過ぎないのに、その感情は死んだと思い、立ちどまるや否《いな》や自分はもう走りたくないのだと思い、自分で満足させた嗜好《しこう》を、自分はすっかり失ったのだと思うのである。しかしこの深い闇は、自己愛を己れ自身から包み隠しながらも、それが己れの外にあるものを完全によく見ることを妨げない。この点自己愛はわれわれの目に似ている。われわれの目

は何でも見えるが、目そのものを見ることはできないからである」

これはじつに巧《たく》みな比喩《ひゆ》といえるでしょう。自己愛の強い人ほど他人の中に自己愛を嗅《か》ぎ取るのが巧みであるが、しかし、自分の中に潜む自己愛には気づかないというのはこの目の比喩から説明することができます。

自己愛は自分自身を永遠に追いかける

また、ラ・ロシュフーコーが自己愛の最大の特性として挙げているのは、その自己言及性です。

「こうしたことからわれわれは、どうやら結論として、自己愛の欲望に火をつけるのは対象の美や真価よりも自己愛自身である、自己愛の嗜好《しこう》こそが対象を上等に思わせる値段であり、対象を美化する化粧である、つまり自己愛は自分自身を追いかけているのであって、自分に好ましいものを追求している時も、自分の好みを追求しているのだということができよう」

自己愛の自己言及性など当たり前じゃないかと思うかもしれませんが、この自己言及性というのは、自己が自己を深く愛するがゆえにどこまでも永遠に自己を追いかけ続けてしまう、

「ミ・ザ・ナビーム（入れ子）構造」になっているところがミソです。そのために、自己が自身の自己愛を分析しようとしても、結局、捕縛《ほばく》できずに終わるわけで、自己愛は、ある意味、自己を超越しているのです。

自己愛は、平然と正反対のものにも化けてしまう

ラ・ロシュフーコーが自己愛のもう一つの特徴として挙げるのは、自己分裂性です。すなわち、自己愛は平然とまったく正反対のものに、しかも同時的に化けてみせることさえするのです。

「自己愛はあらゆる正反対のものである。尊大にして恭順、誠実にして陰険、慈悲深くして残忍、小心にして剛胆《ごうたん》なのだ。自己愛は体質の相違に従ってさまざまな傾向を持ち、それらの傾向が自己愛を時には名誉、時には富、時には快楽へと駆り立て、奉仕させる。自己愛はわれわれの年齢、地位、経験の変化に従って傾向を変える。しかし、幾《いく》つもの傾向があるか、一つしかないかは、自己愛にとって問題とならない。なぜなら自己愛は必要とあらばいつでも、また好むままに、自分を幾つもの傾向に分散したり、一つに集中したりするからである」

私は自己愛（ドーダ）のこの分裂性に注目して、「陽ドーダ」に「陰ドーダ」、「外ドーダ」

に「内ドーダ」、「純ドーダ」に「雑ドーダ」、「硬ドーダ」に「軟ドーダ」、さらには「幸福ドーダ」に「不幸ドーダ」など、反意語の数だけ対ドーダがあると指摘しましたが、たしかにこうやってドーダの分裂性に目をつければ、ドーダでないものはなくなってしまうのです。まさにラ・ロシュフーコーの言うように「自己愛の国」の国土は広大にして無辺《むへん》なのです。

自己愛はおのれを破壊もする

しかしながら、私がラ・ロシュフーコーの自己愛分析で最も感心したのは、自己愛の自己矛《む》盾《じゅん》性、さらにいえば自己破壊性です。

「自己愛は変わり者で、しばしば最も下《くだ》らないことに全力を注ぐ。最も味気《あじけ》ないことに喜びのすべてを見出《みいだ》し、最もいやしむべきことの中で己れの誇《ほこ》りのすべてを保ち続ける。(中略)敵対する人びとの側について、彼らと志《こころざし》を共にすることまでする。そして感嘆すべきことには、彼らとともに己れ自身を憎み、己れの失墜《しっつい》を計《はか》り、己れの破滅に尽力《じんりょく》さえするのである」

ふーむ、これはわかりすぎるほどよくわかります。たとえば、他人から見ればまったくゴミとしか思えないようなモノの収集。あるいはほとんどの人にとって、そんなことどうでもいいじゃないかと思えるような細部へのこだわり、さもなければ、この凄《すご》さがわかるのはこの世に私しかいないと思い込む過度の熱中、いずれも、証人となってくれるのは自分自身しかいないのに、自己愛は「最もいやしむべきことの中で己れの誇りのすべてを保ち続ける」のです。

また、「己れ自身を憎み、己れの失墜を計り、己れの破滅に尽力さえする」自己愛というものも、バルザックの読者であれば容易に理解できるでしょう。『ペール・ゴリオ』のペール・ゴリオも、『従妹《いとこ》ベット』のユロ男爵も、『絶対の探求』のバルタザールも、よくよく考えてみればみんな自己愛から発する破滅的な行動に出たのです。そう、自己愛は自己を破壊もするのです。

この自己破壊衝動としての自己愛に関しては、私にも身につまされる経験があります。『従兄《いとこ》ポンス』のポンスのように収集癖がこうじてついには自己破産の寸前までいったことです。なぜこんなことになったかといえば、自分は誰にもわからない物凄い収集をしているのだと自己愛が自己を納得させ、奈落《ならく》に引きずりこもうとしたのですが、それはいまになって気づくことでしかなく、そのときには自己愛が原因だとは思ってもみなかったのです。まことにもって、自己愛というのはすさまじいものなのですね。

こうした自己破壊衝動としての自己愛のことをフロイトは死の願望すなわちタナトスと名付けましたが、ではなにゆえにタナトスが生まれるのかといえば、それは次のようなメカニズムに因《よ》ります。

「自己愛が時として、この上なく厳しい禁欲と結びついて、己れを滅ぼすことに敢然《かんぜん》と協力し

ても、驚くに当たらない。なぜなら自己愛は、一方で身を滅ぼすと同時に別のところで立ち直るからである。自己愛が己れの快楽を捨てたとわれわれが思う時でも、自己愛は単に快楽を中休みしているか、取りかえたに過ぎない。自己愛が敗北し、われわれが自己愛から解放されたと思う時でさえ、われわれは己れの敗北そのものに勝ち誇《ほこ》る自己愛を再び見出すのである」

ふーむ、ふーむです。やはり、自己愛は最強なのです。自己愛は死んでも死なない。死の灰の中からフェニックスのように、あるいはゾンビのように蘇《よみがえ》ってくるのです。

自己愛の海

というわけで、ラ・ロシュフーコーの結論は次のようなものになります。

「以上が自己愛の肖像であり、全人生はその大きな長い動揺にほかならない。海は自己愛の生きた絵姿《えすがた》であり、自己愛は絶え間なく寄せては返す海の波の中に、そのさまざまな思いの入り乱れた継起《けいき》と、止《や》むことのない動きの、忠実な表現を見出すのである」

この結論を読んだ人で、多少とも映画に詳《くわ》しい人ならば、どうしてもスタニスワフ・レム原作の映画『惑星ソラリス』（アンドレイ・タルコフスキー監督）の「自意識の海」を思い出さずにはいないでしょう。あの宇宙探検隊が辿《たど》りついた惑星の「自意識の海」はじつは「自己愛の海」であったのであり、自意識というのもじつのところ自己愛の別名にほかならなかったのです。

げに自己愛こそは、神と見まがうばかりに同時遍在《へんざい》（オムニプレザン）にして全能なる（オムニピュイサン）存在なのであり、われわれは永遠に必敗を運命づけられているのです。

本書は、「小説ＮＯＮ」２０１４年４月号から２０１７年１月号に連載した「マクシム」を改題し、加筆修正したものです。

悪《あく》の箴言《マクシム》

平成30年 3月10日　初版第 1 刷発行
平成30年 6月12日　第 2 刷発行

著　者　鹿《か》　島《しま》　茂《しげる》

発行者　辻　浩　明

発行所　祥《しよう》　伝《でん》　社《しや》

〒101-8701　東京都千代田区神田神保町3-3
電話　03-3265-2081（販売）　03-3265-1084（編集）
03-3265-3622（業務）

印　刷　図　書　印　刷
製　本　図　書　印　刷

ISBN978-4-396-61643-4　C0090
祥伝社のホームページ・http://www.shodensha.co.jp/